눌리타스

1

눌리타스 _nullitas_

• • • ◆ 절반의 백작 영애 ◆ • • •

1

Jezz 장편소설

위즈덤하우스

차례

절반의 백작 영애

'사람들은 저마다 이루지 못할 소망 하나 정도는 가슴 속에 묻어 두고 살지.'

저기 돼지우리의 구역질 나는 오물 더미를 치우는 열 살쯤 되어 보이는 소년의 꿈은 찬란한 은빛 갑옷을 입은 기사가 되는 것이었다.

소년의 눈은 머루처럼 푸르렀고, 허약해 보이는 팔과 다리에는 여기저기 자잘한 상흔이 남아 있었다. 또 허름한 옷에는 지저분한 것들이 잔뜩 묻어 있었고, 짐이 너무 무거운 탓에 걸음은 느리기 짝이 없었다.

소년은 감자 부대를 질질 끌면서도 빛나는 검을 든 기사의 모습을 잠시 그려보았다. 하지만 퍽퍽한 현실은 그런 달콤한 꿈을 오래 꾸게 내버려두지 않았다.

해진 소매 끝으로 이마에 흐르는 땀을 아무렇게나 닦아내며 잠시 벽에 기대어 선 참이었다. 그때 아이의 그 잠깐의 휴식을 방해하는 목소리가 들려왔다.

"애야!"

"네."

"꾸물대지 말고 얼른 이 우유를 주방에 가져다주렴."

"네."

소년이 머물고 있는 로마그놀로 백작가는 유서 있는 가문으로 대대로 문무를 겸비한 걸출한 인물을 배출하여 왕국에서 명망이 높았다.

하지만 현 에라트 로마그놀로 대에 와서 가문에 위기가 찾아왔다. 로마그놀로 백작의 개인적 역량이 부족한 탓도 있었지만, 그의 부인이 딸만 연거푸 넷을 낳은 터라 작위를 물려줄 장자가 없었던 까닭이 가장 컸다. 후계자를 갖지 못하는 귀족은 영 체면이 서지 않았다. 그 고귀하고 드높은 명예를 이을 이는 오직 백작에게서 난 사내아이이어야 했다.

백작도 처음에는 딸을 안아 들고 귀여워했었다. 하지만 둘째 딸

8

이 나고부터는 백작부인도, 백작도 서서히 초조함을 느꼈음이라.

마침내 백작은 마지막 넷째 딸을 낳고서 산고로 지친 백작부인을 들여다보지도 않는 지경에 이르렀다. 아들을 못 낳는 부인에 대한 원망에 한탄은 깊어만 갔다.

'내가 무엇이 부족해 남들 다 가지는 아들 하나를 못 얻는가.'

에라트 로마그놀로는 은백색의 머리가 멋스러웠고 풍채가 좋았다. 젊은 시절 한때는 대단한 미남자로서 왕국의 모든 여인들이 소망하는 대상이었다. 자연스러운 수순으로 에라트 로마그놀로는 당시 가장 아름다웠던 귀족 영애와 혼인을 해서 모두가 부러워하는 한 폭의 그림 같은 부부가 되었다.

그러나 처음엔 그럭저럭 봐줄 만하다 싶은 백작부인의 청초한 모습은 임신과 출산을 거듭하면서 그 자취를 감추었다. 싱그러움과 탄력을 잃은 그녀에 대한 백작의 애정은 언제 그랬냐는 듯 식어만 갔다.

"쯧, 계집 따위를 어디다 쓴단 말이냐?"

그는 이런 불만을 늘어놓으며 서서히 바깥으로 눈을 돌리기 시작하였다. 이전까지는 귀족 사내치고는 꽤 건전하게 살았던 것과는 전혀 다른 모습이었다.

그때 백작은 지인에게 이런 궁색한 변명을 늘어놓았다.

"그렇게라도 하지 않으면 괴로운 마음을 풀 수가 없다네."

아마 그 시대 귀족가의 사내가 여러 여인을 거니는 것이 전혀 흠이 되지 않은 것도 그의 외도에 한 몫을 했으리라. 처음이 어려웠지, 나중에는 로마그놀로 성에 있는 드레스를 두르고 있는 여인이라면 어느 누구도 그의 손길을 피할 수 없었다.

그는 나이가 많거나, 아이가 딸려 있거나 전혀 상관하지 않았다. 당연히 어린 하녀라고 예외가 될 수는 없었다.

그의 눈에 천한 그들은 귀족들과는 전혀 다른 존재처럼 인식되었다. 백작은 그들의 울음과 들짐승의 짖음 사이에 어떤 차이가 있는지 알지 못했다.

그리고 백작이 여러 여인들의 치마 아래를 탐닉하는 사이에 그의 부인은 그렇게 바라던 가문의 후계자를 출산했다. 하지만 귀한 아들의 탄생도 숱한 여인들에게 고정된 그의 시선을 가문으로 끌어오지는 못했다.

소년의 어머니는 이제 서른이 넘었으며, 몸집이 아담했다. 또 그 눈매가 하녀라는 신분과는 어울리지 않게 귀티가 흘렀다. 그녀는 열여섯 살에 뜻하지 않게 몹쓸 일을 겪고, 다음해에 아비 없는 아이를 홀로 낳았다.

체구가 작았던 어미는 만삭에도 남들이 보기에는 그렇게 배가 부르지 않아 누구도 어린 하녀의 임신과 출산에 대해 알지 못하였다. 그러나 그녀에게 주어진 신분으로 말미암은 절망은 그것으로 끝나지 않았다. 하녀는 이후로도 끊임없이 누군가의 욕망의 대상이 되어야 했고, 비천한 신분 탓에 그것을 거부할 수 없었다.

예전부터 어머니는 한밤중에 누군가의 발소리가 나면 소년을 벽장 안에 넣은 후 눈을 감고, 귀를 막으라고 부탁하곤 했다.

어린 아이에게는 어머니가 세상의 전부였기에 아무런 의심 없이, 그저 어머니가 시킨 대로 그렇게 어둠 속에서 몸을 웅크리고 있었다.

그 시간은 때로는 매우 짧았고, 가끔은 더디게 흐르기도 했다. 오랜 기다림에 까무룩 잠이 들기도 했었다.

한편 벽장 밖, 방 안에서는 사내의 거친 목소리가 음습하게 퍼지고 있었다. 사내는 흥분에 차서 가빠지는 호흡을 주체하지 못하며, 격한 목소리로 욕설을 내뱉었다.

"이 망할 계집, 한 번을 소리를 내는 법이 없지."

"어떠냐. 내 아래 깔려 있는 느낌이."

"내가 오늘 널 죽여주마."

십수 년을 지켜온 규칙을 오늘 무슨 이유에서 깨뜨리게 된 걸까.

소년은 틀어막고 있던 손을 치우고 들려오는 소리에 귀를 기울였다.

사실 언제부터인가 무엇이 잘못되었다는 것을 어렴풋이 깨닫고 있던 터였다.

어머니가 고통에 찬 신음을 내뱉는 것이 똑똑하게 들리는데, 자신이 할 수 있는 것은 아무것도 없었다.

강한 무력감이 밀려들어 두 손으로 얼굴을 감싸게 만들었다.

사내의 욕설은 끝이 없었고, 침상이 있을 벽 쪽에서 연신 쿵쿵대는 소리가 울렸다. 정체를 알 수 없는 사내의 가파른 숨소리에 소년은 지금 이것이 무엇을 의미하는지 대충 짐작할 수 있었다.

성에서 일을 하다 보면 사내들이 몰려 시시덕거리며 이야기하는 것을 어렵지 않게 들을 수 있었고, 아마 그런 남녀의 육체관계와 관련이 있는 것 같았다.

'하지만 우리 어머니가 왜.'

그러다 소란스럽던 바깥이 일순간 조용해졌고, 한참 몸을 웅크리고 있다 벽장 틈에 눈을 가져갔다. 소년은 한 번도 스스로 그곳을 나와 본 적이 없었다. 적당한 때가 되면 어머니가 문을 열어 초췌해진 얼굴로 자신을 안아주었고, 그때의 어머니의 마구 구겨진 낡은 드레스에서는 슬픈 냄새가 나는 것도 같았다.

소년은 벽장 문 틈 사이에 눈을 다시 대보았다. 너무 좁아 제대로 보이는 것은 아무것도 없었다. 그저 소리로만 바깥의 상황을 유추할 뿐이었다. 누군가 옷을 다시 입는 소리가 들렸고, 침상에서 내려와 작게 욕설을 내뱉고 있었다. 그리고 빠르게 좁은 방을 가로지르는 발소리가 쿵쾅거렸다.

그 큰 소리에 소년의 심장도 함께 요동쳤다. 벽장 속에서 자신의 존재를 들킬까 봐 두려워 침도 제대로 삼키지 못한 채, 푸른 눈만을 형형하게 빛내고 있었다. 소년은, 당장에라도 뛰쳐나가 어머니를 힘들게 하는 이의 정체를 확인하고 싶은 욕구를 억지로 눌러야만 했다.

"대체 당신 누구야."

소년은 용기를 내어 벽장문을 살짝 소리 없이 밀어 보았고, 사라지는 이의 뒷모습을 확인할 수 있었다. 키가 크고 건장한 체격을 가진 사내는 어둠에 익숙해져버린 소년의 눈이 시리도록 찬란한 은발머리를 흩날리고 있었다.

물기 한 점 없는 대지에 건조한 바람이 불었다.

소년은 건초더미를 뜨다 멈춰 서서 흙모래가 섞인 바람에 땀을 식혀보았다. 오랜만에 펴보는 허리는 휴식이 반가운 듯 요란한 소리가 '으드득' 들려왔다. 백작성에서 일하는 소년의 어머니는 말수가 적은 편이었다. 그들은 오전에 눈을 뜨면 서로 주어진 일과가 바빠 딱히 대화다운 것을 나누지는 않았다. 흐리멍덩한 눈을 마주하는 게 전부.

해가 져서 다시 마주한 두 얼굴은 일에 지쳐 거무튀튀했고, 입에서는 단내가 풀풀 풍겼다. 끼니를 제대로 먹지도 못한 이들은 무사히 얼굴을 봤다는 것으로 인사를 대신하며 각자 침상에 들었다. 허리가 배기는 딱딱한 침상이었지만, 그 지친 몸을 누이는 순간 수마는 단번에 이들을 꿈으로 날아들게 했다.

소년의 아버지는 떠돌아다니는 집시였고, 어머니와 그는 단숨에 한여름의 열병에 빠졌다고 했다. 그 여름 이후로 두 번 다시 만나지 못하였지만, 참 좋은 사람이었다는 이야기를 두어 번 덧붙이기도 했다.

아이는 한 번도 어머니의 말에 의심해 볼 생각을 하지 못했다. 얼굴도 보지 못한 아비를 그리기엔 삶 자체가 너무나 고단하지 않던가. 그리고 그들은 아비가 없다 해서 더 서러운 일을 겪을 상황도 아니었다. 그저 어미를 전혀 닮지 않은 외모가 제 아비의 모습을 짐작하게 했을 뿐이었다.

소년은 자꾸만 마른 한숨을 내쉬었다.

소년은 돼지들의 소변이 모여 웅덩이처럼 고인 곳에 자신을 비추어 보았다. 잘 타지 않는 하얀 피부에 가느다란 머리카락, 누군가를 연상시키는 눈매를 바라보며 자신의 이상한 짐작이 틀렸기를 간절히 바라보았다. 하지만 그러기엔 어제 벽장에서 훔쳐 본 은발 자락이 자꾸만 눈에 밟혔다.

"설마……."

소년의 짧은 여유는 거기에서 끝이었다. 누군가의 성난 목소리가 소년의 마른 등을 후려치는 것 같았다.

"야!"

"네."

"게으름 피우면 오늘 점심은 없다!"

"네, 갑니다."

하녀의 자식으로 태어난 소년은 이 성에서는 정원수만큼의 가치도 없는 버러지였다. 성에 살고 있는 고귀하고 눈부신 존재들은 감히 바라볼 수도 범접할 수 없는 이들이었다. 어쩌면 때마다 먹이를 먹을 수 있고, 대소변을 치워주는 가축들이 자신보다는 나을 수 있다는 생각이 들어서 헛웃음이 났다. 삐쩍 말라서 옷 밖으로 갈비뼈가 도드라져 보이는 소년은 재빨리 실어온 건초더미를 질 퍽질퍽한 축사에 깔았다.

"그래도 이 일이 제일 마음 편해."

건초에서는 햇살에 잘 마른 익숙한 냄새가 났고, 소년의 별다를 것 없는 하루가 저물어가고 있었다.

로마그놀로 백작의 유일한 아들인 아비오 로마그놀로는 소년과 동갑이었다. 그는 백작보다는 백작부인을 많이 닮은 외모였다.

붉은 머리와 초록색 눈을 지니고 있었고, 키가 컸고 호리호리했으며 다소 병약해 보이는 인상을 지녔다.

그는 백작가의 후계자로 성 내 어느 누구도 그를 거스를 수 없었다.

"야! 벌레."

"네."

축사를 지나서 점심을 먹으러 성 뒤편으로 걷다 마주치고 싶지 않은 도련님이 소년을 불렀다.

언제부터였을까? 아비오는 소년을 아주 기묘한 눈으로 바라보곤 했다. 그 시선이 주는 느낌은 마치 나무 아래를 지나다 옷깃으로 기어들어 간 송충이가 움직이는 것과 닮아서, 소년은 그를 마주하는 것이 언제나 꺼림칙했다.

"어디서 나는 쓰레기 냄새지?"

"죄송합니다. 돼지우리를 치우고 오는 길이라서요."

"딱 너랑 어울리는 곳이군. 안 그래?"

"네."

소년은 언제나 로마그놀로 가의 후계자인 그의 심기를 거스르지 않으려 애썼다.

소년이 공손하게 눈을 바닥으로 내리깔고 허리를 굽히고 있는데 아비오의 성이 난 목소리가 들렸다.

"어디서 건방을 떠는 거냐?"

'오늘도 시작인가.'

소년은 그저 묻는 말에 최대한 굽실거리며 답을 했을 뿐이지만, 그는 여전히 자신을 못마땅해 하는 눈치였다.

'퍽.'

번쩍거리는 검은 구두의 끝이 소년의 복부를 향했다. 오전에 먹은 마른 빵이 벌써 소화되고 없는 위는 갑작스러운 폭력에 놀라서 큰 고통을 호소했다. 소년이 바닥으로 푹 주저앉아서 입가에 침을 흘리자, 아비오는 마치 더러운 것을 보았다는 듯 눈을 흘기며 소년에게 거칠게 침을 뱉었다.

"너 따위가!"

아비오는 의미를 알 수 없는 말을 남기고, 힘없이 바닥에 쓰러진 소년을 뒤로하고 사라졌다.

소년은 그의 발걸음 소리가 들리지 않게 되고서야 서서히 몸을 일으켰다. 오늘은 운이 좋은 편이었다. 얼굴을 맞지 않았으니 다행히 먹는 데는 지장이 없겠다 싶었다. 일전에 입술을 맞았을 때는 입안이 다 터져서 한동안 마시는 것도 겨우 했었다.

아비오가 뱉은 침이 묻은 머리를 옷소매로 가볍게 닦아 내었다. 뭐 어차피 돼지 오물 범벅인 소년에게 그 침이 더해졌다고 해서 더 나빠질 것은 없었다.

오늘 소년은 왕국의 믿음을 대표하는 디아나 여신께 감사를 드렸다. 이만하길 다행이라고 또다시 중얼거리며, 제발 다른 날도 오늘만 같았으면 좋겠다고 기도했다.

　몸을 펴자 복부에서 통증이 뭉근하게 느껴졌다. 소년은 두 손으로 배를 감쌌다. 그리고 아무 일도 없었다는 듯 점심을 먹기 위해서, 천천히 발길을 옮겼다. 배가 조금 당겨서 손으로 옷 위를 문지르는데, 실없이 웃음이 비집고 흘렀다.

　그날 밤, 소년은 자려는 데 허리가 끊어질 듯 아파서 끙끙거리고 있었다. 쉬셔야 하는 어머니를 방해하고 싶지 않아서 이를 악물어 보았지만, 신음소리가 잇새를 비집고 새어나갔다.

　"얘야, 어디 아프니?"

　체구가 작은 어머니가 부스스한 갈색 머리를 빗어 정리하다 소년에게 다가왔다. 소년은 자신이 아주 큰 병에 걸렸거나, 아니면 낮에 아비오 도련님에게 맞은 배가 잘못된 것 같다고 생각하였다.

　소년의 바짓가랑이가 온통 붉고 뜨거운 피로 젖어 있었던 것이다.

　"어머니, 제가 아무래도……"

　아무리 어머니 앞이지만, 이런 모습을 보이는 것은 왠지 수치스러워 소년의 걸음은 엉거주춤했다. 아이의 가랑이 사이를 확인한 어머니는 다가서던 걸음을 멈추고 놀란 눈을 하고 바닥으로 풀썩 주저앉았다.

"아, 디아나여! 왜 이리도 우리에게 가혹하신가요?"

소년은 허기와 졸음을 느끼는 것 외에는 감정의 변화가 크게 없는 편이었는데, 어머니의 거친 절규에 가슴이 덜컥 내려앉는 것 같았다.

'무슨 일이기에 평소 조용한 어머니가 저런 반응을 보인단 말인가?'

어머니는 몸을 겨우 일으켜 세우고는 소년의 곁에 와서 군살 하나 없이 삐쩍 마른 소년의 몸을 끌어안았다. 여인의 주름이 자글자글한 손이 소년의 공허한 눈을, 버짐이 피어오른 볼을 애처롭게 만졌다. 어머니는 이내 흐느끼기 시작했다.

"……이 피는 네가 이제 여인이 되었다는 것을 알려주는 거란다."

"네? 제가 어째서."

처음 어머니의 그 말에 소년은 아무런 생각을 할 수 없었다. 그게 무슨 의미일까 알 수 없이 눈만 뒤룩거릴 뿐이었다.

아이는 열일곱 살이 될 때까지 기사가 되는 꿈을 품고 살아 온 터였다.

또 한 번 다리 사이에서 뭉근하게 미적지근한 피가 흘러내리는 순간에도 어머니의 말을 제대로 받아들이기는 어려웠다. 어머니의 떨리는 손끝을 느끼며 그 애잔한 시선 속에서 그들의 과거를 더

듣어 보았다.

"많이 먹지 마라."

"빨리 자라지 않았으면 좋겠구나."

"살이 찌면 좋지 않을 거야."

"염색을 다시 해야겠구나."

"일하다 사내들이 있는 곳에서 용변을 보면 안 된다."

"아무리 더워도 밖에서는 옷을 벗는 게 아니야."

아이가 자라면서 어머니에게 내내 세뇌되듯 들어온 말들이었다.

'아, 그런 이유였었나.'

어머니는 무슨 이유로 자신의 성별을 성의 모든 이들에게 속여온 걸까. 의문이 스치는 눈빛 위로 어머니의 한숨이 덧입혀졌다.

"하녀의 자식으로 태어난 여아는 축사의 돼지 새끼만도 못한 신세란다. 이것이 내가 너를 지키려고 택한 방법이었단다. 그렇게 하루만 더 너를 사내아이로 키우고 싶었다. 하지만 이제는 다 틀렸구나. 그렇게 조심했지만, 이제 초경을 해버렸으니 점점 여인의 태가 날 거야. 어쩌면 좋니, 어쩌면 좋니……."

어머니의 반복되는 속삭임은, 이제 소년에서 여인이 된 열일곱 살 아이에게 아주 느릿하게 전해졌다.

보통 초경이 시작되는 열서너 살 하녀들의 딸은 채 피기도 전에 백작의 노리개가 되었다. 운이 좋으면 일찍 버림받을 수 있었고,

재수가 없으면 백작의 사생아를 가지게 되었다. 그리되면 강박한 성정의 백작부인에게 온갖 고초를 당했고, 종국에는 좋지 않은 끝을 맞이하게 되었다.

로마그놀로 가에는 사생아가 존재하지 않는다는 사실이 그들의 최후를 설명해주었다.

그래서였을까? 남자로 살아왔지만, 어딘가 맞지 않는 퍼즐 조각처럼 어색하고 낯선 순간들이 많았던 것이 말이다. 이제 여인이 되기 시작한 아이는 자신의 몸을 내려다보았다. 납작한 가슴, 말라비틀어진 몸에 여기저기 생채기투성이 팔과 다리를 가진 내가 여인이라니, 이보다 더 놀라운 일이 제 생에 있을까 싶었다.

왜 이렇게 의심하지 않았을까? 아니 그런 것을 따져 볼 상황이 아니었나?

아직 어른도 아닌 여인도 아닌 불완전한 아이는 딱딱하고 좁은 침대에 다리를 세우고 앉아서 생각에 잠겨 있었다. 자신이 사내가 아니라 여인이었다니, 아무리 생각해봐도 믿기 어려운 일이었다.

매일 밤 쓰러지듯 잠들기에 바빴던 아이는 지금 잠들지도 못할 정도로 혼란스러웠다.

이제는 정말 백작성의 정원수가 아니라, 잡초보다도 못한 신세가 된 걸까. 그나마 다행인 것은 여전히 자신은 볼품없이 마른 소년처럼 보인다는 것이었다. 머리는 짧았고, 손은 항상 더러웠다. 그리고 갖은 일들로 제법 다부져 보이기도 했다.

'내가 여인이라고?'

짧은 머리를 당겨서 손으로 비벼 보았다. 어머니는 늘 무언가 많이 숨기는 눈치였다.

어린 시절에는 몰랐지만, 점점 나이가 들수록 그런 것들이 자신의 눈에도 보이기 시작했다. 자신의 아버지는 진짜 집시였을까? 이제는 어머니의 말들을 모두 믿기가 어려워졌다. 그만큼 아이의 머리가 자랐음이라. 몰랐던 것들에 눈이 깨이기 시작했다는 것일까.

새벽이 어슴푸레 밝아왔다.

아이는 피범벅이 된 옷과 이불을 둘둘 뭉쳐서 껴안고 사람이 잘오지 않는 냇가에 가서 그것들을 손이 곱을 때까지 치대고 헹구었다.

허리를 펴니 이제 달도 별도 모두 사라지고 해가 제법 그 존재감을 뽐내고 있었다.

성 내 모두가 아이를 소년이라 여겼고 그 자신도 그것을 의심해본 적이 없다. 하지만 그것이 어떻게 가능했을까? 의문이란 것은 한번 물꼬를 틀기 시작하자 그 끝을 맺을 줄 몰랐다. 하지만 그것이 다였다. 자신이 사내인들 여인인들 어쩌랴. 엄청난 충격이긴 했지만, 그녀의 삶은 조금도 달라지지 않았다.

　아침 식사로 말라 비틀어진 빵 반 조각을 받아서 배추만 떠 있는 죽이라고 말하기도 초라한 국물을 홀홀 들이마시고, 돼지 축사로 가서 간밤에 어질러진 오물들을 퍼서 수레에 담았다. 그리고 그것을 정원에 가져가서 거름으로 뿌리고, 건초를 담아서 다시 축사로 돌아갔다.

　건초 더미를 깔아주고 돼지들의 먹이를 챙겨주고 보니, 해가 중천이었다. 잠시도 허리를 펼 시간도 없이 일을 한 아이는 평소보다 유달리 더 몸이 힘들었는데, 그것이 어제 저녁일과 관련이 있다는 생각에 미치자 웃을 수도 없을 만큼 지쳤다. 먼지와 지푸라기가 덕지덕지 묻은 얼굴에 금이 갔다. 제대로 펼 수도 없는 허리를 부여잡고, 점심을 나눠주는 곳으로 지친 발걸음을 옮겼다.

　"쓸모없는 놈!"

　"백작님!"

　백작성의 응접실에서는 백작과 백작부인, 그리고 아비오가 충돌 중이었다.

　"내가 네 나이 때는 이미 전쟁터에서 기사들을 도와서 검을 들었다!"

"지긋지긋한 잔소리를 또 시작하시렵니까?"

"어디서 건방지게 아버지에게 말대답이냐. 네가 정녕 가죽 채찍으로 매질을 당하고 싶으냐?"

로마그놀로 백작은 어려서부터 무예가 출중해서, 크고 작은 공을 세웠다. 백작의 훤칠한 인물도 그 공을 부풀리는 데 일조하였다. 그래서 백작은 비실비실하고 흐리멍덩한 눈을 가진 아비오가 마음에 들지 않았고, 그가 후계자라는 것에 실망을 드러내는 데 주저함이 없었다.

"이 모든 것들이 백작부인 당신의 부덕함 때문이요. 그대 덕분에 아마 백 년 뒤에는 왕국의 어느 책자에도 로마그놀로 가문에 대해서 한 줄의 찬사도 적혀 있지 않을 겁니다."

백작부인은 딸만 내리 넷을 낳고, 끝에 낳은 아들 하나를 금지옥엽으로 길렀다. 백작부인은 그녀의 아들이 원하는 것을 모두 들어주는 것, 그것 하나만을 보람으로 여겼기에 지금 백작의 말을 귀담아 듣지 않았다. 오히려 화가 났지만 그런 감정들을 잘 갈무리하면서, 백작에게 호소해 보았다.

"백작님께서 좀 더 성에 머무르시면서 아비가 응당 아들에게 알려주어야 할 것들을 조금만 가르쳐주신다면 우리 아비오, 더 큰 사내가 될 수 있을 거라 믿습니다."

백작부인은 밖으로만 나도는 자신의 남편에게 에둘러서 제발 가정에 충실할 것을 애원했다.

"내가 아들 교육을 제대로 안 했다는 말을 하시는 겁니까?"

"아닙니다, 백작님."

붉은 머리의 몸집이 작은 백작부인은 이제는 퇴색해버린, 한때 보석이라 찬사를 받던 초록색 눈을 내리깔고 처연하게 고개를 숙였다. 그녀는 아비오를 낳으면 예전의 금슬을 회복할 수 있을 줄 알았다.

하지만 백작은 성을 돌보지도, 기다렸던 귀한 아들에게 관심을 주지도 않았다.

"로마그놀로 가의 후계는 대대로 은발의 머리를 지니거늘, 너는 어느 것 하나 마음에 드는 것이 없구나!"

백작은 화가 나서 부들부들 떨고 있는, 갓 질풍노도의 시기로 접어든 아비오의 곁을 지나치면서 끝까지 비난만을 늘어놓았다. 백작이 응접실에서 나가서 집사를 부르는 소리를 듣자, 백작부인은 반들반들한 바닥으로 주저앉아버렸다.

백작은 가문을 돌보지 않았고 가끔 들러서 이렇게 아비오에게 싫은 소리를 늘어놓을 뿐이었다. 그녀는 아들을 제대로 지켜주지 못한 스스로에게 화가 났고, 그들을 저버린 백작에게 지쳐갔다.

"어머니!"

올해 열아홉 살 된 딸 메이린이 응접실을 지나치다 자신의 어머니가 울며 쓰러져 있는 것을 보고 뛰어들어왔다.

"아비오! 이게 무슨 일이니?"

"몰라! 에이 씨!"

아비오는 의도적으로 쿵쿵거리는 발소리를 내면서 응접실을 나가버렸다. 핑크빛이 도는 붉은 머리를 가진 메이린이 어머니를 소파로 부축했다. 메이린은 어머니의 창백한 낯빛을 염려스러운 얼굴로 바라보며, 그 얼굴과 창밖을 번갈아 보았다. 멀리 마차를 타고 사라지는 백작에게 화가 치밀었다.

점심으로 나온 죽에는 마른 버섯과 양파 조금이 들어있는 게 전부였다. 이것을 먹고 아직 잔뜩 남은 일들을 다 해야 할 것을 떠올리니 정신이 아득했다.

아직은 소년이라 불리는 것이 더 익숙한 아이는 아랫배와 허리의 통증에 인상을 쓰면서 어정쩡한 걸음을 옮기고 있었다. 아래에 덧대어 둔 두꺼운 헝겊 때문에 활동하는 것이 여간 불편한 것이 아니었다. 핏기가 완전히 지워지지 않은 바지를 입고 다니는 것도 마찬가지로 신경이 쓰였다.

그러나 아이는 얼른 곡식 포대를 몇 개 나르기 위해서 바쁘게 움직일 수밖에 없었다. 제때 창고로 옮겨놓지 않으면 하인들을 관리하는 제페토 씨가 자신에게 매질을 할지도 모른다. 등을 내리치는 채찍질을 떠올리니 발걸음에 속도가 붙는 것 같았다.

"야, 쓰레기."

어제, 오늘 참 운이 지독히 없나 보다.

운이 좋을 때는 도련님이 성 밖에 나가셔서 1주일도 넘게 그를 만나지 못하기도 했는데.

아이는 고개를 숙이며 최대한 저자세를 취했다. 하지만 아비오는 오늘 아버지에게 자존심 상하는 이야기를 잔뜩 들은 직후였다.

깡마른 소년의 뽀얀 목덜미를 보며 아비오는 잔인한 웃음을 흘렸다. 어떻게 화풀이를 해야 지금 이 모멸감이 해소가 될까?

저 건방진 것을 어떻게 꺾어야만 아비 앞에서 짓밟힌 자존심이 회복될까?

아비오는 잠시 생각을 하는 듯하다, 거만한 시선으로 명령을 내렸다.

"여기 와서 내 다리 사이를 기어서 지나가."

"네?"

아비오는 두 다리를 벌리고 서서 손가락으로 땅을 가리키며 웃고 있었다. 저 망할 것을 굴복시킨다고 생각하니 아까 아버지에게서 받은 수치가 아주 조금 씻겨 내려가는 것 같았다.

아이는 아주 잠시 주저하다가 두 손을 바닥으로 내려서 엉금엉금 기기 시작했다. 화를 내는 건지 웃는 건지 모를 아비오의 얼굴이 얼마나 섬뜩하게 느껴졌는지 모른다. 소식도 없이 사라져간 성안의 식구들의 얼굴이 스쳐 지나갔다.

그저 본능이었을까? 아이는 천천히 나아가서 아비오의 가랑이 사이를 마치 개처럼 기어 지나갔다.

아비오는 망설임 없이 자신의 다리 사이를 빠져나간 아이가 마음에 들지 않았다. 조금은 싫은 내색하기를 기대했다. 그러면 말을 안 듣는 하인의 더러운 목덜미를 움켜쥐고, 눈을 마주하려 했다. 제 주인이 누구인지 똑똑히 가르쳐주고자 했다. 하지만 이건 너무 시시했다.

그래서 여전히 명을 기다리며 엎드려 있는 천한 것의 면상을 발로 차버렸다. 신음소리 하나 내지 않는 아이는 항상 아비오를 자극했다. 다른 아랫것들은 자신이 화를 내거나 때리면 제발 살려 달라고 처절하게 애원하곤 했다. 그들의 비명이 커질수록 그는 더욱 흥분하곤 했다.

하지만 저 나뒹굴고 있는 아이는 다른 이들과 달랐다. 항상 무엇이든 시키면 시키는 대로, 때리면 때리는 대로 다 감내하곤 했다. 그래서 자꾸 그로 하여금 그 아이를 돌아보게 만들었으며, 그를 더 화나게 만들었다.

"네까짓 게 무어라고! 너는 개만도 못한 신세야. 알아? 너무 천해서 이름 하나 없는 벌레 같은 새끼!"

아비오는 몸을 웅크리고 땅에 쓰러져 있는 아이의 복부, 등, 머리를 사정없이 걷어찼다. 마른 땅 위로 기분 나쁜 피가 스며 나오는 것을 보고서야 그 발길질을 멈추었다.

아비오는 아이의 몸 위로 침을 탁 뱉어 내고 만족스러운 얼굴로 그 자리를 떠났다.

맞는 동안 아이는 무슨 생각을 했는지 모른다. 눈부신 갑옷과 날이 선 칼을 든 자신을 떠올렸던 것도 같다. 어머니의 애잔한 두 눈을 그려 본 것도 같다. 그래도 살겠다고 두 손으로 머리를 감싸는 자신에게 스스로 환멸을 느끼기도 하였다.

그러다 눈을 감았다. 몸을 가르는 고통 속에서 아이는 미소를 짓고 있었다.

아이는 그렇게 눈을 감고 꼬박 이틀을 앓았다.

열이 끓어올랐고, 의식을 잃고 있는 시간이 길어지자 어머니의 입술이 마르기 시작했다. 그래서 이틀째 되던 날 밤, 아이의 어머니, 레오니는 아이를 잃을지도 모른다는 생각에 큰 결심을 했다.

무슨 결정을 내리더라도 귀한 제 아이의 목숨을 잃는 것보다는 나을 것이라는 판단이 섰던 것이었다.

"백작님."

화려한 성과 어울리지 않는 낡은 드레스를 입은 여인이 떨리는 목소리로 백작의 집무실을 찾았다.

"이거 믿기지 않는군. 네가 나를 찾아오는 날도 있구나."

백작은 책상에 앉아 서류 더미를 뒤적이다 문가에 주춤거리며 서 있는 작은 하녀를 보았다.

그녀는 백작이 성에서 가장 아끼는 하녀였다. 작은 몸집에는 어울리지 않게 고고한 눈빛이 그를 처음부터 사로잡았다. 그녀는 단 한 번도 자신에게 웃는 낯도 보여 주지 않았고, 긴 세월 그의 총애를 받으면서 어떤 요구도 하지 않았다.

특히 자신이 혼자 욕망에 끓어 몸부림칠 때도 한 자락의 소리조차 내지 않은 고약한 것이었다.

"들어오너라."

레오니는 문을 조심스럽게 닫고, 환한 낮에는 처음으로 백작을 마주했다. 항상 밤 시간에 은밀하게 찾아와서 악몽 같은 시간을 선사하고 그녀를 버리다시피 하고 떠나던 사내.

레오니의 두 손은 몹시도 떨렸다. 그의 얼굴을 정면으로 쳐다보자 속에서 구역질이 치밀어 올랐다.

레오니는 아주 잠시 과거를 떠올렸다.

그것은 그녀가 열여섯 살인가, 열일곱 살 때의 일이었다. 백작 성의 하녀로 일하던 어머니를 따라 이것저것 돕던 레오니는 어느 날 밤, 의문의 방문객을 맞이했다. 그자는 술에 취한 듯 충혈된 붉은 눈을 하고 있었다.

레오니의 어머니는 그 손님을 살피고 눈물로 애원하며 땅을 기다시피 했다.

"백작님, 제발 이 아이만은 안 됩니다. 곧 착한 녀석이랑 혼인하기로 약속되어 있답니다. 백작님, 안 됩니다. 제발, 대신에 저를 죽이십시오. 백작님, 안 됩니다."

"쓰레기들이 내 앞에서 지껄여도 좋다고 한 적이 없는데?"

그는 싱긋 웃더니 레오니의 어머니를 발로 걸어차서 문까지 밀어버리고, 어머니가 보는 앞에서 레오니에게 달려들었다. 반항하는 그녀의 양팔을 붙잡고 백작은 그의 본능에 충실했다.

레오니는 쓰러진 어머니가 걱정되는 마음에 그녀에게 무슨 일이 일어나는지도 제대로 알지 못했다.

그것은 영혼을 망가뜨리는 폭력이었다. 비극적인 일이 끝나자, 백작은 시체처럼 늘어져버린 레오니를 두고, 악마처럼 웃으며 그 방을 나섰다.

그렇게 은발의 남자는 오래지 않아서 불규칙적으로 레오니를 찾기 시작했다.

그날 자신의 어머니가 울부짖던 소리가 아직도 귀에 맴도는 것처럼 생생했다.

그리고 운명은 낮은 곳에 사는 이들을 돌보지 않는다는 사실이 드러났다.

처음 그가 찾아온 날 이후, 그녀는 바로 아이를 가지게 되었다는 것을 알게 되었다. 매달 있던 것이 뚝 끊어지고 어느 날부터 속이 불편해지더니 아랫배가 아주 미세하게 나오기 시작했던 것이다.

레오니는 힘겹게 어머니에게 사실을 털어놓았다. 그날 두 모녀는 얼마나 울었던지, 끝에는 헛웃음을 짓고 있었다. 배 속의 아이에게는 미안했지만, 레오니는 높은 곳에서 구르기도 해 보고 주먹으로 배를 쳐보기도 했었다. 어차피 하녀의 배에서 난 아이의 삶이란 것은 끝이 어떨지 묻지 않아도 알 수 있었다. 레오니도 그녀의 어머니가 무도회장에서 이름 모를 귀족에게 몹쓸 짓을 당하고 태어난 아이가 아니던가.

이제 자신의 아이에게까지 이런 시궁창 같은 인생을 물려주고 싶지 않았다.

일부러 식사도 최소한으로 했다. 그래서 만삭이 되어도 배가 그렇게 티 날만큼 부르지 않았고 주변에서는 그녀의 임신 사실을 몰랐다.

마음 한편으론 끊임없이 아이가 잘못되기를 바랐고, 또 한편으로는 자신을 절대 용서하지 말라고 눈물을 쏟으며 배를 쓰다듬기도 했다. 정을 주지 않으려 애썼지만, 아이는 열악한 환경 속에서도 그 생을 놓지 않았다. 결국 모든 역경을 딛고 레오니의 아이는 세상의 빛을 보게 되었다. 산파를 부를 수도 없어, 희미한 불빛 아래 말들이 지켜보는 가운데 그녀의 어머니가 아이를 받아들었다.

자신들이 가진 천 중에 가장 부드러운 것으로 아이를 싸고, 울면서 그 탯줄을 잘랐더랬다.

"어머니, 제발 사내아이라고 해주세요."

산고 끝에 눈의 실핏줄이 다 터져버린 레오니는 아이를 안고 있는 어머니에게 힘겹게 말했다. 갓 태어난 아기의 촉촉한 머리는 달빛을 받아 시리도록 밝았다.

어머니는 한숨을 내쉬며 고개를 저었다.

"모든 것이 천한 것으로 태어난 나의 죄다. 죄야."

어머니의 말에 레오니는 자신의 아이가 여자아기라는 것을 깨닫고 슬퍼서 눈물을 흘리지조차 못하였다.

혹시나 백작부인에게 들켜서 다른 하녀들처럼 쥐도 새도 모르게 죽임을 당할까 전전긍긍한 날들이었다.

출산 소식도 숨기고, 방에 숨겨두며 어머니와 함께 아이를 키웠다. 아이는 자신의 처지를 아는지, 거의 보채지 않고 순했다. 출산한 다음 날도 아무렇지도 않은 듯 걸레질을 열심히 하였다. 그러다 식사시간마다 거처로 가서 잘 나오지도 않는 젖을 물리며 울었더랬다. 아기를 다시 홀로 남겨두고 일을 하러 가야만 하는 레오니의 발걸음은 얼마나 무거웠나.

가능하다면 끝끝내 숨기고 싶었다. 이름조차 없이 사내로 키운 아이의 존재를 그 누구도 몰랐으면 했다. 불가능할 것을 알면서도 레오니는 그렇게 아이를 지켜왔다.

레오니는 아이에게 무심한 듯 별 대화를 나누지 않았다. 아이가 제게 정을 주지 않기를 바랐다. 그저 저 살길만 찾아서 무탈한 삶을 살기를 바랐다. 레오니는 이미 백작 때문에 평화로운 삶을 살기는 그른 몸이었고, 아이에게 그 불똥이 튀지 않기만을 간절히 소망해왔다.

"그래, 무슨 이야기인지 들어볼까."

공작은 나른하고 기묘한 표정으로 의자에 등을 기대며, 레오니에게 입을 열었다.

"저기, 의원을 불러 주십시오."

"그게 무슨 이야기냐."

"아이가 많이 아픕니다. 놔두면 죽을지도 모릅니다."

"네게 아이가 있었더냐."

레오니는 백작을 쳐다보기만 해도 속이 울렁거리고 머리가 어지러웠지만, 아이의 열이 끓어오르는 얼굴을 떠올리며 주먹을 쥐고 용기를 냈다.

"백작님의 아이입니다."

"나는 사생아 따위를 둔 적이 없다."

로마그놀로 백작은 레오니의 말에 코웃음만 치면서, 대수롭지 않게 여겼다. 아마도 저 작은 하녀가 미쳐가는 모양이라고 생각했는지도 모른다.

"아이는 머리가 백작님과 같은 은발입니다."

그 말에 서류로 고개를 돌리려던 백작이 관심을 보였다. 왕국에서도 은발은 로마그놀로의 핏줄만이 가지는 고유의 특징이었다. 그 은발이 자신의 자식에게서는 아무도 나오지 않아서 내심 실망이 큰 그였다.

"성 안에 은발이 있었다면, 내가 못 봤을 리가 없을 텐데."

"제가 목숨을 부지하고자 어릴 때부터 염색을 시켰습니다. 백작부인이 은발의 제 아이를 보신다면 살려두시지 않을 거라 생각했습니다."

역시 자신이 흥미를 가질 법한 하녀였다. 저렇게 하찮은 것의 머리에서 나온 것치고는 꽤 쓸 만한 방법이었다.

그는 턱을 문지르며 기묘한 미소를 지어 보였다.

"좋아, 일단 아이를 치료해주지. 그다음은 차차 얘기를 나누어 보자."

레오니는 아이를 의사에게 보일 수 있다는 사실에 안도감이 밀려와서 다리가 휘청거렸다.

'아, 이제는 살릴 수 있겠구나.'

레오니는 머릿속에 그 생각만으로 가득 차서 그들 앞으로 닥칠 불행의 그림자를 짐작조차 할 수 없었다.

로마그놀로 백작은 그가 한 말을 지켰다. 바로 의원을 불러서 레오니의 아이를 돌볼 것을 명했고, 사경을 헤매던 아이는 사흘 만에 겨우 눈을 뜰 수 있었다.

　"아이고, 불쌍한 내 새끼."

　레오니는 아이를 부둥켜안고 펑펑 울었다. 그녀는 자신이 낳은 아이를 잃을 수 있다는 걱정에 아이가 눈을 뜨기 전까지는 먹을 수도 누울 수도 없을 만큼 괴로웠다.

　짧은 머리를 하고 마른 팔다리에 온통 상처투성이인 아이를 부둥켜안고 끊임없이 용서를 구했다. 배 속에 아이가 있었을 때, 잘못되기를 바랐던 순간들과 함께 죽어버리려 했던 시간들 모두가 커다란 눈덩이가 되어 레오니를 짓누르고 있었다.

　누구의 씨가 되었든 생겨버린 아이에게는 밝은 세상을 누릴 권리가 있음인데, 그것을 막으려 했다는 것이 죄스러웠다. 또 어미가 되어 고생만 시키는 것이 미안해서 아이의 얼굴을 마주하기도 힘들었다.

　"어머니."

　아이는 목소리를 내는 것이 힘이 드는지 인상을 쓰며 힘겹게 눈을 뜨려 하고 있었다.

　"그래, 내가 여기 있어."

"어떻게 된 일이죠."

"이것아, 너 정말 죽을 뻔했어."

레오니는 아이가 살아나서 더없이 기뻤다. 하지만 아이는 왜 의원이 그녀를 돌보는지 의아해하고 있었다. 귀족 나리들만 부를 수 있는 값비싼 의원이라니.

레오니는 그 시선을 고스란히 느끼며 이제는 더 이상 숨길 수 없다고 생각했다. 깨어난 지 1주일 되는 날, 아이는 드디어 조금씩 움직일 수 있을 만큼 회복이 되었다. 가구라곤 없는 단출하고 좁은 방에 레오니와 아이가 나란히 앉아 있었다.

"이제부터 내가 하는 이야기를 잘 들으렴."

"네."

레오니는 거친 손으로 아이의 뼈만 남은 손을 조심스럽게 어루만졌다. 이것은 전에 없던 살가운 행동으로 아이의 심장을 더욱 빠르게 뛰게 했다. 진지한 눈빛을 하며 무언가 긴장하고 있는 듯한 어머니의 모습에서 알 수 없는 불안감을 느꼈다. 분명 지금부터 들을 이야기는 아이의 삶을 온통 흔들어 놓을 것임을 직감할 수 있었다.

"너는 사실 로마그놀로 백작님의 사생아란다."

"어머니!"

이게 무슨 청천벽력과도 같은 소린가. 자신이 사내가 아니라 여인이라고 한 것도 아직 받아들이기 벅찬데, 이제는 아버지가 떠돌이 집시가 아니란다.

"하지만 아버지는 두 번 다시 만나지 못했다고, 다정한 이였다고……"

아이는 입안에서 옹얼거리며 어머니에게서 들었던 이야기를 되새겨보았다.

"너도 이미 조금은 알고 있었을 거야."

어머니는 일어서서 염료를 태운 그릇을 가져 왔다.

"이것을 바르면 본래의 머리색으로 돌아온다고 하더구나."

어머니는 그것을 꼼꼼하게 바르고 천으로 아이의 머리를 꽁꽁 싸매어주었다. 그리고 미지근한 물로 헹구어 다시 닦고 다 말렸을 때, 아이의 머리는 찬란한 은발로 바뀌어 있었다.

아이는 손바닥만 한 거울을 들고 자신의 머리를 확인했다. 지금 느끼는 감정은 설렘이나 흥분 같은 종류가 아니었다. 퍽퍽했던 자신의 삶이 이제부터는 진짜 더 힘들어지겠다는 예감에서 오는 공포와 좌절이 해일처럼 아이를 덮쳤다. 이건 말도 안 되는 일이라고 혼자서 여러 번 반복해서 말해 보았다.

이미 백작가의 가족들의 면면을 충분히 파악하고도 남은 아이였다. 백작은 젊은 여인에 미쳐서 성을 돌보지 않았고, 자신의 아이들에게도 무관심했다.

백작부인은 밖으로만 나도는 남편에게서 받는 상처와 절망감을 자신의 유일한 아들에게 애정을 쏟아 붓는 걸로 해소하고 있었다. 그리고 그녀가 받지 못하는 백작의 애정을 받은 여인을 찾아서 복수를 하는 것으로 삶의 기쁨을 찾고자 했다.

그리고 성에 하나 남은 메이린 아가씨는 건강이 그리 좋지 않았고, 늘 짜증과 불만을 털어놓는 철부지 아가씨였다.

마지막 아비오 로마그놀로, 백작성의 후계자인 그를 떠올리자 아이는 짧은 은발을 모두 쥐어뜯고 싶은 심정이었다. 그는 어린 시절부터 남달랐다. 같은 나이었기에 그가 저지른 수많은 악행을 옆에서 보며 자라왔다.

처음에는 짐승을 괴롭히는 것으로 시작하더니 이제는 그의 눈 밖에 나는 하녀나 하인을 죽을 만큼 매질을 하곤 했다. 아니, 매로 맞는 게 낫다고 여길 정도로 막무가내식의 폭력을 행사했다. 멀리서 찾을 것도 없었다. 바로 그의 발길질에 죽을 뻔한 것이 자신이었다.

그들이 백작의 사생아인 자신을 어떻게 생각할까? 환영해주는 이가 있을까? 아마 없을 것이다. 귀족들이 사생아를 어떻게 생각하는지는 성에서 일하면서 주워들은 게 많았다.

차라리 자기네들 같은 평민이 속 편하다고 했다. 귀족도 아니요, 평민도 아닌 반편이 사생아는 어디에도 속하지 못하는 쓸모없는 존재라고도 했다.

깊은 한숨이 아이에게서 흘러나왔다. 감당하기 어려운 일들이 연속으로 터져서 머릿속이 너무나 복잡했다.

'차라리 이 모든 게 꿈이길.'

다시 눈을 뜨면 돼지 축사에 가서 죽도록 일만 하고 또 멀건 죽이나 한 그릇 들이켜는 본래의 자신으로 돌아가고 싶었다.

기사의 꿈은 불가능했지만, 기사 옆에서 허드렛일을 하는 이라도 되고 싶었다. 방패를 들어준다든지 말을 돌보는 일 정도는 가능하지 않을까 생각을 해본 적이 있었다. 그래서 적은 돈이라도 벌게 되면 어머니를 모시고 시골 작은 마을에 정착하는 꿈을 품고 있었다.

하지만 이제는 모든 게 물거품이 되어버린 것이다. 아이는 사내가 될 수 없었고, 평민이 되는 것조차 감히 바라볼 수 없게 되어버렸다.

이 사실을 안다면 과연 마님이 가만 계실까? 근래에는 백작이 주로 바깥으로 돌아다녔기에 성 내는 대체로 조용했었다. 자신의 어머니와 백작의 사이를 알게 된다면, 과연 백작부인이 자신의 어머니를 살려둘까. 사생아인 자신은 어떻게 되는 걸까? 이제는 살아 숨 쉬는 것을 걱정해야만 하는 지경에 이르렀다.

"어머니, 숨기시려거든 끝까지 묻어두시지 그랬어요. 어째서 이제 와서."

아이는 원망이 섞인 한탄을 어머니에게 늘어놓았다. 분명 어머니의 잘못이 아님을 잘 알고 있었지만, 그냥 누구에게라도 투정을 부리고 싶었다. 아픈 배를 움켜쥐고 진흙 바닥에 뒹굴다가 숨이 끊어져 버리는 게 나았을까. 한 치 앞도 보이지 않는 내일이 걱정되어 아이의 눈이 흐려졌다.

"그래, 모든 게 나의 죄구나."

레오니는 언젠가 자신의 어머니에게서 들은 적이 있는 말을 자신의 아이에게 해주었다. 그때의 어머니도 이런 표정을 하셨던가. 이 모든 것이 자신들의 죄라고 생각했다. 태어나서 또 같은 운명의 굴레를 지게 해준 죄는 무엇으로도 보상해줄 수 없었다.

밑바닥 인생을 대물림해준 일, 아비의 존재를 속였던 것 어느 무엇도 아이에게 입이 있어도 할 말이 없었다.

지금 죽을 고비를 넘기고 살아 돌아온 아이에게 얼마나 큰 충격을 주고 있는지 잘 알고 있었다. 레오니의 마른 얼굴에는 회한의 눈물이 그치지 않았다.

이럴 줄 알았으면 진작 이름도 지어주고 따스한 정을 줄걸, 후회가 밀려들었다. 혹시라도 무슨 일이 생길까 봐 레오니는 아이에게 항상 거리를 뒀다. 그것이 아이를 위한 길이라고 생각했었다. 언제라도 백작부인이 자신과 아이를 해칠까 두려웠다. 그래서 이 모든 것이 아이를 위한 일이라 생각하고 그렇게 스스로 되뇌곤 했다.

어미는 갈색의 거친 옷감으로 만든 여기저기 덧댄 드레스를 걸치고 구부정한 자세로 아이의 손을 잡고 있었다. 아이는 발목이 겅중 드러난 사내의 바지를 걸치고, 바지와는 다른 색의 상의를 입고 불안한 눈을 숨기지 못하고 있었다. 백작이 머무는 본성에 들어선 그들의 추레한 몰골은 그곳에 전혀 어울리지 않았다. 기다리고 있던 집사의 안내를 받아 백작의 집무실로 어미와 아이는 들어섰다.

　한 발 내민 그곳에는 거대한 겨울 산 같은 느낌을 주는 백작이 서 있었다. 아이는 백작님을 정면에서 제대로 본 일이 드물었기 때문에, 고개를 들어야 할지 숙여야 할지 몰라 안절부절못하고 있었다. 아이가 입술을 깨물며 흔드는 가느다란 은발의 머리카락이 백작의 눈에 들었다.

　"네가 말한 대로구나. 로마그놀로의 씨가 분명하구나."

　레오니는 백작의 입으로 아이가 그의 사생아임이 확인되자 다리가 휘청거렸다. 레오니는 이미 인간이길 포기한 삶을 살게 되었지만, 아이만큼은 적어도 짐승 정도는 되는 삶을 살 수 있기를 간절히 바랐다. 하지만 이제는 모든 것이 불확실했다. 사생아는 성의 하녀보다 더 못할지도 모른다는 불안감이 레오니의 턱을 덜덜 떨리게 만들었다. 또다시 아이에 대한 죄책감이 밀려들어 눈물이 바닥을 적시기 시작했다.

제 아이를 보호해주지 못하는 못난 어미라는 것을 절감하며 아이의 손을 잡으려 레오니는 작은 손을 뻗어 보았다. 하지만 그것은 이루어지지 않았다.

백작이 다가와서 아이의 턱을 손으로 거칠게 잡아 세웠다. 백작의 푸른 눈이 아이의 겁을 먹은 게 분명한 시린 바다에 와서 잠시 부딪혔다. 백작의 눈에는 놀라움의 감정이 서려 있었다.

"정말이지 우스운 일이군. 사생아 따위가 은발에 청안이라⋯⋯."

백작은 더러운 것을 만졌다는 듯 손을 치우고 큰 소리로 웃었다. 백작은 짧은 은발을 드리운, 말라서 금방이라도 툭 쓰러질 것 같은 아이에게 말을 걸었다. 아이는 그 웃음이 전혀 유쾌한 기운을 담고 있지 않다는 것을 깨닫고 두려움에 어깨를 움츠렸다.

"그래, 너는 사내냐?"

백작은 17년간 있는지도 모르던 사생아의 존재에 다소 흥미가 일었다. 아비오 밑에 하인으로 쓰도록 붙여줄까 하고 잠시 생각해 보았다. 아니면 그가 부리는 심부름꾼 같은 것도 괜찮을 것 같았다. 어쨌거나 아이는 그의 핏줄이지 않은가. 아이는 잠긴 목소리를 가다듬다가 이내 포기하고, 고개를 저을 뿐이었다.

백작은 아이가 사내가 아니라는 것을 알게 되자 머릿속에 그렸던 모든 그림을 단숨에 지워 내렸다.

"사생아 계집 따위라니! 일단 나가보도록. 별도의 지시가 있을 때까지는 원래 지내던 대로 하도록."

계집이란 사내의 기쁨을 위해 존재할 뿐이라 생각했다. 사생아 계집이라니, 아무짝에도 쓸데가 없지 않은가. 얼마 만에 조금 피어오르려던 열정이 픽 수그러들고 이내 아이에게 가던 시선을 모조리 거두었다.

아이는 처음 제대로 아비를 대면한 순간 그의 눈에 피어오른 감정을 읽을 수 있었다. 그것은 도저히 혈육의 정을 느낄 수 없는 경멸 그 자체였다. 아비를 만나기를 기대한 적도 없었지만, 이런 순간도 예상하지 못했었다. 아이의 텅 빈 눈은 자꾸만 바닥을 향하였다.

아이를 짐승 보듯 하는 저자가 필시 자신의 어머니를 고통스럽게 하는 그 사내렷다. 자신의 욕구만 채우고는 오물 바구니를 밭에다 비우듯 팽개치고 사라져버리는 그 사내.

아이는 자신과 너무나 닮은 푸른 눈과 은발을 보는 것이 고통스러워서 온몸을 쥐어뜯어 그자의 흔적을 지워버리고 싶었다. 할 수만 있다면 몸 안에 흐르는 피를 모두 쏟아내고 싶었다.

저자가 한여름의 열병이었다던 집시 아비란 말인가. 진짜 제 아비를 내놓으라고 고래고래 소리를 지르고 싶었다.

코를 찌르는 돼지우리의 악취는 이제 아이에겐 만성이 되어 아무엇도 느껴지지 않았다. 다만 이렇게 자신의 일상에 차츰 익숙해져가는 것이 두려웠다. 무슨 이유로 두려운지 표현하고 싶은 마음은 한 가득하였으나, 제 이름 하나 가지지 못한 무지한 아이에게 그것은 쉽지 않았다.

백작을 만나서 자신이 그의 사생아라고 밝혔음에도 그들의 시간은 전과 다르지 않았다. 처음에는 밤중에 백작부인이 쳐들어와서 그녀의 어미를 끌고 갈까 가슴을 졸였다.

그들이 자는 중에 불이 나서 갇히는 꿈을 꾸기도 했다. 그들의 몸에 시뻘건 불이 붙어 울부짖는 모습을 은발의 백작이 전혀 안중에도 없다는 듯 바라보는 꿈.

하지만 그녀의 걱정과는 달리 아이와 레오니의 일상은 달라지는 것이 없었다.

그래서 우습게도 오히려 안심이 되었다. 이름이 없던 아이는 남은 생도 부디 이제까지만 같기를 소원했다. 지쳐 쓰러질 때까지 일을 하다 잠이 들고, 다시금 일을 하는 시간을 꿈꾸었다.

누군가 아이를 불렀다. 보통은 닐이나 짐 등으로 불리었다. 무엇으로 불리던 개의치 않았다. 이름 따위는 배부른 자들의 전유물이라고 여겼다.

"닐!"

"또 게으름 부리는 게냐?"

"아닙니다. 바로 갑니다."

아이는 뜨거운 불판 위를 걷고 있는 것처럼 재빨리 발을 놀려 일거리가 있는 곳을 향했다. 돼지 축사에서 김이 피어오르는 오물을 삽으로 퍼내 허둥지둥 그것을 수레에 옮겨 담았다. 질펀한 오물들이 한 자리에 있지 못하고, 수레를 타고 질질 새어 흐르고 있었다.

다음으로는 곧 새끼를 낳을 암돼지가 있는 격리된 공간에 들어가서 짚단도 새로 갈아주고, 배도 한번 만져보았다. 배가 불러서 제대로 움직이지도 먹지도 못하는 어미 돼지의 눈빛은 많이 지쳐 보였다. 부른 배 겉가죽 표면으로 무언가가 불룩하게 둥글게 튀어나왔다 들어갔다 하고 있었다. 그것을 지켜보자니 어미 돼지가 조금은 측은하다 싶었다. 하지만 아이가 돼지에게 해줄 수 있는 것은 마음속의 격려뿐이었다.

그러다 이내, 웬 쓸데없는 감상이냐 싶어서 서둘러 그곳을 떠났다. 발에 질퍽하게 감기는 오물 덩어리가 걸음을 붙잡는 것 같았다.

몸이 제법 회복되었지만, 일주일 만에 복귀한 일터는 아직 무리였던지 숨이 조금 찼다. 닐이라고 불리던 아이가 수레를 밀고 정원 쪽으로 오자, 정원사가 소리를 질렀다.

"야, 짐! 그건 오늘은 그냥 폐기하고 와라. 정원에서 냄새난다고 마님이 난리셨다."

"······네."

진즉 알려주었으면 여기까지 이 무거운 수레를 밀고 올 일도 없었을 테지만, 그런 투정은 언제나 마음속으로만 웅얼거릴 뿐이었다.

언제는 정원수에 거름 삼아 뿌려주니 마님이 칭찬을 했다고 했었는데…… 귀족의 변덕이란 알 수가 없다 생각했다. 그녀는 묵직한 수레를 끌고 성에서 인적이 가장 드문 공터로 가서 수레 끝을 기울여 그것들을 모두 처리했다. 한결 가벼워진 수레를 끌자 왠지 마음의 짐까지 벗어 던진 것 같기도 했다.

이제 곧 점심시간이다.

때를 놓치면 굶어야 하기 때문에 방금 또 짐이라 불린 아이는 빈 수레를 가장자리에 세우고, 손이라도 씻을 요량으로 우물가로 향했다. 우물에서 물을 길어서 얼굴도 씻고, 목도 씻어내자 몸에 밴 돼지 냄새가 좀 가시는 것 같기도 했다. 수건 따위가 있을 리 없어서 더러운 옷소매로 젖은 얼굴을 대충 닦아냈다.

그리고 허기진 배를 우선 물로 달래볼 요량으로 손으로 물을 떠서 입으로 가져가려는 참이었다.

"으흥."

누군가의 목소리가 들려 고개를 드는 순간, 일주일 간 외가 친척을 방문하고 돌아온 아비오와 마주치게 되었다. 아이는 손가락 사이로 빠져나가는 물이 옷을 적시는 것을 알지 못할 정도로 공포에 질렸다. 떨리는 손으로 아이는 본능적으로 배를 힘껏 움켜잡았다. 다 나았다고 생각했는데, 꾸역꾸역 밀려드는 통증이 느껴져 비명을 내지를 것만 같았다.

"너 같은 버러지들도 씻기도 하냐? 누가 마음대로 내 성의 우물을 이용하라고 했지?

아비오는 친척집으로 도망치듯 사라졌다 돌아와 하릴없이 말을 타고 로마그놀로 성을 배회하고 있었다. 무엇 때문에, 아니 무엇을 찾기 위해서 계속 여기저기를 돌아다니는지 알지 못했다. 그저 눈에 그려지는 것은 마르고 하얀 아이가 쓰러져 있는 것이었다.

그리하여 마침내 아이를 우물가에서 발견하고 느낀 감정은 희열에 가까웠음이리라.

그는 일주일 전에 저 괘씸한 것을 발길질하고 내내 마음이 편치 않았다. 흐르던 피를 보며 만족감 어린 눈을 했던 것도 금방이었고, 곧 아이가 죽었을까 걱정이 되었다. 그 아이가 사라지면 누구를 대신 괴롭혀야 하나. 또 그만큼 그 자신의 눈에 찰만한 아이가 있을까.

아이는 배를 감싼 손을 풀지 않고 고개를 땅에 닿을 만큼 조아렸다. 과연 귀한 도련님이 자신을 죽음 직전까지 몰아넣었다는 것을 알고 있을까. 그리고 저 높은 곳에 계시는 분의 몸에 흐르는 피와 낮은 곳을 기고 있는 자신의 피가 절반은 같다는 것을 알면 어떤 표정일지 아주 조금 궁금했다.

오랜만에 보는 아이는 조금 더 여윈 몸을 하고 있었다. 분명 툭치면 쓰러질 것처럼 볼품없는 꼴이건만 무엇 때문에 이리도 그의 시선을 옭아매는지 알 수 없었다. 세수를 해서인지 아이의 얼굴은 평소보다 더 뽀얗게 빛났고 천한 신분이라는 것이 무색할 만큼 그 눈빛은 맑았다.

물기가 내려앉은 목덜미가 아비오의 눈에는 그 어떤 것보다 뇌쇄적으로 보였다. 그는 누구에게도 말할 수 없었던 욕망으로 호흡이 점점 깊어졌다.

아비오는 당장 말에서 내려 아이의 목덜미를 잡아끌고 성의 뒤로 향했다. 마주한 살결은 지독히도 부드러웠고 팔딱거리는 아이의 맥박에 그대로 절정으로 가 버릴 것 같은 아득한 기분을 느꼈다.

"아비오님, 놔 주세요. 도련님, 잘못했습니다. 이제는 우물을 이용하지 않겠습니다."

아비오에게 끌려가는 것이 너무 두려워 아이는 무슨 말을 하는지도 모르는 채로 계속 애원하고 있었다. 이번에 또 맞는다면 다시는 어미의 얼굴을 볼 수 없을 거라는 느낌이 강하게 들었다.

아비오는 인적이 드문 곳에 이르자 아이를 바닥으로 내동댕이쳤다. 이를 악물고 짧은 말을 내뱉었다. 그 말은 아이에게 하는 것이기도, 혹은 그 자신에게 하는 독백이기도 했다.

"너 따위가 감히 나를."

여인은 그가 왜 자신을 볼 때마다 계속 저런 말을 하는지 영문을 몰랐다. 이미 지독한 두려움에 휩싸여 감히 고개를 들지 못하고 땅에 엎드려 두 손을 비비며 애원을 했다. 그리하여 아비오의 바지 앞섶이 불룩하게 나온 것도 보지 못했다. 이번에는 죽음의 신이 드리는 커다랗고 서늘한 낫이 자신의 목을 날려버리겠구나 싶은 공포감에 빠져 허우적댔다.

아이는 몸을 아기처럼 웅크리고 이어질 발길을 예상하며 눈을 감았다. 그리고 사실은 언젠가부터 그 존재를 의심하게 된 신에게도 기도했다. 살려달라고 빌다가 끝에는 어머니의 얼굴이라도 한 번 더 볼 수 있었으면 좋겠다고 빌었다.

하지만 예상했던 폭력은 없었다.

너른 공터에 웅크린 그녀의 울먹임과 아비오의 숨소리만이 가득 들어찼다. 순간 아비오가 무릎을 꿇고 앉아서 그 손을 자신에게 뻗는 것을 느꼈다. 아이는 혹여나 자신의 목을 조를까, 머리를 쥐어뜯을까, 겁이 나 숨소리조차 내지 못했다. 점점 그녀에게 다가오는 아비오의 뜨거운 입김은 무척이나 거칠었다. 그녀는 이것을 벽장 속에서 들어본 적이 있었다.

순간 떠오른 생각에 아이는 손으로 입을 틀어막았다. 자신을 사내로 알고 있는 게 분명한데 이게 무슨 일이란 말인가!

아비오는 손가락으로 아이의 뒷머리를 쓸고 목덜미를 어루만졌다. 그 손길은 자신을 때릴 때와는 다르게 몹시도 신중했고 섬세했다. 다른 한 손은 바쁘게 자신의 몸 어딘가를 계속 더듬어갔다.

아이는 그의 점점 빨라지는 숨소리와 그의 손가락이 자신의 몸에 닿은 것이 소름이 끼쳤다. 아비오의 역겨운 몸뚱이를 밀어제치고 달아나고 싶었다. 하지만 목숨은 하나라, 이후 제게 닥칠 폭력에 떠오른 생각들을 감히 실천할 수 없었다.

그저 이 시간이 빨리 끝이 나기만을 하늘에, 대지에 빌고 또 빌었다. 그의 손은 목에서 귀로 머리로 등으로 끊임없이 탐색하듯 나아갔다. 마지막에는 아비오가 아이의 머리를 뽑을 듯이 쥐어뜯으며 몸을 떠는 것 같았다.

"아, 감히 너 따위가 나를."

그는 혼자서 욕을 하고, 화를 내다 갑자기 손을 치우더니 아이를 버려두고 벌떡 일어섰다. 아비오는 잠시 엎드린 아이를 내려다보고는 조용히 걷기 시작했다. 아이는 그의 걸음 소리가 사라질 때까지 눈을 감고 있다가 몸을 일으켜보았다. 그의 손이 닿은 곳에 벌레가 미끄러졌던 것처럼 불쾌감이 서렸다. 그가 있던 바닥에는 희뿌연 액체가 점점이 흩뿌려져 있었지만, 아이는 그것이 무엇을 의미하는지 몰랐다. 그저 목숨을 부지했다는 것이 기뻐 웃었다.

자신의 인생에 운이라는 것은 없는 줄 알았는데, 이렇게 맞지도 않고 넘어가는 날도 있다니. 욕설을 좀 듣는 것 정도는 정말이지, 큰일에 속하지 않았다.

'내일도 제발 오늘만 같아라. 목이랑 머리를 좀 내어주고 안 맞을 수 있다면 그것도 나쁘지 않지. 아무렴.'

그렇게 생각하면서 아주 환하게 웃으며, 어머니가 다시 염색해

준 머리를 긁적이며 원래 가려던 주방으로 다시금 발걸음을 뗐다. 가는 동안 마치 무엇을 닦아내려는 것처럼 소맷자락으로 아비오의 손이 닿은 곳을 쓱쓱 문질러보기도 했다.

백작가의 후계자이자 가문의 유일한 사내아이로 태어난 아비오로마그놀로는 그의 머리칼만큼 붉어진 눈을 비비며 소리를 지르고 있었다.

"내가 지금 무얼 한 거지."

말을 타고 돌아다닐 때만 해도 이럴 의도는 전혀 없었다. 그냥 있어야 할 것이 그 자리에 제대로 있는지 확인만 해볼 요량이었다. 양들이 모두 몇 마리인지, 소는 몇 마리가 있는지 살펴보는 것과 비슷한 이치였다. 어차피 백작의 작위를 승계하게 되면 이 성에 딸린 고용인들부터 해서 작은 돌 하나까지 모두 그의 소유가 될 터였다. 따라서 그 몹쓸 존재는 자동으로 그의 것이라 여겼다.

아비오는 자신의 양손을 펼쳐 내려다보며 자괴감에 빠졌다. 한손으로 그 가느다란 목덜미를 움켜쥐고, 다른 한 손으로는 무엇을 했던가.

절정은 아주 짧았으며 이후 내내 그의 기분은 장마철의 검은 구름 속에 싸인 듯 암울했다. 만일 이 사실을 백작님이 아시게 된다면 그에 대한 평가는 이제 바닥을 칠 것이다.

"아."

언젠가부터 꿈을 꾸면 아비오를 향해 해사하게 웃어주는 아이가 등장했다. 그 웃는 모습에 절로 행복했고, 몸이 다 비치는 얇은 옷을 입고 그에게 달려오는 아이를 꿈꾼 날은 어김없이 슈미즈 아래가 축축해지기도 했다. 그것은 그의 첫 몽설이었으며 이후 그 대상은 단 한 번도 달라지지 않았다.

아비오는 아주 잠시 두려움에 등을 떨었다. 만약 그것이 아까의 행동으로 저를 싫어하게 된다면 어쩌나?

그러나 금세 굽은 등을 펴며 두 손을 맞잡았다.

그런 버러지들에게는 선택권이 없다는 것을 깨달았기 때문이었다. 그것은 그의 손길을 거부할 권리가 없으며, 고귀한 백작가의 후계자의 관심을 받는 것을 큰 영광으로 알아야 한다. 그리 생각이 들자 아비오의 창백한 낯에 아주 환한 미소가 걸리기 시작했다.

왕국의 비옥한 곡창지대를 노린 침략은 결국 이웃 나라가 물러가는 것으로 마무리되었다. 전쟁은 양쪽 다 무참한 희생을 야기한 채로 끝이 났고, 전쟁 이후 새로이 탄생한 것은 영웅의 이름 하나뿐이었다.

이번 전쟁에서 왕국을 수호해낸 데 큰 공을 세운 젊은 공작.

그는 빼어난 검사임과 동시에 엄청난 지략가이기도 했다. 또한 죽음 앞에서도 늘 초연했기에, 그 모습을 보고 따르는 이들이 많았다. 공작의 뒤를 따르면 무조건 살 수 있다는 맹목적인 믿음과 그의 앞길에는 오직 승리뿐이라는 말들이 과장이 아니라 여겨질 정도로 타인의 신망을 사고 있었다.

왕은 전쟁의 일등 공신인 미혼의 공작에게 부상으로 명문가의 영애를 짝지어주었다.

"아무리 그래도 그렇지. 전하가 어떻게 우리 가문에 이러실 수가 있죠? 백작님, 무슨 말씀이라도 해 보세요!"

그러나 그게 하필이면 로마그놀로 가문이었던 것이다.

젊은 공작이라면 혼인 상대로 모두의 환영을 받을 것 같지만, 하필 모르시아니 공작은 그런 인사가 아니었다. 그에게는 수많은 섬뜩한 소문들이 따라다녔다. 사실은 인간이 아닌 악귀라는 둥, 피로 목욕을 하는 것을 즐긴다는 둥, 괴이하게 날것을 즐긴다는 둥, 엄청난 추남이라는 둥. 그는 언젠가부터 귀족들의 사교모임이나 무도회에 얼굴을 비치지 않았으므로, 그런 괴이한 소문들은 걷잡을 수 없을 정도로 불어나 있었다.

"우리 메이린은 안 돼요!"

로마그놀로 백작부인은 자신의 귀한 막내딸을 그런 무서운 자에게 보낼 생각이 전혀 없었다.

"그런 손에 피만 잔뜩 묻은 자와 심약한 메이린은 맞지 않는답니다. 아마 우리 메이린은 모르시아니 공작님과 혼인을 하게 되면 비극적인 운명을 살게 될 겁니다."

백작은 부인의 말은 전혀 듣지 않은 채, 손가락에 찻잔을 걸고 고민에 빠져 있었다. 그는 조금 다른 이유로 공작을 꺼려했다.

그가 현역에서 물러나기는 했지만, 어느 가문도 로마그놀로 백작에게 함부로 굴지 않았다. 그들은 그의 생일이나 큰 기념일마다 선물과 축전을 꼬박꼬박 보내며 존경을 나타냈다.

'하지만 그 젊은 공작 애송이는 어땠나?'

그에게 무얼 보내기는커녕 코빼기도 보이지 않았다.

'젊은 놈이 너무 건방진 것이 꼴 보기가 싫었지. 그런데 감히 우리 같은 유서 깊은 가문과 연을 맺겠다는 거냐.'

그는 모르시아니가 더 오래된 명망 있는 가문이라는 생각 따위는 하지 못했다. 한참을 생각에 집중하던 로마그놀로 백작은 한순간 아주 비열한 미소를 지었다.

"음, 밖에 나가서 레오니의 아이, 그 이름이 뭐더라. 하여튼 그 아이를 데리고 와라."

백작의 명을 들은 하인이 바로 방 밖으로 빠르게 나갔다.

"레오니가 누구죠? 그 아이는 또 누구죠?"

백작부인은 도무지 모르겠다는 표정으로 앞으로의 일이 걱정되는 듯 입술을 꼭 깨물고 있었다.

오늘 점심으로 나온 죽에는 웬일로 고기 조각이 들어 있었다. 아주 작긴 해도 이게 얼마 만에 먹어보는 고기던가. 매일같이 돼지 축사를 치우긴 해도, 고기를 먹는 일은 참 드물었다. 성에 큰 경사가 있다든지 해야 아랫것들에게도 고기 냄새 맡을 기회가 돌아왔었다.

　'……이거 슬슬 불안해지는데.'

　이가 나간 죽 그릇에 들어 있는 작은 고기 살점 하나에 기뻤던 아이는 이내 심란해졌다. 자신들에게 찾아오는 행운은 일단 의심부터 하는 게 습관이 되었다. 우선은 주린 배부터 채우자 싶어서 단숨에 죽을 들이켰다.

　"닐!"

　"백작님이 부르신다!"

　그것은 방금 마신 죽이 식도를 겨우 넘어가고 그릇도 내려놓기 전의 일이었다. 성에서 일하는 하인이 아이를 찾았다. 바닥에 아무렇게나 앉아서 식사하던 성의 고용인들이 모두 일제히 아이를 쳐다보았다. 백작에게 불려가는 게 결코 좋은 일이 아니란 것은 모두가 알고 있었다.

　"무슨 말썽이라도 부린 거야?"

　"지난번에 아파서 일주일 일 빠진 것 때문일까?"

"설마. 그건 아비오 도련님이 때려서 그런 거였잖아."

"쉬, 누가 들을라. 그 주둥이 간수를 잘해야 되는 거 몰라?"

모두의 걱정 어린 시선을 받으며 아이는 죽 그릇을 물에 담가 헹구고 하인을 따라나섰다. 어쩐지 더럽게도 운수가 좋은 날이다 싶었다.

'젠장.'

아이는 침을 바닥에다 뱉으며, 부정한 기운이 물러나길 간절히 바랐다. 아이는 방금 먹은 죽이 속에서 역류할 것 같은 기분이 들었다. 성으로 들어가는 길이 평소보다 멀게 느껴지고, 발에 추를 단 듯 무거웠다.

'도대체 무슨 일일까.'

도무지 짐작이 되지 않았다. 깨끗하게 반짝이는 성 내부는 아이가 있을 곳이 아니었다. 자신의 오물로 얼룩진 옷과 때가 잔뜩 낀 손톱, 몸에 배인 축사 냄새, 이런 것들이 아이를 위축되게 만들었다.

"백작님, 데려왔습니다."

지난번 백작님을 만났던 그 방이었다. 하지만 오늘은 그 혼자가 아니라 백작부인도 함께였다. 붉은 머리의 자그마한 백작부인은 아이를 보자마자 눈을 찌푸리고 작은 흰 손으로 앙증맞은 부채를 부치기 시작했다.

반대로 아이는 정원에 핀 붉은 장미처럼 화려하고 귀티가 나는 여인을 보고 입이 감탄으로 살짝 벌어졌다. 자신처럼 비루한 것과는 같은 인간도 아닌 것 같았다.

긴장으로 얼어버린 남루한 차림의 아이를 보며 백작부인은 하인에게 싸늘한 목소리로 명령을 내렸다.

"어서, 창문을 열도록 해라. 대체 이게 무슨 냄새냐."

아이는 자신의 몸에서 좋지 않은 냄새가 나는 줄 알고 있었지만, 이 정도인 줄은 몰랐다. 게다가 백작부인이 자기를 보는 시선이 얼마나 노골적인 무시를 담고 있는지, 얼굴이 화끈거릴 정도였다.

그러자 백작이 부인을 비난하는 듯한 목소리로 한마디를 거들었다.

"부인, 그럼 저 아이가 부끄럽지 않겠소?"

백작부인은 자신의 남편이 저 거지 같은 꼴을 한 사내아이를 두둔하는 것을 듣고 눈을 동그랗게 떴다. 설마 이제 자신의 남편이 하다못해 사내아이까지 건드리는 건가? 백작부인은 그런 불경한 상상을 아주 잠시 해 보았다.

"백작님, 대체 저 아이가 누군가요?"

"우리의 은인이 될 아이랍니다."

백작은 창가에 서서 은발을 가볍게 날리며 만족감이 서린 표정을 짓고 있었다.

"은인이라뇨?"

백작부인은 점점 더 뜻 모를 말만 하는 백작이 야속해서 그에게

58

답을 독촉했다.

"이 아이는 나의 사생아라오."

"그럴 리가!"

백작부인은 테이블 앞에 낮은 의자에 앉았다가 놀라서 반쯤 일어섰다 다시 주저앉았다. 성 내에 백작이 건드린 하녀들의 뒤처리는 철저하게 했다고 생각했던 부인이었다.

'감히 자신의 눈을 피해 살아남은 아이가 있을 줄이야!'

백작부인은 분노로 눈이 붉게 달아올랐다. 하지만 차마 백작의 앞에서 그 들끓는 감정을 드러낼 수 없어 드레스 자락만 쥐락펴락하며 앉아 있을 뿐이었다.

"화낼 것 없소. 귀족이 사생아를 두는 게 흠도 아니고, 그리고 이 아이는 메이린 대신 공작가로 보낼 아이란 말이오."

"사내아이가 아니란 말인가요?"

백작부인이 다시 찬찬히 눈앞에 볼품없는 아이를 살펴보았다.

사내아이로 치자면 열두 살은 넘겼을까 생각이 드는 작고 마른 아이였다. 하지만 그 얼굴이 천한 것 치고 하얗고, 특히 눈에 제법 귀티가 흘렀다.

'제대로 먹이고 머리를 기르면 제법 볼만하겠어.'

하지만 그것이 백작의 사생아이기에 가능한 것이란 생각이 들자 백작부인의 뺨이 분노로 끓어오르기 시작했다. 그의 애정을 받기는 애초에 포기했다. 하지만 백작의 핏줄은 그녀에게서 난 아이

말고는 백작 가에 존재해서는 안 된다 마음을 먹었었다. 부인은 백작에게 그녀의 속내를 들키지 않으려 애쓰며 그에게 공손하게 말을 덧붙였다.

"하지만 백작님, 우리 메이린은 저를 닮아서 머리가 붉은색이잖아요."

"어차피 저 아이의 지금 머리도 염색을 한 거라고 하더군."

백작의 대답에 백작부인은 둔기로 뒷머리를 맞은 것 같은 충격을 받았다. 그렇다면 본래의 머리색은 무어란 말인가.

'레오니는 누구지? 어째서 이것들을 놓쳐버린 걸까.'

너무 늦은 후회로 몸이 덜덜 떨렸다.

"그래, 넌 이름이 뭐지?"

백작이 자신의 사생아에게 질문했다. 그 말에 푹 숙이고 있던 아이의 고개가 땅에 코라도 박을 기세로 더욱 아래로 향했다.

"백작님이 물으시지 않느냐!"

백작부인이 화가 난 목소리로 대답을 재촉하고 있었다.

"죄송합니다. 저는 이름이 없습니다."

아이는 그 말을 하면서 목소리가 제대로 나오지 않아 애를 먹었다. 정말이지, 백작의 사생아라는 것을 알게 된 이래로 계속 불안했는데, 이런 상황이 너무 불편했다.

'백작성 따위는 절대 오고 싶지 않았다고……'

저들 앞에서 온몸이 발가벗겨져서 관찰을 당하는 기분이었다.

벌레가 온몸에 기어 다니는 것 같기도 하고, 수치스럽기도 해서 견디기가 어려웠다.

"천한 존재지만, 어찌해서 그 이름 하나가 없다는 거냐."

백작부인은 역시 아랫것들은 무식하고 천박하다며 혀를 찼다. 그때 창가에서 몸을 돌리며 백작이 입을 열었다. 그는 사생아에게 이제껏 이름이 있었든 없었든 관심이 없었다.

"어쨌든 큰일을 해줄 아인데, 이름을 주어야겠지. 그 성에 가면 메이린으로 살아야겠지만 말이지."

백작은 선심을 쓰듯 단 30초 만에 아이에게 17년 동안 없었던 이름을 지어주었다. 그는 평생 아마 그의 사생아가 그리 불릴 일이 없다는 것을 잘 알고 있었을 것이다.

"네게 나의 성을 주겠다. 물론 너와 나만 아는 이야기가 되겠지만. 으흠, 눌리타스[1] 로마그놀로가 좋겠군."

"백작님, 어찌 저런 사생아에게 성까지 붙인단 말인가요."

"아무도 알지 못할 텐데 그 정도 호의는 베풀어야 하지 않겠소?"

'눌리타스'라고 불린 아이는 갑자기 생긴 이름과 지금 듣고 있는 이야기로 정신을 차릴 수가 없었다. 왜 이름을 갑자기 지어주는 것이고, 그것이 어떻게 미천한 자신에게 호의를 베푼다는 건가. 모

---

1) 눌리타스(núllītas): 무(無)

든 것이 납득이 가지 않는 아이였다.

'메이린 아가씨 이름은 왜 나오는 거지. 그리고 내가 그들의 은인이라니.'

돼지들을 열심히 돌보면서 그저 가늘고 긴 삶을 영위하고 싶었던 아이는 자신 앞에 무언가 좋지 않은 먹구름이 드리워졌다는 것을 본능적으로 깨달았다. 문자를 배운 적이 없어서 자신에게 주어진 이름이 무슨 의미인지 알 길은 없었지만, 그것이 긍정적이거나 좋은 의미가 아니라는 것 정도는 백작의 말투에서 읽을 수 있었다.

그녀는 이름 없이도 잘 살았고, 앞으로도 이름은 필요 없었다.

백작부인은 '눌리타스'가 가지는 의미를 떠올리고는 백작의 숨겨진 아이를 향해 차가운 미소를 던졌다.

이제 막 이름을 가지게 된 눌리타스는 이제 그녀의 고요한 일상이 어디서부턴가 무너지기 시작했음을 깨닫게 되었다.

눌리타스가 고개를 들자 풍채가 좋은 백작과 눈이 마주쳤다.

백작이 그녀를 보는 눈은 가축우리에 있는 것들을 보는 것과 다를 바가 없었다. 저 사람이 바로 그녀 육신의 절반을 내어준, 아비란 자였다.

백작이 천천히 앞으로의 일들에 대해서 혼잣말을 하듯 늘어놓왔다.

백작가의 진짜 영애인 메이린은 우선 수도원으로 피신해서 때를 기다리다, 이웃 왕국의 친척에게 의탁하게 한다는 것이었다. 그리고 얼마 전까지는 존재조차 몰랐던 그의 사생아에게 메이린의 대역을 시켜서 공작가로 보내겠다고 했다.

그 말을 들으면서 백작부인은 중간중간 낮은 비명을 지르며 마치 기절할 것 같은 사람처럼 낯빛이 파래졌다. 눌리타스는 감히 귀족 나리가 말씀하시는 데 끼어들어도 되나 주저하다, 결국 마른입을 다시며 궁금한 것을 물어보았다.

"백작님! 황송하지만, 저는 돼지우리를 치우는 천한 것인데, 어찌 귀족이 될 수 있다는 겁니까?"

백작은 그의 계획을 듣고 의문을 제시하는 짧은 머리의 추레한 아이를 쳐다보았다. 그의 눈은 마치 사냥감을 노리는 늑대처럼 날카로웠다.

'과연 저 아이가 어디까지 해줄 수 있을까?'

백작이 턱만 만지작거리며 답이 없자 눌리타스는 뼈가 덜덜 떨리기 시작했다. 귀족을 사칭하다니, 들키면 즉각 사형될 만큼의 중죄였다. 가당찮은 일이었다. 자신이 여인이란 것을 안 것이 불과 얼마 전이었고, 할 줄 아는 것이라고는 요령껏 오물을 퍼 담거나 볏짚을 나르는 일들뿐이었다.

'내가 귀족 행세라니, 말도 안 돼!'

백작은 이미 사생아에겐 흥미를 잃었다는 듯 먼 곳을 응시하고 있었다. 백작부인도 놀란 것은 마찬가지였는지 손을 떨면서 하늘에 소리치듯 나지막하게 외쳤다.

"백작님, 저 천한 것이 어찌 우리 메이린을 대신한다는 말인가요?"

백작은 그의 부인의 말에는 고개를 돌려 무언가 복잡한 시선을 보내며 입을 열었다.

"부인. 잘 생각해 보시오. 사생아니 절반은 귀족의 피가 흐르고 있을 것 아니오. 또 모르는 것은 가르치면 될 테지. 날 때부터 귀족의 예법을 알고 태어나는 이는 없는 법 아니겠소. 또한 머리야 붉게 염색을 해버리면 간단하게 해결이 되오."

백작부인은 자신의 막내딸 메이린이 그런 악귀 같은 자와 혼인하는 것도 싫었지만, 공작을 속이는 것도 내키지 않았다. 잘못되면 가문에 큰 화가 닥칠 것이다. 귀족의 딸로 태어나 대체로 순탄한 삶을 살았던 그녀는 혹 길바닥에 나 앉게 될까 봐 겁이 나기 시작했다.

눌리타스는 백작이 빈말을 하는 게 아니라는 것을 깨닫고, 손톱에 때가 낀 손으로 땅을 기기 시작했다. 차라리 지금보다 밥을 덜먹으라 하시면 따를 것이고, 일을 더 하라 하시면 노력해 볼 것이다. 하지만 귀족 사칭이라니, 생각만 해도 소변을 지릴 것만 같았다. 그녀는 앞이 캄캄했다.

"주인님, 백작님, 제발 살려 주십시오. 저는 못합니다. 제발요."

그녀는 기어가 백작의 반짝이는 구두 끝을 부여잡았다. 그녀에게 백작은 피와 살을 나누어 준 창조주이자, 그녀의 생과 사를 결정하는 힘을 가진 사신이기도 했다. 눌리타스는 제발 그가 생각을 돌릴 수 있기를 기대하며 빌고 또 빌었다.

"저는 이렇게나 지저분하고 보잘 것 없습니다요. 제가 아가씨 대역을 할 수 있을 리가 없습니다요. 백작님. 더 열심히 일하겠습니다. 쉬지 않고, 덜 먹고, 더 노력할 것입니다. 제가 잘 하겠습니다. 백작님. 부디 다시 생각해주십시오."

눌리타스는 눈물과 콧물을 마구 흘리며 그의 구두 끝이 목숨 줄인 것처럼 손으로 부여잡았다. 제발 백작이 그녀를 가엾게 여겨 마음을 바꾸길, 바라고 또 바랐다.

하지만 백작은 그의 구두 끝에 무언가 오물이라도 묻은 것처럼 그녀의 손을 떨쳐냈다. 그리고 손수건으로 바지 밑단을 닦아내면서 구석에 웅크리고 있는 그녀에게 환하게 웃으며 말을 건넸다.

백작의 눈은 확신으로 가득 차 있었다.

"아니, 넌 잘 할 수 있을 거야. 왜냐하면 네가 죽을 각오로 해내지 않는다면 말이야……."

눌리타스는 백작이 말을 잠시 멈추자 고개를 들었다. 눌리타스와 같은 빛깔의 눈은 그녀를 보고 있되, 보고 있지 않았다. 그는 가늘고 붉은 입술을 한 번 혀로 다시며 눈을 빛냈다.

"그렇지 않으면 말이야. 가련한 네 어미가 얼마나 슬퍼할까?"

눌리타스는 몸을 떨던 것을 멈추었다. 지금 저 악마를 닮은 백작이 무슨 말을 하고 있는 건가 귀로는 들었지만, 머리로 받아들이는데는 시간이 걸렸다.

'어머니를 왜 들먹거리는 거지.'

그러다 찰나의 순간에 깨달음이 그녀의 전신을 꿰뚫듯 스쳐갔다. 백작은 지금 그가 평생을 유린해온 어머니를 볼모로 잡고 눌리타스에게 메이린의 역할을 해낼 것을 종용하고 있는 것이다. 아비오에게 맞았을 때보다, 그의 역한 숨결을 지척에서 감당해야 했을 때보다, 더 속이 울렁거렸다.

'저자가 진정 사람이란 말인가.'

백작에게 욕을 한바탕 퍼붓고 똥물이나 끼얹어 분을 풀고 어머니와 멀리 떠나고 싶었다. 그의 눈이 닿지 않는, 그의 손이 해를 끼칠 수 없는 곳으로 말이다.

제대로 교육받지는 않았으나, 눌리타스는 닥쳐올 재앙을 쉽게 예측할 수 있었다. 지금 저자는 빈말을 하고 있는 게 아님이라. 그녀는 느리게 고개를 까닥하며 수긍하는 의사를 밝혔다. 그러자 패배자 같은 사생아의 꼴을 보며 백작의 얼굴에 만족스러운 미소가 피어올랐다.

'모르시아니를 기만하는 동시에 내 핏줄을 보호하는 일거양득의 작전이 아닌가. 제아무리 날고 긴다 하는 그 젊은 놈보다 내가

우위에 서 있단 말씀이야.'

자신보다 위대한 지략가가 없다며 칭송하던 무리들이 근자에는 모두 모르시아니 공작가의 발밑에서 아첨을 떨고 있었다. 그는 그저 그 새파란 애송이가 사생아와 혼인을 치를 생각을 하니 웃음이 터질 것 같았다. 물론 그에게 레오니와 그녀의 아이가 받을 상처나 고통 따위는 하등 고려의 대상이 되지 않았다.

"자자. 이제 바쁘겠군. 부인. 하녀들을 시켜서 우선 저 아이를 씻기고 잘 먹이도록 하시오. 지금 저 꼴을 해서야 짐승인지 인간인지도 분간이 안 가는군요."

백작부인은 그의 계획에 전적으로 동조할 수는 없었다. 자신만만해 보이는 백작의 호언에도 어딘지 불안한 마음이 그녀의 속에 잔존해 있었다.

'너무 위험해……'

더구나 그녀의 소중한 아이들이 걸린 문제라 백작부인의 신경은 아주 날카로웠다. 하지만 이 시대 여인들에게는 발언권이라는 것은 없는 것과 매한가지라 침묵을 지킬 수밖에 없었다.

"어서 따라 오너라."

구석에 웅크리고 있던 아이를 매섭게 노려보며 백작부인이 앞장을 섰다. 눌리타스는 분노와 충격으로 엉망이 된 몸을 이끌고 힘겹게 일어섰다.

눌리타스는 나가기 전에 백작의 모습을 똑똑히 보았다. 그녀가 지금 그들의 말을 순순히 따르는 게 결코 패배를 인정하는 것은 아니라고 곱씹었다.

그녀의 뒤로 거대한 문이 닫혔다.

하녀들은 뜨거운 물로 나무통을 채우고, 싫은 기색이 역력한 얼굴로 눌리타스의 옷을 벗겨내려 했다. 그러자 그네들의 손길을 뿌리치고 눌리타스 스스로 걸친 것들을 훌훌 벗어 내렸다. 오물이 잔뜩 묻은 옷과 살갗에 습기가 닿자 역한 냄새가 그곳에 가득 차기 시작했다.

"아, 냄새."

하녀들은 그들이 갑자기 돼지나 치던 이의 목욕시중을 들어야 한다는 것이 못마땅해 티 나게 짜증을 부렸다. 그러자 눌리타스의 출생의 비밀을 전해들은 하나가 다른 하녀에게 속삭였다. 하지만 백작의 사생아란 것이 그들의 표정을 밝게 만들어 주지 않았다.

그들의 부정적인 감정을 눌리타스는 고스란히 느낄 수 있었다. 나신의 눌리타스는 미안하다는 말을 건네고 싶었다. 하지만 마른 입이 쉬이 떨어지지 않았다.

그녀도 원해서 그렇게 태어난 것이 아니라고, 눌리타스 스스로도 아직 받아들이기 힘든 일이라고, 속으로만 말을 삼켜야 했다.

하녀들은 우악스러운 손으로 눌리타스의 때를 벗겨냈고, 지독한 악취를 씻어내기 위해서 장미로 만든 향유도 듬뿍 발랐다.

목욕을 마친 뒤에는 메이린 아가씨가 예전에 입던 초록색 드레스를 성의 없이 갈아입히고 뒤도 돌아보지 않고 우르르 빠져나갔다. 하녀들의 마음이 이해가 되지 않는 것은 아니었다. 저 같아도 방금까지 돼지 오물이나 치우던 이의 시중을 들게 된다면 얼마나 기가 찰까.

모두가 사라져버린 방에 서서 눌리타스는 거울 앞에 섰다.

아까 하녀들이 있을 때는 차마 용기가 나지 않아 자신의 모습을 바라볼 시도조차 하지 못했다. 이런 여인의 차림을 한 것은 처음이었다. 길게 내려오는 드레스를 입은 감촉도 어색했고, 걷는 데 옷감이 발목에 휘감겨 마치 아기가 처음 걸음마 연습을 하는 것처럼 어눌해진 기분이었다.

거울에 비친 여인은 참 우스꽝스러웠다. 삐죽삐죽 짧은 머리, 볼륨이라곤 없는 마른 몸에 걸쳐진 드레스는 마치 커튼을 몸에 감고 있는 것처럼 볼품없기 그지없었다. 처음 걸친 드레스를 입은 모습을 보며 어떤 감상에 빠지는 것도 잠시였다.

"백작님이 부르십니다."

하녀 하나가 들어와서 그녀에게 퉁명스럽게 그 말만 남기곤 사라졌다. 눌리타스는 손으로 뻗친 머리를 아래로 내리려 만져보다 달라지는 것이 없자 그냥 그 방을 나섰다.

약간 긴 드레스를 끌며 백작의 집무실로 내려가다가 만나고 싶지 않은 얼굴 하나를 보았다. 처음에 아비오는 그녀를 보고 바로 알아채지 못하고 의아한 눈길만 보냈다. 그러더니 그 눈이 점점 커지면서 바로 다가와 눌리타스의 어깨를 양손으로 잡고 흔들었다.

"너 여인이었어? 너 왜 이런 것을 입고 있는 거야? 아니, 너 왜 성 안에 있어?"

아비오는 흥분해서 쉬지 않고 그녀에게 질문 세례를 퍼부었다. 눌리타스는 지금 너무 지쳐서 아무 말도 하고 싶지 않았다. 그녀의 침묵에 아비오는 더욱 세차게 그녀를 몰아붙이기 시작했다.

"설마 너 백작님의 정부라도 되는 거야? 아니지? 응?"

그는 마치 부인의 외도를 의심하는 남편이라도 되는 것처럼 눌리타스에게 추궁을 거듭하고 있었다. 그녀는 그에게 어떤 설명을 할 필요성을 느끼지 못했지만, 앞으로 피할 수 없는 일이라면 기운을 내보자 결심했다.

처음으로 하는 자기 소개였다.

"저는 눌리타스 로마그놀로입니다."

"눌리타스?"

아비오는 믿을 수 없다는 듯 그녀가 말한 이름을 되뇌었다. 저것에게 이름 따위가 있는 줄은 처음 알았다. 아비오는 그녀가 자신과 같은 성을 말했다는 것은 뒤늦게 알아차렸다.

"……아니, 너 같은 버러지가 왜 우리 가문의 성을 쓰는 거지?"

"저는 사생아입니다."

사생아라고 말한 순간 아비오의 눈에 기이한 빛이 돌기 시작했다.

"그럴 리가."

아비오는 그의 밤을 늘 괴롭히는 그녀가 사내가 아니었다는 것도 혼란스러웠는데, 그녀가 그와 같은 피를 나누었다는 것을 선뜻 인정할 수 없었다.

"그럴 리 없어."

아비오는 입을 벌리고 망연자실한 표정으로 그녀를 흔들던 손을 내리고 서 있었다. 눌리타스는 그녀를 막고 서 있는 그를 밀어내고 백작에게로 향하기 위해 몸을 돌렸다. 그제야 눌리타스가 그에게서 벗어난 것을 깨달은 아비오가 큰 소리를 치며 그녀를 불렀다.

"야, 너 서봐. 그게 말이 된다고 생각해? 거짓말이지? 응? 너랑 나랑 피가 섞였다는 거야? 응?"

아비오의 절망적인 울림은 백작 성을 가득 메울 정도로 컸다. 하지만 눌리타스는 뒤를 돌아보지 않았다. 저이의 목소리는 꼭 돼지 꼬리 끝을 끊을 때 내는 돼지 비명 소리와 닮았다고 생각하는 눌리타스였다.

아비오의 목소리가 그녀의 등에 끈적하게 달라붙어 아직도 귀에 맴도는 것 같았다. 그의 의문은 당연했다. 아직 그녀조차도 믿기지 않는 일이 아니던가. 그저 해가 뜨면 수레를 끌었고 건초 더미를 깔고 오물을 치웠다. 그리고 다시 무거운 짐을 옮기는 것으로 하루를 마무리했었던 그녀가 지금 사방에 그림이 가득한 먼지 한 톨도 없는 복도를 지나고 있었다.

눌리타스는 용기를 내어 아비오를 밀어제친 후 마구 뛰는 심장을 부여잡고 걸음을 계속 옮겼다. 예전에는 상상조차 하지 못했던 일이었다. 감히 백작가의 후계자에게 이 더러운 손을 대다니…….

그녀는 거칠어진 손을 들어 가슴에 대었다가, 다시금 손을 펴서 천천히 내려다보았다. 그녀의 삶이 온전히 담긴 마른 손이 오늘따라 더욱 초라해 보이는 것 같았다.

하지만 이내 어머니의 얼굴을 떠올리며 힘을 내어 다시 백작의 방 앞에 섰다. 그 문을 열기 전 다시 한번 그녀가 입은 드레스의 감촉을 느껴보았다. 너무나 보드라워서 꽃잎을 만지는 것 같았다. 그녀의 손이 닿으면 이 꽃이 검게 말라 져버리지 않을까 싶어 그 손을 거두었다.

'이 얼마나 우스운 꼴인가.'

깊은 한숨을 내뱉으며 마음을 다잡아 보았다.

'백작님이 어떤 말씀을 하시든 더 놀라지 말자. 어머니와 나만 생각하자.'

다들 개똥밭에 굴러도 지옥보다는 이승이 낫다고들 했다. 살아만 있으면 어떻게든 살아지겠지. 그렇게 살다 보면 좋은 날이 오겠지, 오늘보다는 나은 날이 분명 존재할 거라고 그녀는 믿어왔다. 눌리타스는 두 손으로 마른세수를 한 뒤에 힘겹게 그 문을 열었다.

백작의 집무실에는 어딘지 즐거워 보이는 백작과 불안이 가득해 보이는 백작부인, 그리고 메이린이 있었다. 눌리타스가 나타나자 그들의 시선이 그녀에게 고정되었다.

아까 와 본 곳이건만, 너무 낯설고 두려운 기분이 들어 쭈뼛쭈뼛하며 방에 들어선 눌리타스는 귀족의 예법을 알 리가 없으므로 그냥 일하는 사내들이 하는 양 인사를 했다.

드레스를 입은 그녀가 넙죽 절을 하자 메이린이 짧은 비명을 내질렀다.

"망측하기도 해라."

무슨 진귀한 구경이라도 하는 것처럼 메이린이 눌리타스 가까이 와서 한 바퀴 빙 돌았다. 이제는 유행이 지나 입지 않는 메이린의 드레스를 입고 젖은 머리를 한 채, 불안한 눈빛으로 서 있는 눌리타스의 모습은 정말이지 신기했다.

메이린은 묘하게 백작을 닮은 그녀의 눈을 더 보기 위해 조금 더 가까이 다가섰다. 아무렇게 손질된 짧고 거친 머리카락이 무슨 색을 띠고 있는지 알아보기도 힘들 정도로 어둡고 얼룩이 져 있었다.

"정말 사내가 아니냐?"

눌리타스의 짧은 머리를 비웃으며, 메이린은 풍성한 붉은 머리를 살짝 흔들었다. 메이린은 어머니를 닮아서 아주 미인이었는데, 체구도 작고 허리도 무척이나 가늘어서 걷는 모습이 한 줄기 바람 같았다. 그렇게 연약하고 귀한 아가씨의 대역이라니, 눌리타스는 메이린을 직접 보고 나니 더욱 불가능한 일인 것 같다는 확신을 내리게 되었다.

사내가 아니냐는 질문에 아주 미력하게 고개를 살짝 끄덕였다.

"이렇게 우스꽝스러운 꼴이라니."

메이린의 노골적인 외모 비하에도 눌리타스는 화도 나지 않았다. 그것은 사실이었다. 돼지우리를 치우던, 소년 같던 그녀가 드레스를 걸쳤다고 하루 만에 숙녀처럼 보일 리가 없지 않은가.

그녀는 이제껏 현실을 냉정히 살필 수밖에 없는 여건에서 살았다. 그녀가 가졌던 헛된 꿈은 기사가 되고 싶었던, 그것 하나뿐이었다. 눌리타스는 다시 주먹을 쥔 손을 모아 단전에 댄 뒤, 고개를 숙였다.

"체면을 지켜야지, 메이린."

"경솔했습니다, 백작님."

백작의 지적에 메이린은 고분고분하게 잘못을 시인하는 척 눈을 내리깔더니 눌리타스만 볼 수 있게 입술을 위로 올리며 비웃음을 흘렸다.

"지금 우리 로마그놀로가를 위해서 큰일을 해줄 아이에게 우리 모두 신경을 써주는 게 마땅하거늘."

백작의 말에 메이린은 더 이상 눌리타스에게 관심이 없어진 듯 구두 소리를 내며 걸어가 소파에 앉아 조신한 숙녀의 태도를 취했다.

"생각보다 다듬어야 할 곳이 많을 것 같군."

백작은 마시장에 말을 사러 온 이라도 되는 것처럼 눌리타스의 발끝부터 머리 끝까지 낱낱이 살펴보았다. 영양 상태가 좋지 않아 푸석한 짧은 머리에, 값비싼 기름을 아무리 발라도 사라지지 않는 얼굴의 허연 버짐, 깡마른 몸에 겉도는 드레스를 입은 모습이 메이린의 말처럼 영 마뜩잖았다. 하지만 열기가 담긴 푸른 눈과 그를 닮은 듯한 입매가 백작의 눈길을 끌었다.

그때 초조한 빛이 역력한 백작부인이 백작에게 물어보았다.

"백작님, 혼인 날짜는 결정되었나요?"

"그렇지 않아도 오늘 공작가에 서신을 전달했으니, 일주일 안에 답이 올 겁니다."

"뭐라 하신 건가요."

"우리 메이린이 몹쓸 피부병을 앓고 있는 중이라 조금 여유를 달라고 적었습니다. 아마 넉넉하게 6개월 정도면 머리도 좀 자랄 테고, 살도 좀 붙고 귀족인 척 흉내 정도는 안 내겠소?"

백작은 이미 모든 계획을 짜두었다. 칭병하고 시간을 벌어 저 미천한 것이 귀족 흉내를 낼 수 있게 이것저것을 가르칠 생각이었다. 그간 잘 먹인다면 저 비루한 꼴도 그나마 볼만해지리라.

모르시아니 공작을 엿 먹일 그림을 떠올리자 절로 웃음이 지어졌다. 하지만 그 방에서 행복해 보이는 낯빛을 한 이는 그가 유일했다. 메이린과 백작부인은 알 수 없는 불안감에 가슴이 덜컥 내려앉을 것 같았다. 눈앞의 저 더럽고 천해 빠진 것이 감히 귀족 영애의 대역을 해낼 수 있다고? 백작의 자신 있는 모습이 더욱 그들을 근심 어리게 만드는 것 같았다. 백작이 무언가 생각을 하더니 그 입을 열었다.

"내일부터 성에 와서 생활하도록 해라. 너는 이제 완전히 귀족이 되는 거야."

눌리타스는 어린 시절 처음 수레를 끌어야 했던 날처럼 긴장되었다. 발육이 좋지 않은 탓에 그녀는 언제나 작고 말랐다. 그때 그녀 앞에 놓인 건초더미가 산처럼 실린 수레를 도저히 끌 수 있을 것 같지 않았다. 수레를 끄는 두 손이 몽땅 벗겨지고 땀이 비 오듯 쏟아졌다. 한 발을 내딛는 것이 천근만근이었다. 오늘이 바로 그날을 닮아 있었다. 귀족 흉내를 내는 것이 도무지 자신 없어 입이 떨어지지 않았다.

차라리 일을 더 시키는 것이라면 이를 악물고 열심히 해 볼 텐데…….

'귀족이라니.'

저리 꽃 같은 귀족 아가씨의 발끝에도 미치지 못할 자신 아닌가. 그녀의 심란한 마음을 눈치챈 백작이 아주 선한 미소를 지었다.

"아마 마음이 흔들릴 때마다 네 어미를 떠올리면 힘이 날 게다."

'저 비열한 작자…….'

그녀의 힘없는 어머니를 깔아뭉개며 소리 지르던 금수만도 못한 자가 또다시 어머니를 언급했다.

과연 저자가 알고 있을까. 그가 어머니의 건강을 해칠 뿐 아니라 정신도 좀먹게 하고 있다는 것을? 아마 모를 것이다. 그런 것을 아는 자라면 이런 일도 계획하지 않았을 것이다.

후원에 키우는 개들도 제 새끼는 어여삐 여겼다. 태어나서 눈도 못 뜨는 새끼를 물고 빨고 그 생을 놓지 않게 해주려 안간힘을 썼다.

저런 자 아래에서 일을 해온 것만 해도 분통이 터질 것 같았고, 또다시 저자를 위해 목숨을 걸어야 한다고 생각하니 가슴 속에서 뜨거운 불기둥이 치솟아 올라오는 것 같았다.

언제나 무미건조하던 그녀의 감정이 언젠가부터 색을 띠기 시작했다. 눌리타스가 고개를 들어 적개심이 어린 눈빛으로 백작을 응시하자, 그는 자애로운 낯을 하고 빙긋 웃어 주었다.

"왜 모르니. 이것이 비천한 너희에 대한 나의 사랑이란 것을."

눌리타스는 사갈蛇蝎 같은 그의 입에서 나온 사랑이란 단어에 맥이 풀렸다.

사랑이란 것이 그런 의미였나. 기가 차서 더 할 말이 떠오르지 않았다.

그녀도 먹고사는 일이 여의치 않아 어머니와 정을 나누고 살지는 못했지만, 그랬지만 잘 알고 있었다. 항상 어머니의 시선이 그녀를 향한 염려로 가득하다는 것을 말이다. 그녀도 잘은 모르지만, 그런 것이 사랑 아닐까 싶었다.

지금 저자가 내뱉은 것은 독이었다.

그것은 무고한 이의 생명줄을 잡고 그녀를 사지로 내모는 협박에 가까웠다. 고귀한 핏줄을 가진 그네들을 지키기 위한 이기심에 불과했다. 그녀나 그녀의 어머니를 전혀 배려해주지 않는 그들의 얼굴을 지금은 도저히 볼 자신이 없었다.

아무런 반문 없이 힘없이 고개를 숙이고 있는 눌리타스를 백작은 돌아다보았다. 그리고 그 작은 어깨가 덜덜 떨리고 있음을, 꼭 쥔 손이 빨갛게 물들었음을 보았다.

하지만 그것이 다였다. 저 사생아에게 닥칠 미래는 그가 상관할 일이 아니었다. 그녀는 그저 그가 운용하는 게임의 장기에 불과했다. 그것도 아주 유용한 말이 될 것이 분명했다.

눌리타스는 화가 나서 머리가 새하얘지는 것 같았다. 이제 저자가 한 번만 더 사랑 따위를 입에 올리면 견디지 못할지도 몰랐다.

이제 막 피어나려는 어린 소녀들을 한순간의 욕정의 대상으로 여기고 그 뒤에 그 소녀들이 겪어야 할 고통에는 나 몰라라 하는 위인이었다. 그리고 백작을 의도적으로 유혹한 것도 아니었던 여인들은 백작부인의 손에 모진 고초를 겪어야 했다.

눌리타스는 이번 일만 아니었다면, 적당히 고개 숙이고 맡은 일이나 꾸역꾸역하다 쓸모없어질 때까지 가축처럼 일만 했을 것이다. 입이 있으나 의사를 표현하지 않는 그들이 원하는 모습으로 그저 귀족 나리들의 눈부신 그림자 뒤에서 말이다. 그리 했을 것이다.

"왜 대답이 없는 거지? 고얀 것."

백작부인은 아무 말도 없이 서 있는 사생아 계집이 못마땅해서 미칠 것 같았다. 앞으로의 일도 불안했고 또 저런 되먹지 못한 것의 꼴을 보자니 속에서 천불이 올라오는 것 같았다.

그리하여 그것은 순식간에 일어난 일이었다. 그녀는 멍하게 서 있는 눌리타스에게 가서 아주 모질게 뺨을 내리쳤다. 눌리타스는 순간 놀랐으나 아무런 내색을 하지 않으려 이를 악물었다. 볼이 순식간에 부풀어 오르며 열기를 뿜어냈지만, 아프지 않았다. 그녀는 지금 이곳에 서 있되 저들과 함께 있지 않다고 상상하려고 노력 중이었다.

　백작은 갑작스러운 백작부인의 폭력에 혀를 찼다. 그는 온화한 목소리로 부인을 나무라는 듯 말했다.

　"거 참, 중요한 일을 할 아이인데, 잘해주는 게 낫지 않겠소? 허허."

　하지만 눌리타스는 뺨을 때린 손보다 그녀를 위해주는 듯한 저자의 목소리가 더 견딜 수 없었다.

　이 모든 계획이 저자의 사악한 머릿속에서 나온 것이요, 그녀의 미천한 몸뚱이도 바로 저자에게서 온 것이다.

　'사랑하는 아버지, 아니 백작님. 저는 기필코 이번 일을 잘해내겠습니다. 마지막의 마지막까지 꼭 저를 봐주십시오.'

　눌리타스는 앙상하게 마른 쇄골이 바르르 떨리는 것을 느꼈다.

　절대 울음을 내색하지 않으려 용을 쓰며, 빨리 이 시간이 지나가길 바랐다. 그리고 이것이 제발 한여름에 꾸는 짧은 악몽이기를 소원해 보았으나, 이마에서 흐르는 땀방울이 바닥으로 뚝 떨어지는 소리가 이것이 현실이라는 것을 상기시켰다.

　지금 눌리타스는 지옥의 입구에서 불구덩이로 떨어지기만을 기다리는 가련하고 미약한 존재이리라.

2

밤하늘을 닮은 남자

　모르시아니 영지에는 몇 년 만에 그들의 주인이 돌아오게 되어 환영회 준비에 한창이었다. 공작은 전쟁이 시작되고서는 단 한 번도 이곳에 발길을 하지 않았다.

　모두들 오랜만에 열리는 연회를 준비하느라 흥분감이 역력한 얼굴로 여기저기 바쁘게 다니고 있었다. 달아나는 오리를 쫓는 소란이 일었고, 빵을 굽는 향긋한 냄새와 전날 잡은 돼지를 굽는 기름 냄새가 성 안에 가득했다. 하인들은 1층 식당의 길고 넓은 테이블을 광이 날 때까지 닦아냈고, 하녀들은 빨아서 널어 둔 식탁보를 걷어서 접고 있었다. 정원을 손질하는 정원사의 손길이 분주했다.

　공작성을 총괄하는 집사가 성의 이곳저곳을 다니며 마지막 점

검을 위해 온 힘을 다하고 있었다. 그의 이마에서 더운 땀이 샘솟고 있었다.

"공작님이 돌아오셨으니 다들 단단히 긴장들 하라고!"

"네, 알겠습니다!"

반면 오늘 밤 연회의 주인공인 사내는 성내 소란에 대해서는 전혀 모르는 것 같은 무심한 표정을 짓고 있었다. 항상 안달이 나는 것은 그를 모시는 시종의 몫이었다.

"공작님, 저기…… 오늘 밤 연회가 준비되어 있습니다……."

공작의 시종은 자신감 없는 말투로 말끝을 흐리며, 상대의 반응을 살피고 있었다. 그의 주인은 사람들이 많이 모이는 장소는 전장을 제외하고 기피하는 경향이 있었다. 혹 오늘마저 불참하겠다 선언할까 봐 노심초사하는 중이었다.

공작은 아무런 답 없이 그저 자신의 칼을 마른 수건으로 닦은 후 칼끝을 허공으로 높이 쳐들었다. 시종은 시퍼렇게 선 칼날을 보며 팔에 돋아나는 소름을 쓸어내렸다. 저 칼이 전장에서 얼마나 많은 이의 숨을 거두었던가. 시종은 그 긴장감을 힘겹게 이겨내며 여전히 묵묵부답인 공작에게 다른 소식을 전하기로 마음을 먹었다.

"공작님, 그 혼인 말입니다."

그 단어를 듣고 나서야, 들고 있던 칼을 검집에 꽂으며 제 눈을 마주쳐주는 공작이었다. 시종은 그를 모신 지 3년이 넘었지만, 저 눈을 정면으로 마주하기에는 아직도 내공이 부족하다 여겼다. 시종은 억지 미소를 지으며 공손하게 두 손을 모으고 그의 주인을 살펴보았다.

공작은 까마귀 털처럼 짙은 검은 머리에 선이 굵은 미남이었다. 게다가 주로 외부에서 격한 활동을 하다 보니 다소 짙은 색깔의 피부를 지니고 있었다.

'공작님이 조금만 눈에 힘을 빼기만 해도 참 인기가 많으실 텐데…….'

사실 시종처럼 흐리멍덩한 인상을 가진 이는 아무리 빼입어도 타인의 시선을 받기 어려웠다. 어디를 가도 여인들은 공작의 외모에 홀려 쉽사리 마음을 빼앗겼다. 하지만 공작과 시선을 마주하면 아무도 말도 섞을 엄두를 내지 못했다. 간혹 그에게 완전히 반한 여인이 용감하게 공작에게 접근해도 그는 상대를 돌처럼 대했기 때문에 백이면 백 모두가 지쳐서 사라졌다. 욕을 하고 거친 말을 하는 것보다 더 사람을 지치게 하는 것이 바로 무관심이었다.

그렇기에 공작이 전쟁에서 숱한 승리를 거둘 수 있었으리라. 적들도 공작이 갑옷을 입고 피를 묻힌 검을 빼들고 웃고 있으면, 그 모습에 오싹해서 칼을 내던지고 내빼기도 했다.

하지만 소문처럼 살인을 즐기는 분은 단연코 아니었다. 자상한 구석은 눈을 씻고 봐도 찾아볼 수 없었지만, 불합리한 분부를 내리거나 아랫사람에게 함부로 구는 숱한 귀족들의 오만함은 그에게 없었다. 공작은 그저 타인의 감정에 둔감했으며 말수가 많이 적을 뿐이었다.

그리고 맡은 일에 열중했을 따름이리라. 전장에서 적을 쓰러뜨리는 것 외에 무엇을 할 수 있겠는가.

공작은 칼을 갈무리하고 나서도 한참을 조용히 있다가, 드디어 입을 열었다.

"누구의 혼인 말이더냐. 네가 벌써 그런 나이였나."

시종은 하마터면 손에 들고 있던 백작가에서 온 서신을 땅에 떨어뜨릴 뻔했다.

"그럴 리가요. 기억 안 나십니까. 궁에서 승전을 축하하는 의미로 로마그놀로 백작가의 따님을 주인님의 배필로 맺어 주셨지요."

"하."

공작은 그제야 그 기가 막힌 일이 떠오른 듯 의자에서 벌떡 일어나 시종 앞에 우뚝 섰다. 시종은 겁을 먹고 두 발 뒤로 간 다음 그의 표정을 또다시 살폈다. 분명히 명분 없는 살육을 하시는 분이 아닌 것을 잘 알고 있으면서도 공작님 앞에서는 자꾸 움츠러들게 된다. 주인의 표정에서 그 일을 잊고 있었다는 것이 분명히 드러났다. 시종은 어떤 머리 구조를 가지고 있으면 그것을 깜빡할 수 있을까 싶다가 공작 본인의 생일도 매년 기억을 못하는 것을 떠올렸다.

"로마그놀로 백작가의 메이린 아가씨가 병환 중이라 혼인을 좀 미뤄줄 수 있는지 물어보는 서신이 오늘 당도하였습니다."

"차라리 그대로 죽어버리기라도 하면 서로 편하겠구나."

"네?"

시종은 놀라서 들고 있던 서신을 결국은 떨어뜨렸다. 그는 울듯이 말을 이어 나갔다.

"공작님, 제가 충심으로 말씀드리는데, 그런 말씀 제발 삼가십시오. 그러니 자꾸 이상한 소문들이 공작님 곁을 떠나질 않는 것 아니겠습니까?"

공작에 대한 소문이 처음에는 무엇이었는지 기억조차 나지 않았다. 하지만 작고 괴이했던 것이 해가 바뀔수록 아주 크게 부풀려져 있었다. 사실 따져보면 전부 거짓은 아니었다. 그가 전장에서 베어버린 적군의 시체를 쌓는다면 산은 아니라도 야트막한 뒷동산 정도의 높이는 될 것이다. 그의 검에 피가 마를 날이 없던 것도 사실이었다. 185cm가 넘는 큰 키에 어두운 피부, 강렬한 눈빛을 가진 그가 검을 휘두르고 있는 모습은 충분히 두려움을 자아냈다. 하지만 소문처럼 무슨 피로 하는 목욕을 즐기지도 않았다.

시종은 전장에서 자다가 들은 적이 있었다. 손이 붉게 물들었던 날, 공작이 하늘에 용서를 구하는 낮은 속삭임을. 공작이 전쟁을 좋아한다는 소문도 사실이 아니었다.

"오늘 숙녀분들께는 제발 아무 말도 하시지 마시고, 눈도 마주치지 않아 주셨음 하고 제가 부탁드립니다."

시종, 세자르는 베일 남작가의 차남으로 공작보다 다섯 살 어렸으며 검술 쪽에는 재능이 없었지만, 문서 정리와 공작의 전반적인 일을 처리해주는 데에는 탁월한 능력을 가지고 있었다. 그는 공작을 동경하는 마음을 품고 있었으며, 부하가 평민 출신이든 귀족 출신이든 실력으로만 평가하는 공작의 태도에 존경심을 가지고 있었다. 귀족 사회의 정점에 있으면서 그 권위를 내세워 상대를 굴종시키지 않는 보기 드문 이였다.

"제법이군. 세자르."

다소 시건방져 보일 수 있는 조언을 건넨 세자르는 뜻밖의 공작의 칭찬을 듣고 얼결에 감은 눈을 떴다.

"공작님……."

그에게서 칭찬을 받는 것은 아주 드문 일이었던 것이다. 너무나 감격하여 그도 모르게 세자르는 공작에게 다가서려다 주춤했다. 그의 성정을 모르지 않는 그였건만 잠시 너무 흥분했던 모양이었다.

"이래서 내가 자네에게 칭찬을 못 하는 거야."

세자르는 자신이 시종으로서 미진하였다는 반성을 하면서, 고개를 숙이고 바닥을 바라보았다.

"한번 다녀와 봐야겠다."

"어디를 말씀이십니까?"

다음의 공작이 하는 말은 세자르를 놀라게 하였다. 이제 연회 준비가 막바지에 달했는데, 어딜 가시겠다는 건가. 집사를 볼 면목이 사라지려 해 심장이 떨어져 나갈 것 같았다. 초대받은 귀족 손님들의 화는 무슨 수로 풀어줄 건가. 공작이 없는 연회를 상상하니 식은땀이 흐르기 시작하였다. 공작이 짧은 말로 답해 주었다.

"로마그놀로 영지."

"거기는 왜 가시렵니까? 아가씨가 병환이 심하시다 하셨습니다."

하지만 공작은 세자르의 뒷말은 듣지 않은 채, 창가에 다가서서 떠들썩한 고용인들의 모습을 살피고 있었다. 저들은 무엇에 저리도 신이 난 얼굴인가. 그의 귀환을 축하해주는 자리를 준비하는 하인들과 하녀들의 지친 얼굴에 미소가 걸려 있었다. 이해할 수 없는 노릇이었다.

그 도통 속을 알 수 없는 자븨에 전하가 무슨 의도로 그런 혼인을 주선하였을까? 거부했어야 했을까? 큰 상을 내리듯 웃는 낯을 하던 왕 앞에서, 루셔스는 누구하고나 해도 크게 달라질 게 없는 게 혼인이라고 여겨 받아들였다.

하지만 그 능구렁이 같은 로마그놀로의 막내딸과의 혼인이라니, 그는 내키지 않았다. 가문의 주인으로서 후계를 이어야 하는 책임감은 그의 숨통을 늘 조여왔다. 하지만 역설적이게도 어린 시절에 혼자가 된 공작을 지금까지 지탱해 준 것도 가문을 지켜야 한다는 그 사명 하나였다.

루셔스는 로마그놀로 백작의 은발을 떠올리며 턱을 문질렀다.

그자나 자신이나 원치 않는 혼인이었다. 병환 중이라는 말이 사실일까? 서신은 더없이 정중했고 간결했지만, 분명 그 안에는 음습함이 배어 있었다.

공작은 창에 기다란 손가락을 뻗어 한 문장을 써 보았다.

'Semper paratus.(항상 준비를 하라)'

그리고 이내 너른 손바닥으로 그것을 지우며 몸을 돌려 눈을 빛내는 루셔스였다. 시작된 새로운 전쟁을 준비하려면 적을 먼저 파악하는 것이 우선되어야 할 것이다. 준비란 것은 과해도 모자람이 없는 법이었다.

"나의 신부가 보고 싶구나."

"네?"

너무나 무심한 어조와 공작과 어울리지 않는 말이 주는 괴리감 때문에 세자르는 몸을 떨었다. 이제껏 여인이라고는 한 번도 눈길 한자락 주지 않았던 주인이 갑자기 혼인을 앞두고 바뀐 것인가? 하지만 너무나 심각해 보이는 얼굴이 그의 주인이 다른 이가 된 것은 아님을 일러 주고 있었다.

그리고 그날 연회는 모든 것이 완벽하게 진행되고 있었다. 공작가의 상징인 독수리의 문장이 힘차게 펄럭이고 있었고, 연회를 위한 음식들이 넘쳐났으며, 공작의 승전을 축하해주러 온 손님들이 큰 성을 가득 메웠다. 모르시아니 성이 무겁던 성문을 몇 년 만에 개방한 터라 영지 근처에 사는 귀족이란 귀족들은 한 명도 빠짐없이 참석한 것이다. 세자르와 집사의 만류에 공작은 다행히도 연회에 불참하는 실례를 범하지는 않았다.

루셔스가 그의 새까만 눈과 같은 윤기 나는 망토를 걸치고 연회장에 나타나자, 혹여나 하는 마음에 따라온 혼인적령기의 미혼 영애들뿐 아니라 기혼 귀부인들도 그의 매력적인 외모에 넋을 잃고 말았다.

소문에는 몹시도 추한 외모를 지닌 탓에 사람들을 피한다고 했었다. 하지만 그의 너른 어깨와 쭉 뻗은 다리를 훑던 여인들은 그를 두고 은근한 상상을 하기 시작했다.

공작은 그에게 집중되는 집요한 시선들에, 연회를 시작하자마자 지치는 것 같았다. 그는 서둘러 유리잔을 들고 모두에게 건배를 제의했다.

"모르시아니 공작님 만세!"

모두의 경외어린 목소리가 성을 울려 밤 비행을 하던 새들을 떨게 만들 정도였다. 하지만 공작으로서는 그것이 최선이었다. 한 번의 건배를 끝으로 공작은 쏟아지는 귀족들의 사욕이 가득한 시선을 피해 훌쩍 사라졌다.

결국 공작에게 한번 아첨을 떨어보려 했던 이들도, 그의 딸을 후

처로 등 떠밀어 보려 했던 귀족 아비들도 떨떠름한 얼굴로 돌아가야만 했다. 특히나 그의 긴긴 밤을 달래 줄 작정을 했던 여인들의 한숨이 그 밤하늘을 뿌옇게 장식했다.

세자르는 사라진 주인과 그의 말이 향했을 로마그놀로 영지를 보며 속으로 그의 무사 귀환을 간절히 바라보았다. 이제 황당해하는 손님들을 달래주어야 할 차례이다.

굳은 얼굴의 세자르가 다시 성으로 제법 발걸음도 다부지게 걸어 들어가고 있었다.

왕국에는 피라미드 모양의 신분 계급이 존재하였다. 가장 정점에는 소수의 왕족, 그다음은 귀족들이 차지했다. 왕족은 귀족 위에 설 수 있는 자들이었으며, 귀족들은 그 아래 두 계층을 지배했다. 피라미드의 하단에는 평민과 천민의 계급이 있었다. 평민은 주로 성에서 일을 거들거나, 농사를 지어서 농작물을 바치는 자들이었다. 상점을 운영하거나 운수업에 종사하는 자들도 거기에 속했다. 그리고 평민 아래 천민은 왕국의 피라미드의 밑바닥에 존재했으며, 그들의 삶에는 아무런 희망이 없었다. 주로 도축업자나 죄를 저지른 자들, 왕국에서 천하다 명명한 이들이 그 신분을 대물림했다.

눌리타스는 이전에는 평민의 삶을 영위했다. 넉넉하지는 않지만, 그래도 열심히 일하면 언젠가 어머니를 모시고 조용한 곳에 가서 평화롭게 살 수 있는 날을 꿈꿀 수는 있었다.

하지만 이제 백작의 사생아라는 것이 드러났고, 이제 더 이상 평민으로 지낼 수 없었다. 왕국에서의 사생아란 평민도, 천민도 아닌 어중간한 위치에 머물렀다.

"내가 돼지우리를 치우는 신세보다 더 아래로 떨어질 것이라고 누가 알았겠어."

눌리타스는 짧고 빳빳한 머리를 흔들면서 거친 말을 내뱉었다. 더운 오물을 퍼다 나르는 그때보다 더 아래로 떨어질 것이란 것을 한 번도 생각해 본 일이 없었다. 기가 차서 말을 잇기도 힘들었다. 이게 다 백작의 탓이라는 생각 때문에 화가 나서 견딜 수 없었다. 그가 성의 하녀들에게 함부로 손을 대지 않았다면 어머니의 인생이 그렇게까지 비참하지 않았을지도 모른다.

그 일로 눌리타스가 존재하지 않게 된다 해도 말이다.

"귀족 같은 것들은 전부."

눌리타스는 아직 생각나는 대로 떠들던 예전 습관을 고치지 못해서, 내키는 대로 말하곤 했다. 지금도 있는 대로 시원하게 욕이나 한 사발 하려다 참았다. 옆에서 드레스 입는 것을 거들던 하녀가 그녀의 화난 음성을 듣고 흠칫 놀랐다.

놀란 하녀는 그녀보다도 못한 사생아의 머리나 빗겨주고 있는 것이 다시금 짜증이 나서, 빗을 쥔 손에 힘만 더 줘 볼 뿐이었다. 백작부인이 메이린 아가씨를 모시듯 하라고 했지만, 그런 마음이 생겨나질 않았다.

"아얏."

"죄송해……."

눌리타스는 첫날부터 불만 가득한 얼굴로 자신의 시중을 들고 있는 하녀의 손목을 거칠게 잡아챘다. 하녀는 교묘하게 그녀에게 존대도 하대도 아닌 이상한 말을 쓰고 있었다. 눌리타스라고 그녀의 심정을 이해 못 하는 것은 아니었다. 하지만 일을 제대로 해내려면 이런 식은 곤란했다.

"나라고 이러고 싶어서 이따위 인형놀이를 하고 있는 게 아니라고?"

십 년 가까이 돼지우리에서 오물들과 볏짚을 나르던 몸이었기에 여인치고는 악력이 대단한 눌리타스였다. 그녀는 거울을 통해 하녀의 눈을 정면으로 응시하면서 천천히 낮은 목소리로 입을 움직였다.

"이왕 이렇게 된 거 똑바로 해야 할 거야."

거울 속 여전히 우스꽝스러워 보이는 자신의 얼굴을 보며 눌리타스는 하녀에게 으르렁거렸다. 그녀는 지금 이런 하녀와 힘겨루기를 할 심정적인 여유가 없었다. 사실 하녀의 부모도 이 성에서 일을 하는 입장이었고, 그녀도 마찬가지였다. 어찌 보면 같은 처지에 놓인 것이나 다름없었다.

눌리타스는 갈아 먹어도 시원찮을 로마그놀로 귀족 나리들 덕에 처음 초록색 드레스를 입었던 날부터 하루도 마음이 편치 않았다. 내내 어머니의 안위를 걱정해야 했고, 생전 근처에 생각해본 적도 없었던 공부에 댄스 수업에 머리가 터질 지경이었다. 천하게 아무렇게나 뒹굴던 시절이 행복했다고 생각될 정도였다. 귀족들의 삶이란 것은 그녀를 숨 막히게 했다.

백작은 입이 무거운 남작부인에게 눌리타스의 개인 교습을 전담케 했다. 보바뤼 남작부인은 백작부인의 외가 쪽 먼 친척으로 남편을 전쟁에서 잃고 아가씨들의 개인 교습으로 생활을 이어 나가는 여인이었다.

눌리타스는 그녀를 처음 만난 날을 떠올렸다.

"세상에 차라리 짐승을 가르치는 게 더 수월하겠군요."

눌리타스를 본 그녀의 감상은 참으로 가혹했다. 그렇게까지 말하지 않아도 스스로도 자신의 모습이 꼴같잖다는 것을 이미 잘 알고 있었다.

보바뤼 남작부인은 회색으로 만든 단정한 드레스를 입고 가슴 중앙에 오닉스로 만든 둥근 장식을 달고 있었다. 한 톨도 흘러나

오지 않게 틀어 올린 머리 스타일에서 그녀의 성정을 엿볼 수 있었다.

그리고 눌리타스가 본 첫인상과 한 치의 오차도 없는 수업이 진행되었다.

남작부인은 눌리타스가 문자를 제대로 읽지 못 할 때마다 아주 가느다란 나무 막대로 그녀의 등을 가차 없이 내리쳤다. 눌리타스에게 매질이란 그리 생소한 일은 아니었다. 성에서 일을 하면서 가장 친근한 것 두 가지가 허기와 매질 아니던가.

하지만 일을 제대로 해내지 못해 다른 감독 나리에게 맞는 매와 이건 좀 다른 종류였다. 물론 어디가 더 아프냐 하면 전자일 것이다. 하지만 보바뤼 부인의 매는 왠지 가슴을 내리치는 채찍 같았다.

"정말이지, 이건 너무 힘든 일이군요. 눌리타스 양. 다시 해볼까요."

보바뤼 부인은 그녀의 이름을 부를 때마다 약간 빈정거리는 느낌을 주었다. 그녀는 절대로 직접적으로 상대를 공격하지 않는 사람이었기에, 눌리타스는 어느 누구에게도 하소연할 수 없었다. 그녀는 귀족의 흉내를 낼 수 있을 때까지 저 마녀 같은 여자에게서 무엇이든 배워야만 했다. 단순히 정 없고 히스테리를 부리는 정도면 눌리타스는 그녀를 가르치는 선생님을 그렇게 미워하진 않았을지도 모른다.

로마그놀로 백작은 수업 중간중간에 진척 사항을 살피기 위해서 갑작스레 그녀들을 방문하기도 했다. 그때마다 보바뤼 부인은 말에게 채찍을 날리듯 눌리타스를 때리다, 얼른 나무 막대기를 숨기고는 갑자기 성녀라도 된 듯 온화한 미소를 지으며 수업을 이끌어 나갔다. 늙고 완고해 보이는 부인은 은발의 백작의 어깨를 흘끔 훔쳐보며, 수줍은 표정까지 지었다. 이 시간만큼은 눌리타스도 역겹고 추악한 백작의 존재가 감사하다 느꼈다.

"눌리타스 양, 처음에는 누구나 다 어렵답니다. 하지만 천천히 인내심을 가지고 하다 보면 원하는 결과를 얻을 수 있지요. 호호."

백작은 옆에서 그들의 교재를 슬쩍 보다가 잠시 지켜보고 나가기 일쑤였고, 그가 나가면 여지없이 보바뤼 부인의 가면은 사라지고, 다시 가축에게 매를 휘두르는, 술에 취한 농장주라도 된 듯 굴었다.

눌리타스는 귀족을 몇 알지는 못하지만, 백작이나 보바뤼 부인을 겪으면서 귀족들은 모두 두 얼굴을 가진 건가 하는 생각을 하게 되었다. 그때 보바뤼 부인이 한겨울 서리가 내린 듯한 목소리로 덧붙였다.

"내일까지 이걸 제대로 못 해두면…… 이런 시시한 것 말고, 진짜 따끔한 맛을 보게 해줄 겁니다."

'이미 충분히 맛본 것 같은데요.'

보바뤼 부인의 말에 대한 답은 혼자서만 삼켰다. 아마 말대답을 하면 매만 더 맞게 될 것이 뻔했기 때문이다. 수업을 마치고 나면 눌리타스의 등은 항상 따끔하고 얼얼했다. 움직일 때마다 드레스가 쏠려서 상처를 자극하기도 했다.

하지만 그녀는 이런 사실을 어머니에게 털어놓지 않았다. 그저 백작님이 자신을 자식으로 받아주게 되었다는 말도 안 되는 거짓말로 그녀를 안심시켰다.

어머니는 그게 무슨 말이냐면서 믿지 않았지만, 드레스를 입고 성에서 생활하게 된 눌리타스를 보며 차차 그것이 진실이라 여기기 시작했다. 어머니에게 더 근심을 안겨 드릴 수는 없었다.

"어머니, 백작님이 저에게 눌리타스라는 이름도 주셨어요."

"세상에!"

"저를 시중 드는 하녀도 생겼답니다."

그날 어머니는 자신의 이름을 여러 번 되뇌면서 많이 우셨다. 무엇이 그렇게도 아프고 속상했던 걸까. 끝까지 어머니에게는 자신이 메이린 대신 어떤 잔혹한 자에게 시집가게 되었다는 것을 숨길 작정이었다. 평생을 백작님 때문에 힘드셨던 분이다. 계집아이인 자신을 보호하려고 사내로 키우는 그런 엄청난 일을 하신 분이었다.

이제 더 이상 그 작고 금방이라도 무너질 것 같은 심장에 상처를 더하고 싶지 않았다.

레오니는 그녀의 아이가 드레스를 입은 모습을 보는 순간 가슴이 아리기 시작하였다. 그녀는 백작이 어떤 사람인가를 충분히 잘 알고 있었다. 그리고 사생아에게 이유 없이 온정을 베풀 이가 아니라는 것을 너무나 잘 알기에 밝게 조잘대는 아이의 얼굴을 보며 차마 함께 기뻐해 줄 수 없었다.

사생아로 낳아준 것이 미안해서, 저리 고운 얼굴을 가지고 태어났는데도 이제서야 드레스를 처음 입어보게 만든 것이 너무나 안쓰럽고 마음이 쓰여서 견딜 수 없었다. 그저 긴 말은 하지 못하고 눈물로 속엣말을 대신하였다.

눌리타스는 보바뤼 부인이 아파서 하루 수업을 쉬게 된 날에 아비오에게 승마를 배우게 되었다. 귀족 영애라면 아주 어릴 때부터 승마나 간단한 사냥 기술을 배운다고 했다.

"귀족은 뭘 이리 많이 배우는 거지."

마구간 쪽으로 향하던 눌리타스는 투덜거리다 바닥에 침을 뱉었다.

'아, 참 이런 모습을 보바뤼 부인이 보았다면 가죽 채찍을 휘둘렀겠구나.'

눌리타스는 씁쓸하게 미소를 지으며 내키지 않는 걸음을 서둘렀다. 지금 이 성에서 가장 마주하고 싶지 않은 이를 찾아가는 길이었다. 그리고 그 주인공이 곧 그녀를 불렀다.

"여기야! 동생아!"

'아비오와 나는 똑같은 열일곱 살인데, 왜 마음대로 동생이라고 부르는 거지.'

하지만 별 상관은 없었다. 아비오가 어떻게 부르든 간에 다 싫을 것이 확실했기 때문이다. 그는 그날 한 시간 정도 승마를 지도해주었다. 방에서 배우는 다른 것들과는 달리 승마는 꽤 흥미로웠다. 눌리타스는 승마에 소질이 있었다. 아비오는 승마 지도 외에는 불필요한 말도 하지 않았고, 신체 접촉도 시도하지 않았다. 그것이 오히려 눌리타스는 묘하게 거슬리고 불편했지만, 우선은 배우는 것에 온 신경을 다 썼다.

그리고 문제는 그 승마 수업이 끝난 뒤에 일어났다. 각자 말을 끌고 마구간으로 가서 말을 매어 두는데, 눌리타스는 왜 하인들이 하나도 없는지 의문이 들었다. 그러나 그냥 재빨리 매듭을 짓고 말의 머리를 쓰다듬으며 인사를 나눴다. 그리고 뒤돌아서서 어머니를 보러 가볼까 했다.

'지금쯤 어디를 닦고 계실까.'

하지만 자신의 바로 뒤에는 언제 왔는지 모를 아비오가 그녀를 양팔로 가두고 아주 끈적한 숨을 내뱉었다.

"오늘 오빠, 여동생 놀이 시간은 끝났어."

"네, 오늘 감사했습니다."

"그래? 그럼 넌 무엇을 줄 거지?"

"네?"

"쓰레기에 드레스를 입히고, 리본을 단다고 공주님이 되는 줄 알았나?"

아비오는 눈앞에 이 아이에게 늘 시선이 갔다. 그래서 저리도 천한 것을 마음에 두는 자신에게 화가 났었다. 더구나 그때는 사내인 줄 알았다. 자신이 남색자인 줄 알고 얼마나 낙담했던가. 지난번에는 오물을 뒤집어 쓴 아이를 더듬으며 수음까지 했던 자신이었다.

하지만 그 아이가 여인이었다니, 자신이 남색자가 아니었다는 환희가 드는 동시에 하나의 깨달음에 눈을 떴다. 이제는 제대로 저 아이를 가지고 놀 수 있겠다. 흥분감이 아비오의 전신에 짜릿하게 번졌다. 그는 천천히 그녀의 몸을 돌려 아비오와 마주하게 했다.

눌리타스는 그의 눈빛에서 오물보다 더 추한 것을 읽을 수 있었다.

아비오는 눌리타스의 가슴 쪽을 시선으로 훑으면서 침을 삼켰다. 마르고 볼품없는 아이건만, 어디가 좋아서 그의 심장을 이리도 뛰게 하는가.

아비오는 분노와 기대감이 묘하게 버무려진 손길로 눌리타스의 귀 옆을 더듬었다.

"쓰레기 주제에 피부가 어찌도 이리 부드러운가."

순간 눌리타스는 그의 음성이 밤마다 자신의 어머니를 괴롭히던 목소리의 파장과 닮았음을 깨닫고 다리에 힘이 빠지는 것 같았다. 아무도 오지 않는 마구간 주변에는 파리만이 몇 마리 날고 있었음이라.

아비오의 흥분된 음성과 추잡스러운 눈빛을 보며 눌리타스는 이제껏 아비오에게 느꼈던 환멸 중 가장 심한 환멸을 느꼈다. 사내일 때 그녀에게 발정을 하는 것도 역겨웠지만, 그래도 이복 남매인 자신에게 이러는 것은 좀 아니지 않는가.

그러다 깊은 깨달음을 얻었다.

'네놈에게는 내가 사내든, 여인이든, 사생아든 아무런 상관이 없는 게구나.'

고귀한 자들이 끓어오르는 솥단지로 뛰어들라 하면 뛰어들고, 뾰족한 자갈길을 구르라 하면 굴러야 하는 천하고 천한 존재가 그녀들이었다.

어머니의 어머니부터 혹은 그 이전부터 그녀들은 귀족 나리의 욕정을 처리하는 도구로 나고 자랐다.

'어머니가 왜 오랜 시간 동안 백작 아래에서 숨죽이고 있을 수밖에 없었는지…… 우리에게 어떤 선택의 여지가 있었나……'

순간 눌리타스는 숨이 쉬어지지 않는 것 같은 착각을 느꼈다.

'왜 모든 죄는 고귀한 그들이 짓고 형벌의 짐은 천하고 천한 우리의 어깨에 무겁게 드리워지는가. 왜 목줄을 점점 조이는가.'

소리도 나지 않는 허탈한 웃음이 났다.

"야, 너 왜 웃어. 응?"

아비오는 잔뜩 흥분해서 바지 앞섶이 불룩해졌다가 눌리타스의 메마른 웃음에 흥이 깨져버린 것을 느끼고는 화가 치밀어 올랐다.

언제부턴가 밤이면 자신의 꿈속에 나타나, 어떤 날은 아픈 얼굴로 그를 자극했고, 어떤 날은 잡힐 듯 말듯 그를 고통스럽게 했던 괘씸한 물건이다. 말간 얼굴에 공허한 눈으로 그를 바라볼 때마다 아비오는 미칠 것만 같았다. 그녀의 작은 웃음은 그를 비웃는 것도 같았고, 조롱하는 것도 같았다.

아비오는 갑자기 백작님의 당부가 떠올랐다. 괴롭히는 것은 되지만, 절대로 그녀를 범해서는 안 된다고 강조하셨다. 로마그놀로의 막내딸로 곧 모르시아니 공작가로 갈 아이라는 말도 안 되는 이야기. 마음대로 이렇게 저렇게 해야지 하는 상상의 나래를 펼치던 아비오로서는 정말 실망스러운 일이 아닐 수 없었다.

'사생아라도 막내딸이긴 한 건가?'

백작의 앞에서 그런 생각을 잠시 했었다.

자세히 보니 아버지를 닮은 그 푸른 눈이 아비오에게 남아 있던 이성의 한 줄기를 끊어내는 듯했다. 그를 인정해주지 않는 백작의 노기어린 음성이 귓가를 맴도는 것 같았다.

'사생아 따위가 감히 나를 무시하는 건가?'

"왜 웃느냐고!"

아비오는 그녀의 어깨를 잡고 강하게 앞뒤로 흔들어댔다. 그 순간 그의 손에 닿는 살의 느낌이 너무나 좋아서 홀로 절정에 도달하는 듯했다. 수십 번 상상했던 것보다 더 부드러운 감촉이 그의 신경을 마비시키는 것 같았다. 그리고 그를 거부하는 듯한 그녀의 눈빛이 그를 더욱 자극했다.

아비오의 몽롱해진 얼굴을 보며 위기를 느낀 눌리타스가 낮은 목소리로 충고했다.

"아비오 님. 이제 그만 하시죠. 저한테 흠집이라도 생기면 백작님이 가만 계시지 않을 텐데요."

……참 뻔뻔한 계집이었다. 얼마 전까지만 해도 자신의 가랑이를 붙잡고 그만 때리라고 빌던 하찮은 것이 감히 백작의 후계자를 협박하는 것인가. 하지만 백작을 닮은 푸른 눈이 그를 꾸짖는 듯 응시하자 몸을 데우던 뜨거운 피가 다시금 확 식어버리는 것 같았다.

눌리타스는 붉어졌다 푸르죽죽해지는 도련님의 낯을 살피다가, 자신의 처지가 떠올라 한숨이 나왔다. 아비오는 백작님 이름을 대면 어찌 넘어간다고 해도 이제 시집을 가게 되면…….

'메이린 대신 가야 하는 자리가 어떤 곳인가.'

그녀도 하인들이 주고받는 이야기 속에 자주 언급되는 모르시 아니 공작에 대해서 익히 들어 알고 있었다. 살인을 즐긴다는 공작 은 키가 2미터가 넘으며 곰을 연상케 하는 외모를 지녔다고 했다. 깊은 숲에서 야생의 짐승들이 그를 만나면 꼬리를 말고 달아난다 는 일화도 들은 기억이 있었다. 주로 피가 흐르는 날고기를 즐기고 주변 여인들을 무자비하게 다룬다는 이야기도 있었다.

'그와 밤을 함께 하고 살아남은 여인이 없다고 하던가.'

귀한 메이린 아가씨를 그런 이에게 보내는 대신 그녀가 가게 되 는 것이다. 공작가로 가게 되면 그녀는 얼마나 살 수 있을까.

그렇게 생각하고 보니 아비오의 저속한 욕망 정도는 신경도 쓰 이지 않았다. 아비오는 자신의 아버지를 극도로 두려워했다. 성 안 의 모두가 알고 있는 사실이었다. 백작을 들먹인 것이 효과가 있었 는지 열일곱 살 세상 물정 모르는 도련님은 씩씩거리더니 어깨에 올렸던 자신의 손을 슬며시 거두고 그녀를 노려보았다.

"괴롭히는 게 아니야!"

"네?"

아비오는 짜증이 나서 미칠 것 같은 표정으로 그 붉은 머리를 마구 헝클이더니, 더 이상 말을 잇지 못하고 발을 굴렀다. 하고 싶 은 말은 그게 아니었지만, 무어라 마음을 설명해야 할지 몰랐다. 그녀에게 더 닿지 못한 아쉬움과 거부당한 데서 오는 상처가 그의 속을 후벼 파는 것 같았다. 맹세코 눈앞의 짧은 머리를 하고 어울리지 않은 드레스를 입은 마른 아이를 해치려 한 적은 없었다. 그저 욕심이 앞서다 보니 손이 먼저 나가곤 했던 것이다.

그때 근처에서 그를 찾는 목소리가 들렸다. 아비오는 욕망으로 젖은 눈동자로 다시 그녀를 쳐다보았다.

"내일도 이 시간에 나와라. 승마는 내가 책임지고 너를 지도해 줄 거야."

"네."

아비오는 헤어짐이 아쉬워 그녀를 몇 번이고 돌아보면서 무거운 발걸음을 이었다.

한편 눌리타스는 그의 손이 닿았던 어깨를 털어내며, 마구간의 기둥을 붙잡고 하늘을 올려보았다.

'하늘은 어제와 달라진 게 하나도 없는데, 나의 신세는 하루가 다르게 이게 뭔가.'

서글픔을 뱉어낸 그녀는 다시 아무런 감정이 없는 눈을 하고 돼지들이 있는 곳으로 발길을 향했다. 드레스 자락이 더러운 진흙으로 점점 무거워져 갔다. 원래 입었던 옷이 간절해지는 순간이기도 했다.

지금 걷는 이 길이 꼭 그녀의 인생과 닮아 있었다. 질척하고 끝이 없는…… 백작부인의 비웃음과 메이린 아가씨의 벌레를 보는 듯한 시선, 백작의 가증스러운 미소가 한 데 섞였다. 거기에 보바리 부인의 산뜻한 매질이 더해졌고 아비오의 더운 숨이 마지막을 장식했다.

"하."

정말 머릿속을 비워내고 싶었다. 가슴 속에 담기는 이 모든 것을 끄집어내서 바닥에 몽땅 쏟아버리고 싶었다.

'알 수 없는 일이구나.'

돼지우리에서 오물을 쓸어 모아 퍼낼 때는 허리가 끊어질 듯이 아파서, 이 일을 그만두고 조금만 편한 일을 할 수 있으면 얼마나 좋을까 싶었다. 배라도 부르면 얼마나 좋을까 하고 늘 소망했다.

하지만 지금은 끼니마다 기름진 음식이 가득하고, 더 이상 수레를 끌지도 않아도 되는데 왜 전혀 행복하지 않은가. 하녀들이 부러워하는 값비싸 보이는 드레스를 입고 있는데, 왜 이리 힘이 드는가.

"제기랄!"

그러다 울타리에 기대서 돼지들이 노는 모습을 지켜보았다. 줄곧 보아왔던 풍경이건만 다시 보니 새로웠다. 서로의 꼬리를 물려고 무거운 몸으로 쫓는 모양새가 즐거워 보였다. 더러운 진흙탕으로 코를 박고 꿀꿀거리는 모습도 요란한 소음도 아까 누군가의 목소리보다는 듣기 좋은 것이었다.

그러다 어미가 새끼를 낳은 지 얼마 되지 않았는데 요즘은 누가 얘들을 돌보고 있는지 궁금해졌다. 이곳이 그녀의 일상이었고 전부인 날들이 있었다.

그녀가 또다시 욕지거리를 내뱉는 순간, 돼지우리가 있는 울타리 뒤로 낯선 자의 모습을 발견했다. 분명 처음 보는 얼굴이었다. 그자는 키가 꽤 컸고, 검은 머리에 검은 눈을 가지고 있었다. 차림을 보니 귀족은 아닌 것 같은데 묘하게 귀해 보이는 느낌을 주는 사내였다.

그녀와 눈이 마주치자 그는 쓰고 있던 모자를 벗어들며 인사를 건넸다.

"안녕하십니까, 영애 님."

지금 눌리타스는 하늘색 드레스를 입고, 짧은 머리를 가리기 위해서 레이스가 달린 모자를 쓰고 있었다. 우스꽝스러운 귀족 놀이를 시작한 이후로 성 밖에서 온 자는 처음 보았다.

'과연 저자의 눈에 난 어떤 모습으로 보일까.'

눌리타스는 고개를 들고 서늘한 눈을 하며 그자에게 말을 걸었다.

"누구시죠?"

그리고 말을 건 순간, 메이린이었다면 저런 낯선 자에게 말을 걸지 않았을지도 모른다는 후회가 찾아들었다.

"이런 소개가 늦었습니다. 루라고 합니다. 일자리가 있다고 해서 성에 왔다가 길을 잃은 가련한 자입죠."

그는 공손하지만 비굴하지 않은 투로 답을 했다. 그가 구사하는 어투는 성에 일하는 사내들이 흔히 쓰는 것이었다. 하지만 그녀는 낯선 사내에게서 더없이 사소한 티끌 같은 이상한 점을 느낄 수 있었다.

루라고 자신을 밝힌 사내는 눌리타스에게 무언가 기대하는 듯한 눈치였다. 그를 그대로 무시할 수도 있었지만, 무슨 이유에서인지 그녀는 그러질 못했다.

"나는⋯⋯."

'무어라 말해야 하나. 메이린이라고 해야 하나.'

아주 잠시 고민을 하였다. 잘나신 백작님이 적선하듯 지어준 이름을 입 밖으로 뱉어내기가 힘들었다. 하지만 이제 곧 공작가로 떠나게 된다면 누구도 불러주지 않을 이름이기도 했다.

"나는 눌리타스라고 하네."

"⋯⋯귀하신 분의 이름을 듣게 되어 영광입니다."

사내는 막 수선을 떨며 그녀에게 절을 하였다. 눌리타스는 혼자만의 조용한 시간을 깨뜨린 낯선 자를 응시하고 있었지만, 이내 마음은 정처 없이 어디론가 떠돌기 시작하였다. 이 넓고 넓은 세상에 그녀가 설 수 있는 곳은 없는 것 같았다. 그 허무함이 눈빛에 깃들었다.

'눌리타스라…….'

평민들이 입는 올이 굵은 갈색 옷을 걸치고 낡은 가죽 가방을 메고, 구멍이 난 검은 모자를 쓴 사내는 모르시아니 공작이었다. 그는 성 내에 몰래 들어와서 그 메이린 아가씨라는 여인의 얼굴만 확인하고 갈 작정이었다. 그러다 공작은 눈앞의 작고 마른 아가씨에게 흥미가 생겨서 왜 이곳에 왔는지를 까마득하게 잊어버렸다는 것도 몰랐다.

그리고 조용히 눌리타스란 이름에 담긴 무가치함과 무의미함의 의미를 떠올려보았다.

"그렇군요. 돼지우리를 치울 사람을 새로 뽑나 보군요."

지독스레 무심한 어투였다. 이미 그를 향한 관심이 사라져버린 눌리타스는 낯선 사내를 향한 시선을 거두고 꿀꿀거리며 무언가 먹고 있는 돼지들을 애정 어린 눈으로 바라보았다. 그녀는 더 이상 그와 대화를 이어나갈 생각이 없었다. 그는 저 묘한 아가씨가 자신에게는 매정하게 굴다 저 시끄러운 돼지들은 따뜻하게 보는 것을 눈치채고는 기가 막혔다.

'내가 돼지들에게 밀린 건가?'

공작은 어딜 가도 여인들의 시선과 관심을 한눈에 받는 미남자였다. 하지만 눈앞의 여인에겐 자신이 아무것도 아닌 모양이란 생각이 들자, 참 반갑기도 하고, 다른 한편으로는 서운하기까지 했다.

그때 소란스러운 짐승을 바라보는 여인의 눈이 참으로 쓸쓸해 보였다. 저대로 눈물이 흘러도 이상하지 않은 풍경이었다. 순간 그들 주위에 세찬 바람이 불어왔고, 루셔스의 모자가 하늘 높이 둥실 떠올랐다. 그리고 눌리타스의 드레스가 완전히 들려서 슈미즈가 보일 정도였다. 그 모든 것은 잠깐 동안에 일어난 일이었다.

"지금 뭘 보는 거죠?"

"네?"

루셔스 모르시아니는 맹세코 그의 사라진 모자 외에는 아무것도 보질 못했다고 자신할 수 있었다. 모자를 쫓다 보니 아름다운 여체의 굴곡이 얼핏 눈에 들어오게 된 것은 자의가 아니었다.

"아가씨, 억울합니다. 저는 저 날아가는 제 모자만 보았습니다요."

눌리타스는 얼굴이 새빨개져서 검은 머리의 키가 큰 남자를 노려보았다. 하늘을 가리키는 손가락을 내리며 싱글거리는 얼굴은 거짓말을 하고 있는 것이 분명했다. 하지만 화가 났던 그녀는 일순간에 기분이 곤두박질쳤다.

'스스로가 뭐 진짜 귀족이라도 된 줄 알았던 건가.'

얼굴의 홍조가 금세 흩어졌고 눌리타스는 다시금 무표정으로 돌아갔다. 요즘 귀족놀음이 한창이라 잠시 착각을 하였던 것이다. 치마가 들쳐지면 어떻고 아니면 어떻겠는가. 입가엔 어리석은 자신을 향한 무거운 조소가 어렸다.

"그런 거라면 그런 거겠죠. 일을 얻길 빕니다."

그 마지막 말은 진심이었다. 비록 그녀의 앞길은 온통 가시밭길이 펼쳐질 것이 분명하더라도 저 사내의 인생에는 어제보다는 나은 내일이 존재하길 바랐다.

"아가씨, 좋은 말씀 감사합니다. 곧 또 뵙겠습니다."

공작의 마지막 말은 아주 낮아서 아무도 듣지 못하였다. 그는 여인이 무거운 치맛자락을 무자비하게 털어내며 덤덤하게 걸어가는 모습을 계속 지켜보았다. 참으로 이상한 여인이었다. 처음 그가 울타리 근처에서 똑똑히 듣지 않았나. 빛나는 푸른 눈을 한 여인이 참으로 자연스레 욕을 하는 것을. 혹 다른 이가 더 있나 해서 주변을 살펴보았지만, 그곳엔 그와 그녀 그리고 돼지뿐이었다.

"진짜 기묘한 여인이야."

루셔스 모르시아니는 오늘 메이린의 낯짝이 궁금해서 급하게 달려왔지만, 이곳에서 만난 쓸쓸해 보이는 여인 때문에 여기로 달려온 본 목적을 잊어버렸다. 그리고 루셔스 모르시아니, 소문이 무성한 이 사내는 자리에 서서 그의 눈길을 앗아간 여인의 모습이 하나의 점이 되는 것을 끝까지 지켜보았다.

어색한 드레스를 걸치게 된 날부터 눌리타스의 하루는 참으로 복잡해졌다. 아침 식사를 하고 보바뤼 부인의 수업을 들으면, 점심 식사 후 다시 수업이 있었다. 또 남은 시간엔 아비오가 가르치는 승마가 예정되어 있었다.

문제는 그녀의 식사들이 모두 수업의 연장이라 부인 앞에서 해야 한다는 것이었다. 아무렇게나 그릇을 들고 훌훌 마시던 게 십수 년이었는데 하루아침에 귀족처럼 여러 가지 도구를 쓰면서 고상하게 식사하려니 쉬울 리가 없었다.

"다시요!"

보바뤼 부인의 회초리가 또다시 눌리타스의 등을 때리고 있었다.

"등을 펴시고, 다시 포크를 잡아 보시죠."

보바뤼 부인은 절대로 눌리타스에게 하대를 하거나, 상스러운 말을 쓰지는 않았다. 하지만 눌리타스는 꼭 그런 것들을 이용하지 않아도 충분히 상대가 모멸감을 느낄 수도 있다는 것을 보바뤼 부인을 통해 배웠다.

"저희 집에 키우는 개도 그것보다는 잘할 수 있을 것 같군요."

항상 이런 식이었다.

비아냥거리고 그녀를 업신여기는 듯한 발언들이 이어졌다. 식사 예절을 가르쳐 준다면서 처음 수프를 자신 앞에서 먹어 보라고 한 날에는 그녀가 우물쭈물하다 평소 하는 식으로 수프를 그릇 째로 들고 마셨다가 등을 펴지 못할 만큼 맞았다.

또다시 그녀가 틀렸는지, 등이 따가웠다. 부인의 회초리에는 자비란 없었다. 눌리타스는 힘든 내색을 하는 것도 싫어서 웬만하면 그냥 다 참아 보려 했는데, 이건 아닌 것 같았다.

'만일 내가 이런 반쪽짜리가 아니라 진짜 영애였다면 이리 함부로 굴었을까?'

물론 그녀처럼 구제불능의 사생아를 귀족처럼 만드는 것도 보통 일은 아닐 것이다. 그래서 이제껏 참고 있었다. 조금 맞는다고 뭐 달라지는 것도 없을 것이라 여겼다.

하지만 보바뤼 부인은 분명 어떤 선을 넘고 있었다. 눌리타스는 또다시 날아드는 회초리가 바람을 가르는 소리가 나자, 벌떡 일어섰다.

"보바뤼 부인. 아시는지 모르겠는데 제가 곧 공작부인이 되지요. 공작님이 제 몸에 이렇게 상처가 많은 것을 아시면 저를 어떻게 생각하실까요."

보바뤼 부인은 매를 또 한 번 휘두르려다가 그 손을 허공에서 멈추어야 했다. 사실 부인은 눌리타스가 때리면 맞고 시키면 곧잘 복종하는 모습을 보이기에 역시 천한 사생아의 피는 속일 수 없다고 생각하여 함부로 대하는 중이었다.

백작부인의 친척인 보바뤼 부인으로서는 눌리타스 같은 사생아를 보면 여인의 입장에서 울분이 치밀어 올랐다. 사실 원인은 방탕한 생활을 한 백작에게 있지만, 감히 그에게 손가락질을 할 수는 없는 노릇이었다. 그래서 그 죗값을 이 작은 몸을 한 하찮은 아이에게 치르게 하고 싶었는지도 모른다.

'이런 무식하고 천한 무지렁이가 감히 나를 협박하는 건가.'

보바뤼 부인은 그 말에 굴하지 않고, 다시 한번 회초리를 들었다.

눌리타스는 차가운 눈으로 부인을 바라보다 한마디만을 덧붙였다. 그 목소리는 조용하였으나, 보바뤼 부인이 보기에 눈빛만은 사생아 계집이 가질 수 없는 무언가가 있는 듯했다.

"초야라는 것을 치를 때는 옷을 벗고 하나요? 입고 하나요? 공작님께서 등에 상처가 있는 영애를 어떤 식으로 생각하실지 심히 염려되는군요."

보바뤼 부인은 숙녀의 입에서는 나오지 않을 경박한 질문에 눈살을 찌푸렸다. 하지만 곱씹어보니 그 말이 타당하다 여겨 매를 슬그머니 내렸다.

눌리타스는 그 모습을 보면서 코웃음을 쳤다. 회초리로 좀 맞는 것쯤이야, 사실 아비오에게 걷어차이는 것에 비하면 아무것도 아니다.

보바뤼 부인이 적당히 회초리를 드는 것은 얼마든지 참았을 것이다.

하지만 앞으로의 일을 제대로 해내려면 이제 상처를 더 만들어서는 안 될 것이다. 그녀는 이미 거친 노동으로 여기저기 자잘한 상처가 꽤 많이 있었다. 밤마다 피부에 좋다는 것들을 하녀가 가져다주었지만, 평생을 태양을 피해 곱게 큰 영애로 보이기는 불가능한 것 같았다.

'팔에 잡힌 근육은 어쩐담.'

매일 오물을 푸고 날라서 생긴 마른 근육이 온실 속에서만 자란 가녀린 숙녀로 보이는 것을 방해했다. 그래서 될 수 있으면 몸을 최소한으로 움직이려 했다. 머리는 이제 어깨에 닿을 정도로 자랐다.

하지만 그것이 그녀를 메이린과 같은 태생부터 귀한 아가씨처럼 보이게 만들어주지는 않았다.

아직 귀족 아이들이 읽는 기초적인 책조차도 그녀에게는 버거웠다. 더듬더듬 읽는 그녀의 목소리에 스스로가 한심해 한숨이 절로 새어 나왔다. 매일매일 쉬지 않고 노력했지만 분명 한계가 존재했다. 식사 습관도 한 번씩 헷갈려서 틀리곤 했다. 춤추는 것도 그 순서를 외우는 것이 곤욕이었다.

귀족 흉내를 내는 것 중에서 그나마 가장 좋은 것은 목욕과 승마였다. 처음에는 승마 때문에 혹시 근육이 더 생길까 염려되기도 했다.

하지만 말을 제법 타게 되자 바람으로 세상을 가로지르는 느낌을 즐기게 되었다. 이따금 그대로 바람 속으로 녹아내리고 싶은 충동이 들기도 했다.

'이대로 멀리 사라지고 싶다.'

하지만 이내 어머니가 떠올라, 그런 생각을 멈출 수 있었다. 딱 지금의 그녀의 나이 정도에 아이를 낳고 아비도 없이 홀로 키웠으니 얼마나 힘들었을까. 상상조차 할 수 없었다.

'만일 내가 어머니의 처지였다면 아이를 지켜낼 수 있었을까.'

생명을 준 것은 그 빌어먹을 백작과 어머니였지만, 그녀를 이날까지 무사히 살게 한 것은 어머니의 작은 손이었다.

다른 누구의 도움도 받지 않고 오직 어머니 홀로 그것을 해온 것이다. 가슴이 다시 묵직해졌다.

아비오는 지난번 일 이후에 웬일로 정신을 차렸는지 그녀와 적당한 거리를 두기 시작했다. 그것은 꽤나 반가운 일이었지만, 그를 향한 의심의 눈초리를 늦출 수는 없었다. 인간의 본성이란 것이 그렇게 쉽게 변하지 않는다는 것은 교육받지 않은 그녀라도 잘 알고 있었다.

눌리타스가 알던, 어느 도박에 중독된 사내는 빚이 늘어나자 자신의 집을 팔았고, 그 다음에는 딸을 팔아 치웠다. 아내는 진작 달아났고 빚을 갚을 무엇도 없었던 그 남자는 결국에는 한쪽 팔이 잘렸다. 하지만 그는 남은 한 팔로 도박을 계속하다 결국 그 목을 내어놓아야 했다. 술에 중독된 사내의 비참한 결말을 듣고 오싹한 기분을 느낀 적도 있었다. 무언가 악한 것이 그 인간을 잡아먹게 되면 그 뒤는 파멸만이 남아 있을 뿐이었다.

아비오처럼 썩어 빠진 구린 냄새가 나는 인간이 저렇게 점잖을 떠는 것을 그녀는 절대로 믿지 않았다. 돼지 오물 위로 넘어져 온통 갈색 물이 들어버린 옷은 아무리 빨아도 순백으로 돌아오지 않았다.

아비오는 백작을 닮은 음흉한 자니까, 언제고 다시 그 더러운 수작을 부리고도 남을 것이라고 생각했다.

그녀의 예상이 한 번쯤 틀려도 좋으련만. 하루는 승마수업이 끝나자 아비오가 들뜬 얼굴로 그녀에게 다가왔다.

"눌리타스. 이제껏 나의 잘못을 모두 용서해 주길 바라."

아비오의 성대를 통해 흘러나온 그녀의 이름은 섬뜩한 느낌을 주었다. 용서라니 그게 무슨 소린가. 새롭게 상대를 괴롭히는 방법인가. 그녀는 너무 황당해서 아무 말도 할 수 없었다. 그저 그의 발끝을 보며 제발 이 힘든 시간이 오래지 않기를 바라고 바랐다.

"그건 다 내가 너를……."

도대체 무슨 헛소리를 하고 싶은 건지, 그녀는 도통 알 수가 없었다. 계속 그는 운을 떼기만 할 뿐 하고 싶은 이야기는 못 하고 있는 분위기였다.

아비오는 똥마려운 강아지처럼 몸을 꼬더니 이윽고 눈을 질끈 감고 소리를 질렀다.

"내가 너를 사랑한다."

눌리타스는 그의 느닷없는 사랑 타령에 헛기침을 했다. 이 백작 가문은 사랑하면 고통을 주는 것이 내력인가? 사랑이 언제부터 이 부자들의 입에서 이리도 역겹게 오르내리기 시작한 걸까.

'죄송하지만, 귀족 나리의 높고 귀하신 사랑은 저 따위에게 과분합니다.'

이렇게 쏘아대고 싶은 마음이 한 가득이었다.

아니면 혹은 너 같은 새끼가 무슨 사랑이냐고, 사랑이 뭔지 알긴 하느냐고 말해보라고 큰 목소리를 내고 싶었다. 하지만 입 밖으로 이 말들을 내뱉는 순간 저 악마 같은 놈이 또 어떻게 돌변할지 모를 일이었다.

그녀는 그의 헛소리가 무서워서 피하는 게 아니라 정말 더러워서 피하는 거라고 생각하며 주먹을 쥐었다. 그녀의 기분도 모른 채 아비오의 들뜬 목소리가 이어졌다.

"내가 널 괴롭혔던, 그건 말이야. 내가 내 감정을 제대로 몰랐기 때문이야."

칼을 들고 배를 가르고 내장을 헤쳐서 손에 쥔 채로 온기가 식어가는 자에게 사랑한다고 하면 그것이 과연 말이 되는가. 눌리타스는 어떻게 된 게 그냥 볏짚이나 나르던 시절이 정신적으로 백배는 더 건강했던 것 같은 기분을 느꼈다.

백작성에서 백작부인의 눈치를 살피랴. 메이린의 히스테리를 받아 주랴. 보바뤼 부인의 엄격한 수업도 받으랴. 지칠 대로 지쳤는데, 아비오의 사랑 고백은 참 뜬금없다 싶었다. 눌리타스는 아무것도 담기지 않은 푸른 눈으로 아비오의 붉은 머리를 바라보며 입을 뗐다.

"네, 저도 아비오 님을 사랑합니다."

"정말이야? 그럼 내가 아버님한테 청을 넣어보겠어. 너를 그 악귀에게 보내지 말라고 말이야. 넌 말이야. 원래부터 내 거라고! 누구에게도 보내지 않을 거야!"

눌리타스는 갑자기 그녀가 자신을 사랑한다는 말에 흥분해서 날뛰는 아비오의 얼굴이 꽤나 볼만하다고 생각했다. 그녀는 아주 천천히 숨을 고르고 말을 덧붙였다.

"저는 백작님도, 마님도, 메이린 아가씨도 모두 사랑하죠."

"뭐라고!"

그제야 자신이 놀림 받았단 것을 깨달은 아비오의 눈에 광기가 어리기 시작했다. 그가 저 천한 것에게 마음을 뺏겼다고 고백하는 것이 얼마나 어려운 일이었는지 안다면 저것이 그에게 이럴 수는 없을 것이다. 단순히 화가 나는 게 아니라 분노가 그를 지배하기 시작했다. 아버지의 당부고 뭐고 아무것도 떠오르지 않았다. 그의 눈앞에는 그를 놀린 맹랑한 계집이 있었을 뿐이다.

"이 짐승만도 못한 하찮은 것이!"

그의 사랑이 거절당한 상처만큼의 힘을 담은 주먹이 그녀의 얼굴로 날아들었다. 눌리타스는 얻어맞기 직전, 이 상처는 아주 오래 가겠구나 하는 생각이 들었다. 오랜만에 맛본 그의 주먹은 무척이나 단단하고 거칠었다. 이가 으스러지는 것 같은 고통이 따랐고, 입가에 선명한 핏줄기가 흐르기 시작했다.

이 로마그놀로가에 눌리타스의 아군이라고는 존재하지 않았다. 그녀의 몸을 지킬 수 있는 것은 오직 그녀 자신뿐이다. 그녀는 이를 악물고, 다시 고개를 원 상태로 돌리며 입을 열었다.

"때리는 건 자유지만, 책임 또한 당신이 져야 할 겁니다."

입가에 피를 머금고 싸늘하게 이야기하는 눌리타스 때문에 아비오는 흠칫 놀라고 말았다.

"너 지금 나한테 하는 이야기야?"

"여기 우리 말고 또 누가 있던가요?"

"야, 너 귀족한테 아주 겁도 없다?"

"어차피 죽으러 메이린 아가씨 대신 공작가에 가는 거잖아요. 내가 뭐가 무서울 것 같습니까?"

저것이 그의 발길에 채여서 피를 흘리고 쓰러져 있었던, 그 천한 것이 맞는가. 눌리타스가 요망하게도 자신에게 대들자 아비오는 화를 주체할 수 없었다. 하지만 더 이상 쉽사리 손댈 수도 없었다.

아비오는 언젠가 저 건방진 것을 꼭 자신의 아래에서 아주 혼을 내주겠노라 다짐했다.

그날 밤, 눌리타스처럼 체구가 작은 어린 하녀 하나가 아비오에게 끌려갔다.

"이 고약한 년, 어디서 나한테 대들어?"

"살려주세요. 나리. 저는 아무 말도 안 했습니다."

아비오는 작은 하녀를 눌리타스라고 생각하고 범하려 했는데, 망할 것이 입을 열자 달뜬 흥이 식어버리는 것 같아서 화가 났다. 그는 하녀의 뺨을 세차게 내려쳤다.

"야, 너 입 다물어! 아주 본때를 보여 주겠어!"

그렇게 아비오는 이성을 잃고 그녀를 닮은 하녀 하나를 짓밟았다. 죄 없는 어린 하녀가 현실을 잊어 보려는 듯 눈을 감으며 한숨을 뱉었다.

로마그놀로가의 고풍스러운 성벽은 어떤 바람에도 꿈쩍하지 않을 것처럼 견고했다. 수백 년 동안 지속된 백작가는 그 내부도 실로 화려했다. 복도마다 커다란 액자의 명화들이 걸려 있어 그 품위를 더해 주었다.

하지만 이 성에 있으되 이곳과는 조금 다른 방이 하나 존재했다. 아주 외진 곳에 위치해 볕도 잘 들지 않고 예전부터 그 용도가 불분명한 방이었다. 그 문틈 사이에서 새어 나오는 불빛이 누군가 방 안에 있음을 알려주고 있었다.

눌리타스는 사방이 칙칙한 회색 벽지가 발린 방에 우두커니 서서 창밖을 내다보고 있었다. 어깨에 닿은 머리가 아직도 익숙해지지 않았다. 늘 귀 근처에 찰랑거리던 머리가 꽤 길었다.

'이건 미친 계획이야.'

성에서 하녀라도 해본 일이 있었으면 이 정도로 막막하진 않았을 것이다. 그녀가 귀족에 대해 아는 것이 무엇이 있었나? 아무것도 없었다. 그저 그들과 그녀는 다른 세상에 살고 있다는 것만이 확실하게 아는 것의 전부였다.

'돼지우리의 백작 영애라.'

그녀를 살찌우기 위해 매 식사마다 기름진 고기가 제공되었다. 처음에는 노릇노릇하게 구워진 고기를 맨손으로 덥석 쥐었다. 그 광경을 보고 보바뤼 부인이 내지르는 비명에 귀가 먹는 줄 알았다.

그렇게 좋은 음식을 먹게 되자, 예전보다는 눌리타스의 혈색이 좋아졌다. 살도 어느 정도 붙어서 가슴이 아주 조금은 계집아이처럼 보이는 것 같기도 했다.

드레스 아래로 만져지는 작은 가슴을 내려다보며 눌리타스는 허탈한 웃음을 지었다. 사내로 보이던 몇 달 전보다는 사정이 나아졌다고 해도, 메이린이나 백작부인의 가슴에 비하면 이건 없는 거나 마찬가지였다. 드레스 가슴선 위로 보이는 그들의 가슴은 불룩하게 부풀어서 곧 터질 것 같은 느낌을 주었다. 하다못해 인상이 날카로운 보바뤼 부인도 자신보다 여인다운 기운을 풍겼다.

'참으로 우습구나.'

이렇게 책 좀 더듬더듬 읽고 식탁에서 포크와 나이프를 쓰면 귀족이 될 수 있는 건가. 가끔은 이 성의 귀족 나리들이 다들 미친 게 아닌가 하는 생각이 들었다. 머리를 기르고 드레스를 입히고 거짓 시중을 드는 하녀를 붙여주면 눌리타스가 정말 메이린 아가씨처럼 보일 거라고 믿는 건가.

창밖에 드리워진 밤 그림자를 보며 그녀는 어머니를 떠올렸다.

'어머니는 잘 계실까.'

귀족 수업을 받기 위해 성에 들어온 이후, 어머니와 함께 머무를 수 없게 되었다. 가끔 스치는 길에서나마 어머니를 아주 잠시 눈에 담을 수 있었다. 그때마다 어머니의 얼굴은 점점 더 마르는 것 같았다. 기침은 나아지셨는지, 식사는 잘 하시는지…… 그리고 차마 어머니에게 물어볼 수 없는 질문도 떠올랐다.

'백작님이 아직도 어머니의 밤을 악몽으로 만들고 있나요?'

하녀가 들어와서 저녁 식사 시간이 되었다고 알려주었다. 하녀는 지난번 눌리타스의 경고 이후 행동을 조심하는 듯했다.

"고마워. 소피아."

소피아라고 불린 하녀는 이제 열다섯 살이 된 조금 통통한 갈색 머리에 흔한 인상을 가진 여인이었다.

처음에는 도저히 눌리타스의 시중을 들게 된 것을 받아들이지 못해서 여러 번 불퉁한 모습을 보이기도 했던 소피아는 차차 마음의 문을 열기 시작했다. 다른 도도한 귀족 아가씨보다 하녀의 입장을 더 헤아려 주는 것이 바로 그녀의 주인이라는 것을 깨닫기 시작하면서부터였다.

"가 볼까."

방이 쩌렁쩌렁 울리도록 기합을 넣어 보았다. 보바뤼 부인이 보면 필시 지적을 했을 법한 씩씩한 걸음걸이를 하고, 눌리타스는 비장한 얼굴을 한 채로 1층으로 내려갔다. 그녀에게는 백작가의 일원들과 먹는 저녁 식사 시간만큼 힘든 수업도 없었다.

기다란 식탁에는 이미 백작과 백작부인, 그리고 메이린과 아비오가 앉아 있었다. 그들이 함께 모여 있는 모습은 하나의 눈부신 그림 그 자체였다.

눌리타스가 한 걸음 내디디면서 그 보기에 완벽한 명화 속으로 미끄러졌다. 그녀의 서늘한 시선이 한 방울 튀었고, 그녀의 무거운 한숨이 번져서 그림의 조화가 묘하게 깨지기 시작했다.

"늦었구나."

백작이 눌리타스를 은근한 눈빛으로 바라보며 꾸짖었다. 하녀가 낳은 아이는 살이 조금 붙자 놀랍게도 점점 더 백작을 닮아가고 있었다. 백작부인이 낳은 아이들에게서는 느껴보지 못한 익숙한 친밀감이 사생아를 통해 그에게 흘러들어왔다.

최근에 눌리타스는 염색을 하지 않아 은발이 반쯤 자라나 있었고, 아래쪽 머리칼은 예전에 염색했던 것들이 자리하고 있었다. 아무런 대꾸도 없이 식탁 의자에 앉은 무표정한 아이의 청안은 날카로웠고 꾹 다문 입매가 꽤 고집스러워 보였다.

"죄송합니다."

눌리타스는 늦게나마 짧게 사과를 하며 제일 끝자리에 앉았다. 이어서 백작의 기도가 이어졌다.

'디아나여, 이리 비바람을 피할 수 있는 지붕을 주시고 온기 담은 식사를 주셔서 감사합니다. 저는 그대의 진실하고 순결한 종입니다. 저의 기도를 부디 거두소서.'

식사 때마다 백작의 순교자 같은 기도에 헛구역질이 나는 그녀였다.

'진실하고 순결한 종이라.'

"이제 먹지."

백작이 포도주 잔을 들어 한 모금 마시자, 모두 포크를 들고 식사를 시작했다. 저들은 언제나 테이블이 무너질 듯 가득 음식을 쌓아두고는 쥐꼬리만큼만 먹고 일어섰다. 자신들이 마른 채소만 둥둥 떠다니는 죽 한 그릇을 마시듯 먹고 허리가 끊어지게 일을 하는 동안, 저들은 언제나 그랬을 것이다. 이들의 식사가 끝나면, 남은 수많은 음식은 전부 그대로 버려졌다.

저 살코기 한 점이 간절한 때가 있었다.

'젠장.'

식욕이 사라지는 것 같았다. 늘 그랬다. 차라리 혼자 먹거나 매질을 해대는 보바뤼 부인 앞에서 하는 식사가 나았다. 저 기름진 면상들과 한 자리에 있으려니 신물이 올라오는 것 같았다.

'오늘 어머니의 저녁은 또 멀건 죽일까. 곰팡이가 슬기 시작한 빵일까.'

"왜 안 먹니? 역시 천한 것들 입맛에는 너무 무리지?"

메이린이 건너편에 앉아서 빈정거리기 시작했다. 그녀는 첫 만남 이후부터 한결같이 눌리타스에게 조롱하는 눈빛을 건네고 있었다. 싫증이 나서 입지 않던 자신의 드레스를 입고 푸석한 머리를 하고 그들의 식탁에 앉은 눌리타스가 그녀에겐 눈엣가시 같은 존재이리라.

"그래, 쟤는 돼지우리에서 먹는 게 습관이 되어서 이런 자리에선 소화도 안 될걸?"

아비오가 히죽거리며 누나의 말을 거들었다.

"그냥 편하게 손으로 먹지 그러냐?"

그의 입술은 웃고 있지만, 눈빛은 눌리타스의 온몸을 헤집는 듯 깊고 습했다.

"백작님, 가족들만 모이는 자리에 저 아이를 불러야 합니까?"

백작부인조차 불만이 가득한 음성으로 백작에게 말을 건넸다.

그녀는 뼛속까지 고귀한 귀족 그 자체인 삶을 살아왔다. 한 식탁에 귀족이 아닌 것이 낀 것도 못마땅한데 그것이 그녀의 눈을 속여 몰래 자라온 악의 씨앗이라니. 내가 사생아와 저녁을 함께 하다니. 돌아가신 부모님이 놀라실 일이 아닌가.

눌리타스는 처음으로 백작부인의 의견에 동의하는 자신을 발견했다. 방에서 조용하게만 먹을 수 있다면, 빵 한 조각도 맛있게 먹을 수 있을 것 같았다. 아니, 이미 아침과 점심을 배부르게 먹기 때문에 굶어도 상관없었다.

"몇 번을 말해야 합니까? 다 교육의 연장이라고. 이런 자리까지 보바뤼 부인이 교육시켜줄 수 없을 것 아니오. 모두 품위를 잃지 않도록!"

백작의 호통에 남은 식사 시간 동안 아무도 입을 열지 않았다. 이 자리는 누군가 말을 해도, 혹은 침묵을 지켜도 참으로 불편하고 갑갑한 자리였다. 그들은 눈곱만큼의 인정이라고는 없는 인간들이었다.

가진 것 없고, 배운 것이 없는 자들도 면전에서 누군가를 이토록 수치스럽게 만드는 게 나쁜 일이라는 것을 알고 있었다.

눌리타스는 얕은 한숨을 뱉으며, 겨우 빵 조각을 입으로 가져갔다.

'씹어서 넘기는 거야. 혼자만 있다고 상상하자…… 휴.'

작은 빵을 겨우 식도로 넘겼다. 이미 충분히 보드라워진 빵이건만, 그녀의 배에 큰 돌덩어리처럼 가라앉는 것 같았다.

'저런 사람들 때문에 속상해하지 말자. 주저앉지 말자'

아마 자신이 사내아이로 크지 않았다면, 벌써 포기했을지도 모른다는 생각을 해보았다. 그녀는 여인치고는 감성이 조금 많이 부족했다. 사고방식도 하는 일들도 사내들의 것이었다. 듣고 하는 말들도 모두 남자들의 말이었다. 이자들의 얼굴을 붙잡고 침이라도 탁 뱉고 시원하게 욕지거리를 들이붓는 상상을 해 보았다.

하지만 그날 저녁의 시련은 거기서 끝나지 않았다. 아주 품위 있는 태도로 식사를 마무리하던 백작이 아주 다정한 목소리로 속삭였다.

"메이린. 식사 마치면 눌리타스와 차를 마시거라."

"아버지!"

백작은 얼마 남지 않은 공작과의 혼인을 대비해서, 눌리타스에게 귀족의 예법이나 문화, 분위기 등을 가르치려 노력했다. 그가 보기에 눌리타스는 투박하고 다듬어지지 않아서 얼핏 보기는 아직 많이 부족해 보였지만, 분명 영특한 구석이 있었다. 교육을 받지 않았지만, 분위기를 파악하고 상대의 어투를 분석할 수 있는 감각을 타고난 듯했다.

'그래도 역시 내 핏줄이란 건가.'

로마그놀로 백작은 볼이 통통 부어 있는 붉은 머리의 메이린과 이제 겨우 단발을 면한 눌리타스를 번갈아 보며 포도주를 천천히 삼켰다.

작은 응접실에 적막감이 흘렀다. 차 시중을 들기 위해 준비를 하고 있던 하녀들조차 이상한 기류에 몸을 살짝 떨었다. 진짜 아가씨와 가짜 아가씨가 둘만 함께 있는, 좀처럼 보기 드문 광경이었다.

눌리타스는 아까 먹은 식사가 소화가 되지 않아 명치가 답답했다. 시원한 냉수라도 한 사발 들이켜고 싶었다. 메이린은 소파에 기대어 박제라도 된 것처럼 아무런 말도 움직임도 없었다. 눌리타스는 일어나서 스스로 물을 따라서 쭉 마셨다.

"이제 좀 살 것 같네."

절로 시원한 감탄사가 쏟아졌다. 눌리타스는 난처해 하고 있는 하녀들을 한 번 보고 차를 준비해 줄 것을 부탁했다.

'백작의 명이니 기꺼이 따르리라. 그의 딸과 차를 마셔 주리라.'

"아무것도 하지 마."

하녀들이 차를 따르려 하자 메이린이 가시 돋친 말을 내뱉었다.

"너희들 어떻게 된 거 아냐? 사생아 따위의 명을 따르다니?"

그제야 눌리타스와 메이린의 시선이 응접실을 가로지르며 서로 부딪쳤다. 물론 눌리타스는 메이린의 그런 행동들이 유치하기 그지없었다. 애들 힘자랑 같은 것을 이 시간에 하고 싶은 마음은 전혀 없었다.

128

"차를 마셔야 그렇게 싫은 사생아를 그만 볼 수 있을 텐데요?"

눌리타스가 메이린을 닮은 말투로 빈정거렸다. 그러자 금방 그것을 알아챈 메이린이 발끈했다.

"너 감히 어느 안전이라고, 건방을 떠는 거야? 응?"

"저는 그저 백작님의 명을 따를 뿐입니다. 귀족 놀이를 하라고 하셔서 하는 거고, 차를 마시라니 마시려는 거죠. 그런데 이게 무슨 건방이죠?"

틀린 말은 아니었기에 메이린은 아랫입술을 꽉 깨물며 신경질적인 눈빛을 보냈다.

"차 안 따르고 뭐 해?"

메이린이 소리치자 하녀들이 허둥지둥 차를 준비하기 시작했다. 눌리타스는 주인의 명에 이러지도 저러지도 못하는 그들에게 참 미안했다. 밤 시간을 망친 것은 그녀뿐만이 아니라는 것에 왠지 서글펐다.

차가 준비되자 눌리타스는 보바뤼 부인에게 배운 것을 무시하고 평소대로 그대로 들이켰다.

"잘 마셨습니다. 먼저 일어나겠습니다."

그녀는 분명 백작이 시킨 명을 따랐다. 잔을 소리 나게 내리면서 눌리타스는 거칠게 일어섰다. 다분히 감정이 실린 과장된 행동이었다.

'누구를 대신해 그 악귀에게 가는데.'

그녀에게 감사는커녕 마주 앉아 차 한잔하는 것이 그리도 참기가 힘든가 싶어 오만 감정이 쏟아졌다. 눌리타스의 드레스 자락을 쥔 거친 손이 분노로 살짝 떨고 있었다.

"마님 잘못했습니다. 저만 이리 벌하시고 제 아이는 제발 용서해주십시오."

허름한 방을 가르는 매질 소리가 제법 매서웠다. 붉은 레이스와 반짝이는 보석으로 장식된 드레스를 입은 백작부인이 전혀 어울리지 않는 곳에서 서늘한 분노를 터뜨리고 있었다. 눌리타스의 어미인 레오니는 모진 매질에 거의 실신할 지경이었다. 하지만 그녀는 계속 몸을 일으켜 백작부인의 발치로 기어가기를 반복하고 있었다.

"네가 그 더러운 몸뚱이로 감히 백작님을 현혹했더냐?"

레오니는 억울하고 억울해서 흐르는 눈물에 질식사할 것 같았다. 만약 자신이 혼자였다면 진작 산목숨이 아니었을 것이다. 살 이유가 없었다. 하지만 가슴이 무너져 내려도, 맞은 곳이 불이 타는 것처럼 쓰려도 정신을 차려야 했다.

"마님, 잘못했습니다. 제가 비천해서 주제를 몰랐습니다."

레오니는 백작부인의 아래에서 눈물을 쏟으며 빌고 또 빌었다. 어린 나이에 그녀의 어미가 보는 앞에서 백작에게 몹쓸 짓을 당했다고, 그래서 생긴 아이라고 말하고 싶었다. 하지만 레오니는 통증을 삼키면서 그것들을 속으로 꾸역꾸역 삼켜냈다.

'마님이 모르시는 것도 아닐 테고.'

백작부인은 로마그놀로 백작 앞에서는 아주 정순한 부인인 척하고 있었지만, 외도를 일삼고 다니는 백작 때문에 가슴이 까맣게 타버린 지 오래였다. 그나마 그녀의 끈질긴 노력으로 성의 하녀들을 건드는 것은 진즉에 그만둔 것 같아 방심을 하고 있었다.

외부에서 여인을 만나는 것은 그녀의 소관 밖이었다. 차라리 눈에 보이지 않는 일들은 없는 셈 칠 수 있어서 한결 낫다 여겼다.

하지만 이것은 전혀 다른 문제였다. 그 사생아 나부랭이가 자신의 귀한 막내아들과 같은 나이라 하였다. 감히 이 집에서, 자신이 이리 시퍼렇게 눈을 뜨고 있었는데.

'가슴을 쥐어 뜯어내면 이 억울한 마음을 비울 수 있을까?'

가문을 이을 후계자를 낳기 위해 자신이 죽을 고비를 넘겼던 그해에 남편은 하녀를 건드렸다니. 아비오를 낳고 출혈이 심해, 백일이 지나서야 소중한 아들을 간신히 안아 볼 수 있었던 그녀 아닌가.

'나의 목숨을 좀 먹어가며 백작가의 후계자를 낳았건만.'

백작부인은 결혼 전에 왕국에서 소문난 미인이었다. 그녀에게 구애하는 사내들로 들판이 가득 차고 호수를 덮을 지경이었다. 그 중에서 고르고 고른 사내는 그녀를 영원히 사랑하겠노라 맹세했었다. 깨어진 약속과 돌아온 배신의 고통은 다시금 백작부인의 눈을 멀게 하였다.

그녀는 불길이 이는 듯한 눈으로 발아래에 매달려 있는 더럽고 추악한 몸뚱이를 내려다보았다. 저 작은 몸 위로 남편의 두 팔이 엉겨 있었구나 싶어 토악질이 나는 것 같았다. 그녀가 홀로 긴 밤을 보내는 동안 백작의 숨결이 저 귀에 닿고, 백작의 시선이 저년의 목덜미에 머물렀겠구나. 있을 수 없는 일이었다.

"고개를 들어라."

뺨을 심하게 맞아서 벌써 붓기 시작했고 터진 입술에서는 피가 흐르고 있었다. 하지만 그럼에도 불구하고 그 자태가 꽤 고왔다. 하녀치고는 귀티가 느껴지기까지 하였다. 왜 이런 아이를 진작 발견해내지 못했을까.

아마 예전에 자신의 눈에 뜨였다면 진즉에 성 밖으로 내쫓았을 것이다. 그랬으면 그 돼지우리나 치우던 선머슴 같은 사생아 따위가 갑자기 나타나는 일은 없었을 것이다.

다시금 격한 분노가 용솟음치는 것을 느꼈다. 백작부인은 드레스 자락을 말아 쥐고서 구두 굽으로 레오니를 있는 힘껏 걷어찼다. 한번으로는 성에 차지 않았다. 큰 신음을 내며 배를 움켜쥐는 하녀를 향해 다시 한번 발길질을 했다.

'귀족으로 태어나 저런 것과 남편을 공유하다니, 있을 수가 없는 일이 아닌가.'

둔탁한 소리를 내며 하녀의 작은 몸이 구석으로 툭 하고 엎어지더니 더 이상 몸을 세우지 못하였다. 그제야 만족감을 느낀 백작부인은 허리를 바로 했다.

"내 값진 교훈을 네게 주었으니 두 번 다시 경거망동하지 말거라."

붉은 입술이 부르르 떨며 움직이지 않는 대상을 향해 읊조렸다. 그리고 그대로 백작부인은 드레스 자락에 묻은 핏자국에 눈을 찌푸리며 그 더러운 방에서 빠져나갔다.

"그런 식의 표정은 고상한 귀족 영애가 지을 만한 것이 아닙니다."

"그런 식의 어투는 적절하지 않습니다."

"그런 식의 자세는 제가 고쳐야만 한다고 했습니다."

눌리타스는 자신의 모든 것을 지적하는 보바뤼 부인을 올려다보았다. 그녀는 오늘 회색을 아주 조금 벗어난 푸른빛이 도는 드레스를 입고 호박석으로 만든 브로치를 가슴에 장식하고 있었다. 정말 한 치도 빈틈을 찾아보기 힘든 단정한 차림새였다.

"보바뤼 부인. 궁금해서 묻는데, 저처럼 뼛속부터 천해빠진 이가 과연 부인 같은 이들과 함께 차를 마시고 식사할 수 있다고 보십니까?"

계속해서 그녀의 모든 것을 부정하는 보바뤼 부인을 향한 눌리타스의 도전적인 청안이 반짝이고 있었다. 그녀의 갑작스러운 물음에 보바뤼 부인은 놀라서 멈칫했다. 하지만 이내 평정을 되찾고 차분하게 답하였다.

"아직은 한참 멀었지요. 하지만 저와 백작님의 목표는 당신이 귀족처럼 보이기라도 하게 하는 것이니까요. 항상 말을 조심하고 주변을 경계한다면 가능하리라 봅니다."

눌리타스는 하품이 나는 것을 간신히 참았다.

'이런다고 진창에서 뒹굴던 내가 감히 공작부인이 된다는 것이 가당키나 한가. 가능하다고 보는 자가 나를 징그러운 벌레를 보는 눈을 한단 말이야?'

그에 슬쩍 오기가 생긴 눌리타스는 입가를 굳히며 그녀를 경멸하는 보바뤼 부인을 쳐다보았다. 그리고 목소리를 은밀하게 내리깔며 한마디를 던졌다.

"제가 귀족이 아닌 것이 들통이 나면 보바뤼 부인의 이름도 잊지 않겠습니다."

"귀족 영애는 협박을 하지 않습니다!"

눌리타스는 이미 미래는 없다 여긴지 오래였다. 그럼에도 이 시간을 꾸역꾸역 버티는 것은 오로지 어머니를 위해서였다. 이제껏 자신을 위해 숨죽여 살아온 어머니를 더 이상 힘들게 하고 싶지 않았다. 입가에 차가운 미소가 한 자락 걸쳐졌다.

"귀족 사칭죄를 저지른 자는 물론이고 공모한 자들도 모두 벌을 받는다지요?"

"눌리타스 양!"

보바뤼 부인이 놀라 얼굴이 파랗게 질려서 소리를 높였다.

사생아를 교육 시킨 죄로 거의 벌거벗겨지다시피 해서 거리를 걷는 자신의 모습이 눈앞에 선했다. 사람들은 그녀에게 침을 뱉고 돌을 던질지 모른다. 그만큼 왕국에서 신분이라는 것은 민감하고도 아주 중요한 문제였다.

사생아라는 신분은 가문에서 인정만 받으면 귀족만큼은 아니지만, 평민보다는 나은 대우를 받는 일이 있기도 했다. 하지만 그런 일은 아주 드물었다.

지체 높은 귀족 나리들은 그들의 삶도 바쁜지라 수많은 사생아의 미래까지 염려해 줄 여유는 없었다. 고귀하신 분들이 욕망에 충실한 결과로 고통받는 생명들이 늘어가고 있었지만, 왕국의 그 누구도 그들에겐 관심을 보이지 않았다. 그것이 바로 사생아란 이들이 짊어지고 가야 할 운명의 굴레인 것이다.

'그나마 나는 반쪽짜리 인정은 받은 건가. 이름과 성이 생겼으니 말이지.'

그러나 그것이 평생 불릴 일이 없을 이름이라는 것이 눌리타스를 씁쓸하게 만들었다. 그녀는 쓸데없는 생각을 흔들어 털어버리고 이내 보바뤼 부인이 읽어 보라는 책을 더듬더듬 읽어 내려갔다.

아주 짧은 문장을 읽는 데도 진땀이 흘렀다. 문자 자체를 모르던 이가 귀족가의 아이들 수준이 될 때까지 쓰고 읽고 하느라 얼마나 고생을 했던가.

문자를 배우고 3달이 지난 어느 날 그녀는 두꺼운 사전에서 드디어 '눌리타스'가 가진 의미를 찾아내었다.

'완전한 무의미함, 무가치.'

참으로 짧은 해석이 달려 있어서 다행이었던 동시에 무력감이 몰려와 그녀를 주저앉게 만들었다.

십수 년 만에 처음으로 얻은 이름이 널이나 짐보다 나을게 뭔가 싶었다.

백작의 의중을 확실히 알 것 같았다. 그에게는 눌리타스, 그녀는 그 정도의 존재인 것이다. 아무것도 아니기에 자신의 친딸을 대신해서 목을 내어 줄 수도 있는 소모품이었다.

그것도 모르고 이름이란 것을, 그것도 귀족인 아비가 지어주었다는 것에 조금은 들떴던 자신의 모습이 얼마나 한심한가. 백작에게 있어서 사생아인 그녀는 무가치한 존재였다.

눌리타스는 수업을 마치고 저녁 식사 전에 서둘러 어머니를 찾왔다. 아침, 점심 식사에 나온 잘 상하지 않을 음식들을 슬쩍 챙겨 두었다. 처음 보는 귀한 것들을 그녀의 어머니에게도 맛보이고 싶었다.

성 내에서 그녀를 따뜻한 시선으로 봐주는 이는 아무도 없었다. 지독한 냉대 속에서 지내는 것은 무신경한 그녀에게도 힘에 부치는 일이었다. 그러나 어머니가 한 지붕 아래 계신다는 것이 눌리타스에게는 큰 힘이 되었다. 누가 알까 저어되어 손수건으로 감싼 음식을 소중하게 품에 안고 발길을 서둘렀다.

'잠시 이것만 전해주고 와야지.'

하지만 어찌 된 것이 그녀가 머무르던 방의 문이 살짝 열려 있었다. 가져 갈 것은 없었지만, 문단속을 저리 하실 분이 아니었다.

"어머니."

눌리타스는 어머니가 일을 마쳤을 시간인데 불러도 대답 없는 것이 의아했다. 밀려드는 불안한 생각을 지우려 애써 명랑한 목소리로 혼잣말을 내었다.

"어머니가 오늘은 늦으시나?"

눌리타스는 힘없이 열리는 문을 밀면서 방에 들어섰다. 좁아터진 방은 한눈에도 엉망이었다. 품에 안고 있던 손수건을 툭하고 힘없이 떨어뜨렸다.

레오니는 자는 듯 눈을 감고 있었다. 하지만 입가에 말라붙은 핏자국과 볼에 난 분명한 손자국은 달콤한 휴식을 취하는 것이 결코 아님을 보여주었다. 눌리타스의 하늘이 무너져 내리는 것 같았다.

'어머니는 무사할 거라 했잖아……!'

눈물이 타고 내려 시야를 가렸다. 체온조차 식어버린 어머니를 껴안고 두 손으로 자신의 온기를 나눠주려 애썼다. 아무리 불러보아도 어머니는 깨어나질 못했다. 눌리타스는 소매로 어머니의 얼굴을 닦아주려 했지만, 여의지 않아 힘겹게 끌어안아 침대에 눕혔다.

음식을 쌌던 손수건을 빨아서 어머니의 얼굴에 남은 고통의 흔적을 조심스레 지워나갔다. 자꾸 터져 나오는 울음에 그 손가락이 떨려서 시간이 아주 오래 걸렸다.

'도대체 어머니가 무슨 죄를 저질렀단 말이야? 아비도 없이 하녀의 배에서 태어나서? 아니면 나 같은 것을 낳아서?'

끝없이 떠오르는 죄 중에 그녀들이 선택할 수 있었던 운명이란 존재하지 않았다.

눌리타스는 어머니의 끔찍한 시간에 함께 있지 않았으나 충분히 알 수 있었다. 속이 뒤틀리는 것 같았고 신물이 막 올라오는 것 같았다. 어머니는 숨이 겨우 붙은 상태였다.

그저 어머니가 깨어나기를 비는 것 외에는 눌리타스가 지금 할 수 있는 것은 없었다. 의원은 귀족들을 위해 존재했다. 치료비를 감당할 수 없는 자신들의 생명이란 하늘의 운에 달린 것이다. 밤바람처럼 서늘한 한숨이 그녀의 입술을 타고 흘러나왔다.

누가 그랬을지는 물어보지 않아도 뻔한 일이었다. 아마도 백작 부인일 것이다. 부정한 남편에 대한 원망을 죄 없는 어머니에게 화풀이를 했음이 틀림없다.

성 내 돌아다니는 개미새끼만도 못한 취급을 받는 것이 그들이었다. 사람들의 발에 밟혀 죽어나간다 해도 그 누구도 개미의 눈물을 보지 못했다. 어머니의 축 늘어진 손을 잡은 눌리타스의 마른 얼굴에 눈물이 쉴 새 없이 흘러내렸다.

이것은 모르시아니 공작가와의 혼인이 불과 며칠 남지 않은 날 밤의 일이었다.

그날은 아침부터 로마그놀로 백작성으로 모르시아니 공작가에서 보낸 귀한 물건들이 들어오고 있었다. 최고급 옷감과 눈부신 보석들이 담긴 나무상자들 그리고 곡식을 실은 수레의 바퀴가 부서질 것처럼 보였다. 그 뒤를 이어 혈통이 좋아 보이는 말과 소들이 눈을 끔뻑이며 따랐다.

왕국에서는 혼인을 앞둔 신랑 측이 성의를 담아 신부 측으로 선물을 보내는 것이 전통이었다. 선물이 들어온다는 것은 그녀가 백작가를 떠날 날이 임박했음을 의미했다.

"하."

눌리타스는 끝없는 수레의 행렬을 보며 점점 더 어두운 얼굴이 되었다. 만약 자신이 진짜 백작가의 영애였다면 분명 뺨이 상기되어 흥분감에 발을 동동 굴렀겠지. 아니면 그 목소리가 하늘을 노니는 새들처럼 유쾌했을까. 하지만 그녀는 그런 것들을 전혀 알지 못하는 처지였다.

"젠장."

저 수많은 선물들은 그녀를 위한 것이 아니었다. 그녀는 그저 대용품에 지나지 않았다. 의지 따위나 감정을 품어서는 안 되는 허수아비에 불과했다. 그녀는 창밖으로 몸을 내밀어 침을 탁하고 뱉었다. 그녀의 길어진 머리가 깃발처럼 펄럭거리고 있었다.

'진짜 가는구나.'

눌리타스는 몸을 다시 안으로 당기며 창틀에 기대앉아 눈을 감았다. 처음에 백작의 계획을 들었을 때는 그가 화가 나서 그냥 해보는 소리이겠거니 하는 생각도 했었다. 그러나 그녀의 판단은 틀렸고 여기까지 오게 된 것이다.

자신이 귀족 흉내를 내다 들켜서 로마그놀로 백작가가 망해버리는 것은 상관없었다. 자신의 목을 내리치든 가슴에 칼을 꽂아도 괜찮다고 생각했다. 어차피 조용하게 소소한 행복을 느끼며 살기란 이제는 불가능하게 되어버렸다. 기사가 되는 꿈을 가졌던 마른 소년은 이미 죽어버렸다.

"제기랄! 할 수 있을 리가 없잖아."

눌리타스는 이제 자신이 누구인지를 모를 지경이었다. 분명 사내라 생각하고 자랐지만, 여인이 되었다. 그러더니 이젠 사생아란다. 그 모든 것이 너무 빠르게 진행되었다. 백작의 얼굴이 떠오르자 단전에 뜨거운 기운이 모여드는 것 같았다.

피를 흘리며 차가워져가는 어머니를 살리기 위해 그녀는 백작의 아래에 무릎을 꿇어야 했다. 그에게만은 도움을 요청하고 싶지 않았지만, 우습게도 이 성에서 그들 모녀를 돌봐줄 이는 그뿐이었다.

백작은 레오니의 소식을 듣고 의원을 불러주었다. 그리고 자애로운 아버지의 가면을 쓰고 병상에 누운 레오니의 손을 잡고 눌리타스를 향해 다정하게 속삭였다.

"걱정 말거라. 네가 모르시아니 가에서 제대로 하면 네 어미는 내가 잘 돌볼 테니 말이다."

왜 그의 말에 헛구역질이 났는지 모르겠다. 그는 네가 잘 해내지 못하면 네 어미의 목숨 줄을 끊어버리겠다는 얘기를 돌려 말하는 것이리라.

'내가 미천한 신분이라 아무것도 모른다고 여기는 건가.'

어린 시절 마법사의 존재를 믿었을 때처럼 시간을 돌려서 다시 예전으로 돌아가고 싶었다. 땀 흘리며 허리가 끊어지도록 오물을 퍼 담았던 시간이 그리웠다. 눌리타스가 가지고 있던 모든 꿈들이 꽁꽁 언 땅속 아래 파묻혔다.

앞으로 자신은 어머니와 그녀의 목숨만 생각하고 살아야 한다.

'얼마나 절망적인 일인가.'

한숨이 나와 창에 하얀 김이 서렸다. 그 창으로 손가락을 뻗어 무언가를 그려보려 했다. 그때 그녀의 상념을 방해하듯 문이 삐걱 열리더니 반갑지 않은 손님이 찾아 왔다.

금색 테두리가 그려진 새하얀 상의에 푸른 바지를 입은 붉은 머리의 아비오였다. 눌리타스는 그의 모습을 확인하고 창가에서 몸을 떼고 정면으로 그를 마주했다. 그와 좁은 공간에서 함께 있는 것은 항상 긴장되는 일이었다. 눌리타스는 본능적으로 아랫배를 감싸 안으며 눈을 내리깔며 공손하게 입을 열었다.

"무슨 일이시죠."

"누이의 방에 오는 것에 무슨 이유가 필요한가요?"

정말 미친놈이 분명했다. 때리고 차고 사랑한다더니 이젠 또다시 오빠, 여동생 타령이었다. 그녀에게 욕을 하고 반말을 하다 다시 세상에 둘도 없는 가족의 흉내를 내는 게 백작을 꼭 닮았다 싶었다.

눌리타스는 웃음이 나는 것을 꾹 참고 고개를 바닥으로 내리고 있었다. 저 면상을 보고 싶은 생각이 전혀 없었다.

"……너 지금 그걸 구경하고 있던 거야? 왜, 공작가에서 선물이 오니까 가슴이 벅차고 그런 거야? 응? 너도 정녕 그자에게 가고 싶은 거야?"

미친 줄로만 알았더니 지능도 많이 떨어지는 게 분명했다. 이 혼인의 어느 부분에 눌리타스의 의지가 들어갔던가. 평화롭게 돼지 우리를 치우던 그녀에게 드레스를 입히고 문자를 가르치며 매를 휘두른 이가 누구던가.

아비오는 이성에 처음 눈이 떴을 무렵부터 가슴에 담았던 눌리타스를 보내고 싶지 않았다. 아니, 분명 저 아이를 보내고 살 수 있을 것 같지 않았다.

백작의 명에도 불구하고 그녀를 향한 욕망을 억누를 수가 없었다. 수많은 하녀를 범했지만, 자신의 기분은 조금도 괜찮지 않았다. 그들은 전부 눌리타스가 아니었다. 전혀 비슷하지 않았다.

아비오는 그의 진심을 담은 뜨거운 눈을 하고, 그녀에게 더 가까이 다가섰다.

"내가 사랑한다고 했잖아."

아비오는 눌리타스의 허리를 두 손으로 꽉 안고 그녀의 목 언저리에 얼굴을 묻었다. 그리고 그녀에게서 나는 체취를 한껏 맡았다.

'그래, 이거야.'

아비오는 수많은 날들 동안 꿈꾸던 그녀의 보드라운 몸을 끌어안자 아랫도리로 피가 미친 듯이 몰리는 기분을 느낄 수 있었다. 더없이 황홀한 순간이었다.

"나는 말이야. 너를 말이야."

아비오는 흥분으로 말을 제대로 못 잇고 그녀의 목덜미에 더욱 파고들었다. 눌리타스의 마른 몸에서 느껴지는 건조한 기운이 좋았다. 그 아이의 무심한 푸른 눈이 그를 미치게 만들었다.

눌리타스는 가만히 숨소리도 내지 않고 서 있었다. 아니, 그냥 그 역겨운 시간을 조용히 인내하고 있다는 것이 맞을 것이다.

지금 아비오의 눈에는 조금 광기가 어려 있었다. 공작과 혼인을 하기 전에도 죽으면 곤란했다. 저 헛소리를 조금 더 들어주는 것은 그녀에겐 별일이 아니었다. 그의 더운 입김은 한여름의 열기라고 치고, 구역질 나는 그의 체취는 돼지우리에 서 있다고 상상하는 셈 쳤다.

아비오는 그 축축한 입술로 그녀의 목을 다급하게 더듬어 내려갔고 가슴골 근처에 멈추었다. 그리곤 두 손으로 눌리타스의 허리를 더욱 힘주어 안으며 다급한 몸부림을 치는 중이었다.

"사랑해, 사랑해. 응?"

아비오는 지금 한 마리의 발정 난 개처럼 눌리타스의 몸에 들러붙어 있었다. 조금 더 손을 뻗어 그녀를 더 가까이하고 싶은 욕망에 눈이 멀어 현기증을 느끼는 그였다.

"저는 가문을 위해서 이제 곧 공작가로 갈 몸입니다. 아비오 님. 백작님이 하신 말씀이 기억나시는지요."

눌리타스는 아비오의 숨소리가 너무 빨라지는 것을 듣고 겁이 나 백작을 살짝 언급했다. 그러자 그의 붉은 머리가 그녀에게서 조금 떨어지더니 달뜬 몸을 부르르 떨었다.

"그래, 네가 메이린 대신 가문을 위해 가는 거였지. 하지만 네가 가버리면 나는 어쩌지. 응?"

눌리타스는 대답할 생각이 없었다. 그저 시간이 빨리 흘러가기만을 바랐다. 하지만 답이 없는 그녀를 본 아비오는 순식간에 식어버린 눈을 하고 그녀의 어깨를 세차게 흔들었다.

"역시 넌 공작가로 가고 싶은 모양이었구나. 그렇지?"

그러더니 그녀를 강하게 밀어 창틀이 있는 벽까지 몰아붙였다. 붉어진 얼굴로 아비오는 그녀의 뺨이라도 칠 듯 손을 높이 올렸다. 하지만 여전히 그녀가 미동도 없이 가만 있자 아비오는 소리를 질렀다.

"나를 보란 말이야!"

그렇게 절규에 가까운 비명이 채 사라지기도 전에 아비오는 돌연히 그 자리를 떴다.

홀로 남은 눌리타스가 방문이 닫히는 소리에 고개를 들었다.

"미친놈."

그녀는 두 손으로 아비오의 침이 묻은 드레스 앞섶을 마구 문질렀다. 그의 숨결을 지워내듯 머리를 세차게 흔들었다. 아무렇지 않은 척하며 서 있었지만, 정말로 괜찮은 것은 아니었다. 그녀는 침대에 달린 끈을 잡아당겨 소피아를 불러 목욕 준비를 부탁했다.

눌리타스는 천천히 드레스를 묶고 있는 끈을 풀어 내려갔다. 완전한 나신이 되어 거울에 자신을 슬쩍 비추어 보았다. 막대기 같던 몸에 제법 허리선도 생기고, 가슴도 조금 봉긋해진 것 같다. 그러나 그뿐. 목 언저리에 아비오 때문에 울긋불긋 붉은 물이 들어 있는 자신은 어디까지나 돼지우리를 치던 때와 달라진 것이 없어 보였다.

'무엇을 기대했던 거야? 우아한 귀족 영애라도 나타나길 바란 거니?'

그리고 나무통에 들어가서 아비오의 시선이 닿은 곳을 세차게 문지르기 시작했다. 제발 모든 것을 지울 수 있기를 바라는 손길이 떨렸다.

그날 오후 늦게 눌리타스의 웨딩드레스를 맞추기 위해 재봉사들이 그녀를 찾아왔다. 이제껏 메이린이 입다버린 옷들을 주로 입었던 눌리타스로서는 치수를 맞추고 옷을 가봉하는 일은 너무 낯선 일이었다.

눌리타스는 긴장으로 몸이 굳어서 그들이 시키는 대로 이리저리 움직였다. 팔을 들어주었고 고개를 세우고 섰다.

"아가씨 돌아서 보시죠. 붉은 머리와 흰색 원단이 너무 잘 어울리는군요."

옷을 만들기 위해 온 여인들은 자매라도 되는 것처럼 비슷한 외모를 가졌고 굉장한 수다꾼들이었다. 그들은 눌리타스의 마른 몸을 감탄하는 눈으로 바라보았다.

"어쩜 이리도 말랐으면서 피부에 탄력이 있는 거죠?"

눌리타스는 과도한 칭찬들이 쏟아지자 더욱 불편한 기분이 되어 어쩔 줄을 몰랐다.

'수레를 몇 년 끌면 이런 몸이 되지요.'

그들에게는 할 수 없는 말이 입안에서 맴돌았다. 이제 그녀는 메이린의 대역을 할 완벽한 준비를 위해서 완전히 붉은 머리로 염색을 하였다. 어려서부터 메이린은 병치레가 잦아서 대외 활동을 하지 않았으니, 저들의 눈에는 그녀가 그리 귀한 아가씨로 보이는 모양이다. 눌리타스는 그녀를 의심하지 않는 재봉사들이 반갑기도, 한편으로는 서글프기도 하였다.

이제 재봉사들은 줄자를 꺼내어 그녀 허리의 치수를 재고 서로 의논하기 시작하였다. 눌리타스는 이제 어머니를 두고 떠나야 할 시간이 정말로 다가왔음을 받아들여야 했다.

'과연 백작은 약속을 지킬까.'

메이린 아가씨 대신 공작에게 가는 그녀를 위해 어머니의 신변을 보장한다고 했다. 그들을 믿을 수 있는가. 하지만 언제나처럼 이 의문들은 제자리를 맴돌았다.

그들 모녀에게 지글지글 뜨겁게 달군 인두로 가슴을 후벼 파는 것은 백작이었다. 그리고 그 상처에 신음하며 손을 내 뻗어 도움을 청하면 인심 쓰듯 잡아주는 이도 오직 그뿐이었다.

'그에게서 난 생명이니 그가 거두는 것인가.'

혼인을 앞둔 숙녀의 표정치고는 사뭇 진지한 눌리타스의 얼굴을 보고 재봉사는 긴장 때문에 그런 것이라 생각하고 부드럽게 말을 건넸다. 그 목소리는 삶의 기쁨이 묻어나는 듯 더없이 따스했다.

"신부님들은 혼인 전에는 다들 걱정이 많답니다. 하지만 아가씨처럼 고운 이를 맞이하는데 누가 사랑에 빠지는 것을 거부할 수 있을까요?"

고운 미소를 띠며 눌리타스에게 다정한 말을 해 주는 재봉사의 재빠른 손이 가봉할 드레스의 주름을 따라 시침핀을 꽂고 있었다.

그녀를 곱다고 해준 재봉사에게 무척 감사한 마음이 들었지만, 지금 만드는 이 드레스를 입고 등 떠밀려 가는 자신의 처지가 하도 서글퍼 어떠한 말도 하기가 힘이 들었다.

길고 아름다운 장식이 달린 거울 속에는 우울한 낯빛을 한 붉은 머리의 아가씨가 아무도 모르게 눈물을 삼키고 있는 것 같았다.

'사랑 같은 것은 지금 나에겐 하늘의 별이나 다름없어.'

손에 넣을 수도, 감히 소유할 수도 없는 저 높은 곳에 빛나는 것. 그것을 꿈 꿀만큼 그녀의 삶은 녹록하지 않았다.

눌리타스의 기분과는 상관없이 드레스 짓는 일은 쉬이 끝이 나지 않고 있었다. 흔들리는 눈을 들어 창밖을 보자 구름이 유유자적 하늘을 부유하고 있었다. 혹 눈물이 드레스 자락에 한 방울이라도 흐를까 계속 고개를 쳐들고 즐거운 기억을 떠올리려 애썼다.

　'……없나?'

　이마에 선이 그려지도록 인상을 써보아도 시원하게 웃었던 때가 떠오르지 않았다. 아니면 작은 미소라도 지었던 적이 있었나. 마음이 가장 고요했을 때는 잘 노는 짐승들을 바라보거나, 밤에 잠자리에 누워 어머니의 숨소리를 듣는 것이었다.

　'다른 생각을 하자.'

　그녀는 애써 슬픈 생각에서 벗어나기 위해 눈을 크게 떴다. 그리고 눌리타스는 자신의 몸에 감긴 우윳빛 드레스 천을 내려다보았다. 드레스는 그녀가 걸치고 있는 것이 죄스러울 정도로 지나치게 하얬다.

　한 걸음이라도 내디디면, 드레스 끝자락으로 더러운 온갖 것들이 타고 올라올 것 같은 착각이 들었다. 하얀 드레스는 점점 어둠으로 젖어 들 것이다. 묵직한 어둠이 그녀가 한 발을 내딛는 것도 힘들게 할지도 모른다.

　드레스를 짓는 방 안으론 환한 햇살이 비추었고 재봉사들의 즐거운 목소리가 음악처럼 부서지고 있었다. 그러나 눌리타스는 그곳에 속하지 않은 사람처럼 우울하기 그지없는 눈을 하고 있었다.

재봉사는 대강의 시침질을 마치고, 베일로 쓸 레이스의 종류에 대해서 목이 아프도록 열심히 설명하며 여러 가지 문양의 레이스 조각들을 조심스레 선보였다.

장미 문양의 레이스, 덩굴 문양의 레이스, 별의 형태를 한 레이스 등 태어나서 처음 보는 레이스들은 그 종류가 정말로 다양했다. 재봉사가 그것들 모두가 장인의 손에서 만들어진 것이라는 친절한 설명을 덧붙였다.

'저것들이 아름다운가?'

하지만 눌리타스에게는 그것들이 별 의미가 없었다. 사랑하는 남자와 혼인하는 것도, 그녀의 이름으로 가는 길도 아니었다. 눌리타스는 조심스럽게 재봉사에게 조용한 목소리로 부탁의 말을 했다.

"문양은 관계없이, 베일이 아주 길어 발끝까지 내려오면 좋겠네요."

'나의 이 추한 모습과 죄 모두를 덮어버릴 수 있게 아주 길고 넓었으면 좋겠습니다.'

눌리타스는 입 밖으로 낼 수 없는 말을 혼자 삼켜내야 냈다.

"그 정도로 긴 베일은 상상도 못 했지만, 색다를 것 같아요. 역시 귀하신 분이라 생각도 남다르시군요. 제가 최고로 아름다운 베일을 준비해 보겠습니다."

눌리타스의 의도와는 달리 재봉사는 그것을 하나의 새로운 시도라고 여기는 듯했다. 열정적인 손길이 드레스 자락을 매만지고 있었다. 그녀는 끊임없이 눌리타스에게 어떤 것을 좋아하는지 어떤 것이 더 어울릴지에 대해서 지치지 않고 설명해 주었다.

눌리타스는 재봉사가 밝은 사람인 것 같아 부럽다는 느낌이 들었다. 같은 공간에 머물고 있지만, 그녀를 둘러싼 세상은 온통 암흑이었고, 저들의 세상은 밝게 빛나고 있는 것만 같았다.

눌리타스가 아무리 손을 뻗어도 위로 드린 그림자는 약간의 빛도 그녀에게 닿는 것을 허락해주지 않았다.

그때 연한 노란색 드레스를 입은 메이린이 감시라도 하는 듯 이리저리 살피며 눌리타스 앞에 나타났다.

'오늘은 오전에 남동생, 오후엔 그 누나 순서던가.'

이제 저녁에 백작부인에게 뺨이라도 한 대 맞으면, 아주 완벽한 하루가 될 것 같았다. 눌리타스는 눈을 아래로 내리깔며 조용히 중얼거렸다. 메이린 아가씨가 이곳에 등장한 것이 좋은 징조일 리는 없었다.

"모두 잠시 나가도록!"

메이린은 벌레를 쫓듯 하녀와 재봉사를 내보내고 둥근 나무 단상 위에서 자신이 입었을 웨딩드레스를 걸치고 있는 눌리타스를 자세히 관찰하기 시작했다.

저 재수 없는 사생아는 처음의 삐쩍 마르고 성별도 구분 안 되는 모습에서 많이 벗어났다. 모르는 이가 보면 영락없는 로마그놀로 백작님의 핏줄로 오해할 것이다.

메이린은 자신보다 아버지를 더 닮은 뽀얀 피부에 푸른 눈을 가진 눌리타스를 쳐다보자니 짜증이 치밀기 시작했다.

"돼지 목에 진주 목걸이구나."

눌리타스는 이제 겨우 아이들이 읽는 책을 더듬거리며 읽을 정도라서 메이린의 말뜻을 모두 이해하기는 어려웠다. 하지만 그녀의 빈정거리는 말투와 자신을 무슨 소름 끼치는 벌레처럼 보는 눈빛에서 썩 좋지는 않은 의미라는 것은 알 수 있었다.

그러고 나서 메이린이 화려한 드레스를 둥글게 퍼뜨리면서 과장된 미소를 지었다. 부채를 쥔 손에 힘이 실려 있었고, 웃는 입술 끝이 가늘게 떨리고 있었다.

"물론 무슨 뜻인지 너 따위가 알 리가 없겠지? 설마 그런 드레스가 네게 어울린다고 착각하고 있는 건 아니지?"

눌리타스는 아무 대꾸도 없이 눈으로 메이린에게 답을 했다. 거울을 마주하고 있는 자신이었기에 그 모습이 어떠한지 메이린의 입으로 들어야 할 이유가 군이 없었다. 그녀 스스로도 빛나는 신부의 모습이 아니라는 것은 잘 아는 터였다.

"원래 내가 입었어야 했어."

메이린은 사실 그 말을 하기 위해 이 방에 들어온 것이었다. 저런 하찮은 아이에게 공작이 보낸 고운 천으로 드레스를 지어준다는 것을 용납할 수 없었다. 그 이야기를 듣고 처음으로 눌리타스의 시종일관 무표정했던 얼굴에 무언가 스치는 것 같았다.

'지금이라도 네가 입던가? 네가 원래 가야 하는 곳이니, 네가 갈래?'

누구 대신에 어디로 가는 길인 줄 알고 저런 헛소리를 지껄이는 거지. 눌리타스는 사나운 눈을 하고, 그녀를 노려보는 메이린을 응시했다. 어머니의 목숨을 쥐고 있는 백작의 명에 맨발로 가시밭길을 걸으려는 그녀였다.

"너 감히 지금 어디서 나를 사납게 쳐다보는 게냐."

붉은 머리를 한 메이린의 두 눈을 가만히 응시했다. 하고 싶은 이야기는 한 가득이었지만, 그녀의 어떤 것도 아가씨의 이해를 받을 수 없다는 것을 이미 알고 있었다.

'귀족 아가씨가 그것이 나의 잘못이라고 하시면, 응당 용서를 구해야겠지.'

눌리타스는 오전에 아비오 때처럼 참기로 했다.

메이린은 자신의 한마디에 설설 기고 벌벌 떠는 다른 하녀와는 달리 고개를 쳐들고 자신의 시선을 피하지 않는 눌리타스가 마음에 들지 않았다. 게다가 그녀가 소리를 지르자 성의 없이 눈을 내리까는 모습이 메이린을 화나게 했다.

'저 사생아 계집이 지금 눈 가리고 아웅을 하는 격이렷다.'

메이린은 뜨거운 기운을 내뿜으며 눌리타스에게 성큼성큼 다가가서 이제 막 가봉해 둔 드레스의 끝자락을 힘주어 쥐었다. 눌리타스의 의아한 시선과 의기양양한 메이린의 눈이 엉겼다. 그리고 그 순간 잡아당긴 메이린의 손길에 드레스 자락이 뜯어지면서 보석들이 바닥으로 우수수 흩어졌다.

"네까짓 게 이런 반짝이는 것이 가당키나 하니?"

메이린은 그냥 화가 나서 충동적으로 했던 일이 생각보다 커지자 덜컥 겁이 났다. 하지만 저딴 계집에게 약한 모습을 보일 수는 없어 더 크게 소리를 질렀다. 밑단이 엉망으로 너덜너덜해진 드레스를 내려다보면서 눌리타스는 차가운 눈으로 메이린을 쳐다보며 입을 열었다.

"딱 제게 어울리는 드레스를 만들어 주셔서 감사합니다. 백작님도 참 마음에 드셔 할 것 같아요."

"아니, 이게!"

교묘하게 자신을 비난하는 듯한 눌리타스의 버석한 얼굴을 보고 두려움과 수치심을 느낀 메이린은 그 얼굴을 그녀의 머리만큼 붉게 물들이며 뒷걸음질을 쳤다.

"정말 내게 제격인 드레스야."

너무 고와서 입기에 황송했던 드레스 자락이 엉망이 되자 그제야 숨통이 트이는 그녀였다.

모두가 빠져나간 방에서 혼자 엉망이 된 순백의 웨딩드레스를 입고 있는 눌리타스의 두 눈이 커다란 거울을 바라보며 몹시 흔들리고 있었다.

모르시아니 공작성의 집무실에는 어딘가 음울해 보이는 공작과 이것저것 그림이 그려진 종이를 들며 비교를 하는 시종이 있었다. 세자르는 최종적으로 결정한 몇 장의 그림을 추려서 공작의 앞으로 다가섰다.

"공작님, 예복은 아무래도 푸른색이 낫겠죠?"

"그래."

"그렇다면 붉은색은 어떨까요?"

"그래."

"가문의 상징을 수놓는 것은 어떻게 생각하십니까?"

"다 좋군."

모르시아니 공작의 시종 세자르는 너무 무성의한 공작의 태도에 화가 났지만, 꾹 참고 있는 중이었다. 그는 어금니를 깨물며 평범한 목소리를 내며 청을 넣었다.

"공작님의 혼인 때 입을 옷을 결정하는 건데, 조금만 진지하실 수는 없나요?"

루셔스는 검은 머리를 털면서, 야생의 재규어를 닮은 검은 눈으로 세자르를 응시했다.

"내가 발가벗고 나타난다고 해서 그 혼인이 무효가 될까."

"공작님, 제발요!"

그의 심약한 시종은 한 번씩 공작의 충격적인 발언 때문에 심장에 무리가 오는 것 같았다. 세자르는 그가 혼인 자체를 달가워하지 않고 있다는 것을 잘 알고 있었다. 물론 그 대상이 로마그놀로 백작가라니 이해가 되지 않는 것은 아니었다.

"하지만 공작님, 이왕 전하가 명하신 혼인을 하시게 되었으면 최선을 다하시는 게 어떨까요. 피하지 못하면 그것을 기꺼이 받아들이라 하는 글귀를 본 적이 있습니다."

그를 회유하려는 세자르의 말을 듣고, 루셔스는 길고 탄탄한 다리를 뻗으며 자리에서 일어섰다.

"전쟁에서는 피하지 못하면 다음 날 뜨는 해를 보지 못 하지."

"하지만 공작님, 이제 전쟁은 끝났습니다."

"그럴까?"

루셔스는 멀리 허공을 보며 매서운 눈빛을 쏘았다.

"세자르, 진짜 전쟁은 전장뿐 아니라 이 자리에서 항상 벌어진다. 너의 적은 지금 모습을 숨기고 있을 뿐이야."

루셔스는 불현듯 얼마 전에 보았던 욕설을 내뱉는 작은 여인의 얼굴이 떠올랐다. 아무리 기분이 우울해도 그녀를 떠올리면 작은 웃음이 났다. 드레스에 진흙을 묻히고는 사내처럼 말하는 재미나는 여인이었다.

"눌리타스라 했던가."

"네?"

세자르의 되묻는 목소리에도 답이 없던 그는 계속 아주 먼 곳을 응시하고 있었다. 세자르는 공작의 앞에 다시 서류 더미를 드밀었다.

"공작님, 오리를 30마리 정도 대접할까요? 포도주는 얼마나 준비하는 게 좋을지요?"

"그건 집사랑 상의해서 알아서 하도록."

여전히 공작의 눈은 세자르의 준 종이에 머물지 않고 어딘가 떠돌고 있는 모양이었다. 그러더니 불쑥 초대장 뭉치를 시종에게 내밀었다.

"이게 다입니까?"

세자르는 아무리 봐도 너무 얇은 두께감에 놀라서 들어보고 좌우로 살펴보았다.

'왕국에서 내로라하는 모르시아니 가의 공작의 혼인인데?'

"그래, 쓸데없는 사람들 앞에서 광대가 될 생각은 없다."

공작의 냉기가 감도는 말에 세자르는 비틀거릴 것 같았다. 아무리 마음에 없는 혼인이지만, 이 정도로 부정적인 줄은 몰랐다. 얼굴도 모르는 메이린 로마그놀로 아가씨가 왠지 가여워지기까지 했다.

'저런 냉혈한을 남편으로 맞다니.'

같은 사내의 눈으로 보자면 존경할 만한 점도 많고 너무 멋있는 분이긴 하지만, 만일 그의 누이가 공작과 혼인을 하겠다고 한다면 세자르는 목숨을 내놓고서라도 말릴 게 틀림없었다.

'공작과의 혼인 생활이 달콤하고 행복할 리가 없지 않은가.'

한편으로는 일상을 전쟁이라 느끼시는 주인이 갑자기 짠해지기까지 했다. 부디 새로 오시는 마님이 따스한 분이셔서 저 얼음장 같은 분의 마음을 아주 조금이라도 녹여주시길. 그래서 두 분의 앞날이 봄날처럼 더없이 포근하길 바랐다.

그것이 주인을 위한 세자르의 진심이었다.

'예복이나 예식의 준비, 손님들의 접대하는 일 등은 알아서 하도록 하자. 될 수 있으면 주인의 마음을 편하게 해드리자.'

열혈 시종 세자르의 다짐이 소리 없이 퍼지고 있었다.

"서로 마주 보시고 공작님이 베일을 걷어 주실 때까지 가만히 계시면 됩니다."

보바뤼 부인이 귀족의 예식이 치러지는 순서와 예법에 대해서 열변을 토하는 중이었다. 하지만 눌리타스는 그것을 듣는 척하면서 시선은 창밖의 넓은 세상을 향하고 있었다.

날이 좋아 실내에만 머물기는 아까웠다. 이제 공작성으로 가게 되면 아마 지금보다 무엇이든 제약을 받을 게 분명했다.

'공작부인이라니.'

아무리 생각해봐도 제대로 된 계획은 아니었다. 눌리타스의 가슴이 걱정으로 울렁댔다.

"아시겠습니까? 눈을 절대로 공작님과 마주하면 안 됩니다. 수줍은 듯 눈을 내리까셔야 합니다."

보바뤼 부인의 목소리는 점점 더 커지고 있었다. 일전에 눌리타스가 폭력을 가하는 그녀를 협박한 이후, 부인은 회초리를 드는 대신 큰 목소리를 택한 것처럼 보였다.

귀족 놀이를 하게 되면서 이 생활이 전부 지옥 같은 것은 아니라는 것을 깨달았다. 우선 이곳에서는 허기가 질 일이 없었다. 그러나 음식이 차고 넘쳐서 먹을 때마다, 성 밖의 하녀와 하인들의 이가 나간 그릇에 담긴 멀건 죽이 생각나 가슴이 아팠다.

'식사 때 남는 음식을 조금 나눠주기만 해도……'

하지만 백작성의 어느 누구도 그런 생각을 하는 이가 없었다. 그들에게는 부엌에서 몰래 음식을 좀 먹는 쥐새끼나, 성을 위해 일하는 이들이나 다를 바가 없는 듯했다. 그 무시당하는 수많은 이들

중 눌리타스와 그녀의 어머니가 있었다.

짧은 한숨이 눌리타스의 입술 사이를 비집고 흘렀다.

"발걸음은 꽃잎 위를 걷는 듯 사뿐사뿐하셔야 합니다."

보바뤼 부인은 이제 혼인식이 거행될 비단길을 거닐 때의 걸음에 대해서 눌리타스에게 알려주고 있었다.

'꽃잎은 모르겠고 돼지 오물 위를 걷는 것은 자신이 있는데.'

경험이 없는 자들은 그 질척질척한 곳에 첫발을 딛는 순간 신이 빠져서 제대로 걷지 못했다. 하지만 그녀는 다년간의 수련으로 발이 푹 잠기지 않으면서 자유자재로 다니며 일을 할 수 있었다.

게다가 성에서는 씻는 일도 참 신기했다. 예전에는 물에 적신 천으로 대충 몸을 닦아내거나, 손이나 얼굴 정도만 물로 씻고 지냈었다. 어차피 깨끗할 이유도 없는 그녀였다. 비가 오는 날이, 몸을 전체적으로 한 번 씻어 내리는 날이 되었다.

일하는 이들 모두 몸에서 악취가 풍겼기에 눌리타스도 그게 당연한 거라고 생각하고 살아왔다.

'돼지우리에 들어서면 다 버릴 몸 아니었던가.'

하지만 이제는 성 밖의 일하는 자들의 곁을 지날 때마다 그 냄새가 약간 거슬리기 시작했다.

'얼마나 꼴같잖은 짓인가.'

눌리타스는 그녀조차도 어찌할 수 없는 몸의 감각들이 우습다 느껴졌다. 바람이 살랑 불어와 그녀의 머리칼을 흔들었다. 말을 타고 달리고 싶었다.

승마를 가르쳐 준 자가 아비오라는 것이 살짝 아쉬웠지만, 그는 꽤 성실하게 자신에게 말 타는 법을 알려주었다.

'미친놈도 제대로 하는 게 하나는 있는 건가.'

발정 난 말을 닮은 그의 시큼털털한 숨이 목 근처를 지분거리는 것 같아 이내 속이 메스꺼웠다.

몇 가지를 제외한 귀족의 삶은 대부분 그녀와 맞지 않았다. 특히 보바뤼 부인의 수업은 정말 지루하고 따분했다. 불면증으로 고생하던 마부 아저씨를 대신 앉혀두고 싶은 시간이었다.

'무슨 수를 써도 치료를 못해서 늘 눈이 붉어서 안쓰러웠던 그도 이 수업 10분이면 아주 깊은 잠에 빠지는 것이 가능하지 않을까?'

다른 선생님을 만나보지 못해 비교하긴 힘들지만, 눌리타스는 뒤늦게 배운 학습에 그렇게 흥미를 느끼지는 못했다.

"그래서 서로 마주하고 묵례를 나눈 후 서로의 가족에게도 인사를 하는 것으로 식은 마무리 됩니다. 듣고 계시나요?"

보바뤼 부인은 지난번 눌리타스의 으름장 때문에 직접적인 체벌을 삼가고 있었지만, 그 성질은 여전했다. 집중하지 않는 눌리타스 때문에 화가 난 그녀는 책상에 얇은 막대를 마구 후려치며 감정을 표출하고 있었다.

눌리타스는 슬쩍 그녀의 모습을 보았다. 오늘은 무슨 바람이 불었는지 가슴이 꽤 파인 푸른 드레스를 입고 머리도 좀 풀어내리고 온 것이다.

'솔직히 지금 차림이 훨씬 덜 딱딱해 보이기는 한데, 귀족 미망 인치고는 좀 화려한 복장이 아닌가.'

눌리타스는 지난번 보았던 책의 내용을 떠올려 보다 말았다. 그 책에는 미망인의 품위를 지키는 복장에 관한 길고 긴 문구들이 있었다. 심지어 장갑의 색까지 정해진 것 같았다.

'하지만 그게 무슨 대수냐?'

얼마나 자신을 때리고 싶을까. 막대로 책상을 부술 듯이 두드리고 있는 보바뤼 부인이 애처로울 지경이었다.

"보바뤼 부인, 제 청력은 멀쩡하니 너무 걱정하지 않으셔도 됩니다. 순서는 다 외웠어요. 베일도 절대로 제가 들치면 안 된다는 것도요."

눌리타스는 다른 곳을 보던 시선을 거두고 부인에게 그녀가 제대로 들었다는 것을 일러 주었다.

보바뤼 부인은 수업 내내 창밖이나 보면서 딴생각하는 게 분명해 보이던 사생아가 자신이 강조한 것을 모두 말하자 놀라움을 느꼈다.

그때 방으로 로마그놀로 백작이 들어왔다. 그는 자연스럽게 눌리타스에게 다가와 그녀의 어깨에 손을 올렸다. 그 모습은 영락없이 사랑하는 자녀를 대하는 자애로운 아버지의 것이었다.

"보바뤼 부인이 고생이 많군요. 어떻게 우리 아이가 잘 따라 합니까?"

눌리타스는 어깨에 놓인 백작의 손이 천근만근의 무게로 느껴졌다. 그녀를 억누르는 현실의 중압감이 전부 그의 손에서부터 시작된 것이었다. 자신을 탄생시켰고, 그리고 파멸로 이르게 하는 그 모든 길이 그를 통해서 이루어진 것이다.

'우리 아이라.'

정말이지, 웃기는 말이었다.

자신의 존재를 안 것이 불과 몇 달 전이었고, 친딸을 대신해서 어디 경매장에 소를 내다 팔 듯 공작가로 보내는 자의 입에서 나올 수 있는 말은 아니었다.

그리고 동시에 자신의 어머니가 떠올랐다. 요즘도 저자는 어머니의 처소를 찾고 있을까. 속에서 쓴 물이 올라오는 것 같았다.

아무것도 생각도 하지 않고, 보지 않고 살던 시절에 그녀는 그저 일하고 먹고 자는 짐승이나 마찬가지였다. 왜 이름이 없는지, 왜 자신을 벽장으로 밀어 넣는지, 나이를 그만큼 먹을 때까지도 자신의 몸이 사내 같은지 어떤지 관심도 없는 그런 삶을 살았었다.

'왜 이제까지 그토록 눈을 감고 살았던가.'

아마 이렇게 주변을 돌아보게 해주고 세상에 눈을 뜨게 해준 것도 백작의 공이리라. 그 덕에 어설프게나마 책도 읽을 수 있게 되었고, 이 진심으로 이름이 가진 의미도 잘 알게 되었다.

'백작님께 진심으로 감사함을 표합니다.'

눌리타스는 보바뤼 부인과 백작이 대화를 나누는 것을 들으며 입속으로 가만히 인사를 건넸다.

"백작님. 아가씨가 무척 총명하셔서 제가 지도하는 데 별로 어려움이 없답니다. 호호호."

방금까지 방의 집기를 모두 파괴할 듯 분노에 차 있던 여인은 사라지고 교태를 부리는 부인의 목소리에 눌리타스는 왠지 거북함을 느껴졌다.

"시간 되시면 부인, 저와 차를 한잔하실 수 있을까요? 아이의 교육 때문에 여쭤볼 게 많군요."

백작이 그녀에게 은근한 눈빛을 보내며 차를 마실 것을 제안하자, 보바뤼 부인의 볼이 달아올랐다. 눌리타스는 백작이 보바뤼 부인의 풍만한 가슴을 슬쩍 훑으며 혀를 다시는 것을 목격했다.

보바뤼 부인도 로마그놀로 백작의 넓은 어깨를 은근한 시선으로 더듬는 듯했다.

두 사람이 서로를 의식하면서 방에서 나가자 눌리타스는 이제야 겨우 숨통이 트이는 것 같았다. 그 끈적한 시선들 때문에 아까 날이 좋아 밖으로 뛰쳐나가고 싶었던 기분이 사라졌다.

눈물 한 방울이 툭 하고 떨어졌다.

백작에게 오랜 시간 괴롭힘을 당해온 어머니 생각이 떠올랐다. 백작에게 어머니는 그저 순간의 욕망을 다스릴 도구에 불과했다.

백작에게는 눌리타스가 모르는 수많은 여인들이 있을 것이다.

구역질이 나서 견딜 수가 없었다. 까만 밤을 달구던 사내의 숨소리와 욕설이 다시금 그녀의 귀를 맴도는 것 같았다.

그 그림 속에 죽은 이처럼 누워 있는 그녀의 어머니가 있었다. 어머니는 아이에게 미안해서 숨소리조차 제대로 내지 않고 그 시간을 버텨야 했다.

'아, 어머니……'

그녀는 낯선 공작성에 가서 소문이 무성한 공작님과 혼인하는 것보다, 여기 남겨질 어머니 걱정이 더 되었다. 아직 혼인을 한다는 이야기는 못 했는데, 오늘은 해야 할 것 같다. 어머니에게도 시간이 필요할 것이다.

숨 쉬는 것처럼 익숙해서 어머니가 그녀에게 얼마나 큰 의미를 가지는지 깨닫지 못했다. 이제 태어나 줄곧 함께했던 어머니의 곁을 떠나야 한다.

아주 예전에 한 번 어머니가 그녀의 생모가 아닐지도 모른다는 생각을 해본 적이 있었다. 하녀들은 바쁜 일과 속에서도 자신들의 아이에게 작은 미소 한 자락은 선물해주었다. 하지만 자신과 어머니는 굉장히 건조한 관계였다.

'어머니의 미소를 본 적이 있었나?'

그러고 보니 그녀조차 웃어본 적이 있었던가 싶었다. 하지만 이제는 어머니의 기분을 아주 조금 알 것도 같았다.

그녀의 어머니는 백작부인에게 눌리타스가 백작의 사생아라는 것이 발각되어 큰 해를 입을까 두려워, 조용히 지냈던 것이다. 혹시 어디에서라도 눈에 뜨일까 조심하면서 그녀의 아이를 보호하고자 했다. 물론 모든 것이 다 완벽하게 이해가 되는 것은 아니었다. 하지만 한 가지 확실한 것은 어머니가 자신을 사랑한다는 사실이었다.

상대가 표현하지 않았다고 그것이 사랑하지 않는다는 의미가 아니란 것을 알게 되었다. 어머니는 사내들의 마수에서 자신을 구하고자 했고 백작부인이 휘두르는 채찍질에서 그녀의 아이를 살리고자 했다.

이제는 그녀가 어머니를 보호해줄 차례였다.

눌리타스의 얼굴에 굳은 각오가 아로새겨져 있었다.

"글쎄, 메이린. 네가 그날 같이 가는 것은 안 될 일이야."

"하지만 어머니, 제 남편이 될 수도 있었던 공작님의 얼굴 정도는 보고 싶어요."

메이린은 눌리타스가 그녀를 대신해서 공작과 혼인을 치르고 나면 바로 이웃 왕국으로 떠날 준비가 되어 있었다. 하지만 떠나기 전에 무시무시하다는 공작의 모습이 너무 궁금했다.

항간에는 키가 2미터가 넘는 거인이라는 소문도 있었고, 엄청난 추남이라는 말도 있었다. 그가 왕실 무도회를 비롯한 어떤 무도회에도 얼굴을 내비치지 않아서 가능한 소문들이었다.

그 발칙한 사생아 계집이 악귀 같은 괴물 옆에 서서 하얀 드레스를 입고 눈물을 쏟는 모습을 보고 싶었다.

"백작님이 아시면 허락하시지 않으실 거야."

"어머니, 하녀의 차림을 하고 갈게요. 네?"

"네 고집을 누가 말리니."

백작부인은 자신의 눈에는 마냥 어리고 예쁜 메이린의 애교에 손을 들고 말았다.

'사실 얼마나 불쌍한 아이던가.'

저리도 아름답고 귀한 아이가 왜 자신의 집을 떠나 먼 여행길에 올라야만 하는가. 왜 하필이면 그런 끔찍한 사내와 혼인 얘기가 나오게 되어서는.

'신도 무심하시지.'

신에게 원망을 해보다 분노의 화살이 그 백작을 꼭 빼닮은 계집에게로 날아갔다. 그 계집과 어미를 알게 된 이래로 백작부인의 밤은 악몽의 연속이었다.

아비오를 낳은 날 밤, 피를 흘려 사경을 헤매는 그녀의 붉은 머리칼이 힘없이 흔들릴 때, 백작은 그 돼먹지 않게 눈빛이 고운 아이를 취하고 있었음이라.

그녀의 맥이 느리게 뛸 때 백작의 심장은 흥분으로 폭주했었을 것이다. 아비오와 그 사생아 계집의 나이가 같다는 것이 그녀에게는 너무나 큰 아픔이자 충격이었다.

"오, 사랑하는 우리 메이린."

백작부인은 눈에 독기가 가득 담더니, 그녀의 소중한 딸에게 다정하게 말을 건넸다. 슬퍼하고 울음을 터뜨릴 것은 자신들이 아니었다.

절대로 아니었다.

"가서 그 발칙한 것의 버릇을 고쳐줄 시간이구나."

고요하던 한낮의 정적을 부수는 구두 소리가 성을 울렸다.

백작성의 복도를 지나는 아름다운 붉은 머리 여인들의 얼굴에 독기가 흘러내리고 있었다.

눌리타스는 이제 떠날 시간이 얼마 남지 않아서 굉장히 지쳐 있는 상태였다. 남겨질 어머니에 대한 염려는 끝이 없었다. 그리고 앞으로는 낯선 곳에서 거짓된 말만을 내뱉고, 그녀의 것이 아닌 이름으로 살아야만 했다.

그런 때에 갑작스러운 백작부인과 메이린의 방문은 그리 달갑지 않은 것이었다. 눌리타스는 힘을 내어 자리에서 일어나 간신히

예를 갖추었다. 하지만 백작부인은 그녀를 본 척 만 척하며 뾰족한 음성으로 구석에서 고개를 숙이고 있는 소피아에게 낮게 명을 내렸다.

"소피아, 차 좀 준비해 오거라."

"네."

"혼인이 얼마 남지 않아서 이렇게 여인들만의 티타임을 마련했단다. 어떠니."

"그래, 우리는 가족이나 다름없지 않니."

백작부인은 아주 온화한 웃음을 띠면서, 누가 보면 눌리타스가 자신의 친딸인 것처럼 부드럽게 말을 건넸다. 메이린도 어머니의 뒤를 이어 마음에도 없는 가족이란 말을 흘리고 있었다.

눌리타스는 자신을 경멸하는 백작부인이 무슨 의도로 저렇게 요사스러운 미소를 흘리는지 의중을 짐작하느라 눈을 빛내고 있었다.

'그게 무엇이든 간에 좋은 의도는 아니리라.'

마주 보고 앉은 자리가 불편하고 신경이 날카로워지기 시작하였다. 차라리 백작부인이 화를 내고 소리를 지르는 것이 마음이 더 편할 것 같았다.

"그래, 드레스는 마음에 들고? 내가 신경 써서 만들라고 지시했단다. 그이가 아주 솜씨가 좋은 자란다."

드레스가 언급되자 메이린이 잠시 고개를 피하는 것 같았다.

눌리타스는 메이린이 드레스를 망가뜨리고 나간 것을 입에 올리지 않았다. 가뜩이나 심적으로 피곤한 상황인데 일을 더 크게 벌이고 싶지 않았다.

눌리타스는 백작부인의 말에 수긍하듯 고개를 끄덕거리며 눈을 아래로 내리고 있었다. 이 시간이 얼른 지나가기만을 바라고 있었다.

그때 소피아가 은쟁반을 들고 방에 들어왔다. 그녀는 방 분위기가 어색한 것을 느꼈는지 걸음이 아주 조심스러웠다.

"소피아, 이리로 내려두고 넌 나가 보거라."

소피아는 뜨거운 찻물이 들어 있는 도자기 주전자와 잔 세 개를 테이블에 조심스럽게 올려두고 잠시 머뭇거리다 백작부인의 말을 따랐다.

백작부인은 황송하게도 손수 찻잔에 차를 따르더니 그것을 눌리타스에게 권했다. 눌리타스는 내키지 않았지만, 찻잔을 받아들었다.

"감사합니다."

갓 끓인 차는 아주 뜨거운 상태였고 눌리타스가 그것을 식히려 찻잔을 잠시 테이블 위에 내려두려고 할 때였다. 백작부인의 붉은 머리가 살아 움직이는 불꽃처럼 넘실거리더니 아주 음산한 목소리를 냈다.

"지금 마시거라."

"네?"

"차는 뜨거울 때가 일품이란다. 감히 내가 주는 것을 거부하려
는 것은 아니겠지?"

눌리타스는 그제야 백작부인이 의미한 티타임이 무엇인지 깨달
았다.

무슨 수작을 부리려나 싶었더니 뜨거운 차로 그녀의 식도라도
태워야 직성이 풀릴 모양인가 보다.

이건 아주 어린아이들이나 칠 장난이 아니던가.

그들에게 벌레만도 못한 사생아에게 차를 따라줄 때는 별로 좋
지 않은 일이 생길 거라고 짐작은 했었다. 쓴웃음이 눌리타스의 입
가에 머물렀다.

하지만 백작부인이 한 가지 간과한 사실이 있었다.

그녀가 지난 몇 년간 돼지우리를 치우던 사내로 살았단 것을 말
이다. 그간 그녀에게는 음식이 뜨겁고 찬 것에 대해 불평할 여유가
없었다.

어떤 날은 솥에서 펄펄 끓는 멀건 죽을 받아서 들이켜야 했다.
혀가 데이고 손에 물집이 잡히는 일이 허다했다. 추운 날엔 살얼음
이 낀 죽을 날카로운 것으로 깨서 마시는 일도 있었다.

눌리타스는 백작부인을 한번 느긋하게 쳐다보았다. 그리고는
기꺼이 귀한 분이 내려주신 차를 사양하지 않고 단숨에 들이켰다.

다 마신 뒤엔 보바뤼 부인이 가르쳐 준 우아하게 차를 드는 법

따위는 무시한 채로 찻잔을 소리 내어 탁자 위에 내려놓고 입가에 흐르는 뜨거운 차를 옷소매로 스윽 닦아내었다.

"잘 마셨습니다."

눌리타스가 그 뜨거운 차를 불지도 않고 마신 후 아주 무례한 어투로 인사를 하는 것을 본 백작부인과 메이린의 얼굴은 경악으로 물들어 있었다.

"세상에!"

"저런, 이렇게 끔찍할 데가 있나."

'마시라고 명한 것은 당신인데 왜 끔찍한 거지?'

화끈거리는 목으로 침을 꿀떡 삼키며, 눌리타스는 눈을 똑바로 뜨고 그들의 얼굴을 보았다.

이런 짓거리로는 그녀를 조금도 상처 줄 수 없었다. 만약 자신이 상대를 괴롭힐 작정이었다면 이 끓는 주전자를 그 부드러운 얼굴을 향해 던졌으리라.

"마님이 주신 차라 향이 더욱 좋군요."

눌리타스가 아주 공손한 척을 하며 말을 계속 이었다.

"참. 곧 혼인이라 연습을 해보아야 하니 어머님이라고 한번 불러보아도 되는지요?"

눌리타스가 그 뜨거운 차를 마시고 차가 맛있다는 둥 어머니라고 불러도 되냐는 둥 얘기를 늘어놓자, 백작부인과 메이린은 넋이 빠진 것 같은 표정을 짓고 있었다.

순간 눌리타스는 그녀가 보여준 기이한 장면에 놀라 부채질을 하는 백작부인의 너무나 작고 뽀얀 손을 보았다. 저 손은 아마 깃털이 하늘거리는 부채를 드는 것 외에는 평생 무엇을 날라본 적도, 닦아 본 적도 없을 것이다.

그리고 저 손이 바로 자신의 어머니를 쓰러지도록 마구 휘두른 손이다. 자신의 어머니가 애원해도 결코 멈추지 않았으리라.

눌리타스는 차가 배 속에서 다시금 끓는 것 같은 착각을 느꼈다. 그 더운 김이 그녀의 얼굴을 눈물로 적시려 하고 있었다.

하지만 눌리타스는 손가락을 모아 양 허벅지를 아프게 움켜쥐며 억지로 그것을 참아냈다.

'저들 앞에서는 울지 않겠어.'

애초에 눌리타스나 어머니가 이길 수 없는 싸움이었다. 이미 메이린의 이름으로 소문 속의 공작과 혼인하러 떠나는 것만으로도 그녀는 패배했다. 하지만 더 이상 그들 앞에서 비굴한 모습을 보일 수는 없었다.

눌리타스의 푸른 눈이 분노로 젖어 들어가는데, 백작부인과 메이린은 무엇에 쫓기듯 몸을 일으키고 있었다. 그들의 눈에는 눌리타스가 무슨 괴물이라도 되는 듯 보였으리라.

"생각해보니 손님이 오기로 한 시간이구나. 차는 다음에 마시는 게 좋을 것 같구나."

백작부인은 책에서 나올 법한 완벽한 포즈로 인사를 하고 급하게 메이린을 데리고 방을 빠져나갔다. 눌리타스는 이제야 모두가 사라진 방에서 완벽한 혼자가 되었다.

"돼지들이 그립다. 진짜."

그 냄새나고 시끄러운 분홍색의 존재들이 그리워질 줄은 몰랐는데.

귀족들 틈에서 용을 쓰고 지내니 말 없는 짐승들이 그녀에게 얼마나 큰 위안을 주었는지 느낄 수 있었다.

적어도 짐승은 그녀를 기만하지도 사지로 몰지 않았다.

"다음 티타임이 있을까. 곧 공작가로 가는데."

그녀에게 남은 시간은 얼마나 있는 걸까.

무기 하나 없이 전쟁터로 걸어가는 기분이었다. 혹은 전설 속의 드래곤의 아가리에 맨몸으로 기어 들어가는 것도 같았다. 그 날카로운 이에 상처를 입고 피를 흘리는 자신의 모습이 눈에 선했다.

그러다 눌리타스는 문득 떠오르는 생각 때문에 서둘러 방을 나왔다.

"무슨 일이지?"

눌리타스는 백작의 집무실을 찾았다. 백작은 난데없이 자신을 방문한 그의 사생아를 묘한 눈빛으로 바라보았다.

"드릴 말씀이 있습니다."

"그렇겠지."

눌리타스는 차마 떨어지지 않는 입을 힘겹게 열었다. 그녀의 절반을 만들어 준 사내와 한 방에서 이런 이야기를 해야 하는 것 자체가 너무나 고통스러웠다. 하지만 머릿속에 떠오르는, 병상에 누운 어머니의 파리한 얼굴에 다시금 용기를 내어 보았다.

"제가 이 일을 잘 해내면 어머니를 지켜주시겠다는 그 이야기 믿어도 됩니까?"

눌리타스는 백작의 입에서 다시 한번 확답을 들어야만 했다. 그러지 않고서는 스스로 파멸할 게 분명한 길을 떠나는 것이 쉽지 않을 것 같았다.

백작은 보던 서류를 손에서 내리고 그를 보는 도전적인 푸른 눈 속에 담긴 의지를 읽었다.

'한참 시절의 나를 닮은 패기가 어이없게도 사생아, 그것도 계집아이에게서 느껴지다니……'

백작은 두 손으로 턱을 괴며 눌리타스를 찬찬히 보았다. 자신의 적자로 태어났다면 분명 로마그놀로가를 크게 일으켰을지 모른다. 그는 그런 확신이 있었다. 하지만 그런 가정 따위는 아무짝에도 쓸모가 없는 일이란 것도 잘 알고 있었다.

눈앞에 서 있는 아이는 그저 공작의 인생을 진창으로 빠지게 만들기 위한 수단에 불과했다. 하지만 아쉬운 마음이 드는 것은 어쩔 수 없었다.

"쯧, 안타깝구나."

눌리타스는 영문을 알 수 없는 백작의 말에 그의 눈을 똑바로 응시했다. 그러자 백작이 손등을 두드리며 그녀에게 인자한 목소리로 답해주었다.

"그래, 네가 메이린으로 살아가는 동안 네 어미는 무사할 게다."

백작은 천천히 의자에서 몸을 일으켜 창 쪽으로 걸음을 옮겼다. 사생아 계집의 어미는 당장은 필요성이 아직 남아 있었다. 그는 손가락으로 창을 살짝 치며 앞으로의 일들을 그려보았다.

'검술밖에 모르는 그 거만한 애송이는 저 사생아를 메이린으로 알고 평생을 살겠지. 운이 좋으면 말이야. 저 계집이 그의 씨를 가져 공작가의 혈통을 더러운 피로 물들일 수도 있을 거야.'

이것이야말로 공작에게 그가 할 수 있는 최대의 복수였다. 한때 자신을 태양처럼 숭배하던 간악한 자들에게 퍼붓는 복수이기도 했다. 이것은 가문에 대한 긍지가 높은 백작의 자존심이 달린 문제였다. 그에게 명예란 것은 목숨과 맞바꾸어도 아깝지 않은 것이었다.

그리고 이것은 그것을 이루기 위해서 희생되거나 피해를 입을 이들에 대한 고려는 전혀 없는, 순전히 이기적인 계획이기도 했다.

"다른 자의 씨를 가지는 것도 재미있겠구나."

로마그놀로 백작의 머리에 떠돌던 생각이 입 밖으로 튀어나왔다. 사생아 계집과 혼인한 것도 모자라, 저 아이가 다른 사내와 통정을 하여 공작가의 후계자를 생산한다면 그것이야말로 최고의 결작품일 것이다. 백작의 얼굴에 더 없이 만족스러운 빛이 흘렀다. 이제 그의 생에 있어 최고의 전쟁에서 승리를 거둘 시간이 다가오고 있었다.

눌리타스는 백작의 말을 전적으로 신뢰하지는 않았지만, 지금은 그것 외에는 다른 방법이 떠오르지 않았다. 그녀에게는 다른 방도를 구할 힘조차 없다는 게 더욱더 실감이 나서 몸이 움츠러들었다.

달이 아주 훤한 밤이었다.

그녀의 초라한 어깨를 비추는 달빛이 정원 한 가득이었다.

아직은 바람이 찬 듯 아무것도 걸치지 않은 그녀의 팔에 작은 소름이 돋아났다. 하지만 눌리타스는 맞바람을 이겨내며 좀 더 앞으로 나아갔다. 밤이 깊어 꽃도 풀도 모두 고요하게 잠이 든 것 같았다.

그녀는 팔을 쓸며 달을 올려다보았다. 신성한 둥근 것을 바라보는 그녀의 시선이 결코 곱지 않았다. 하늘 아래의 목숨들을 굽어살핀다는 달의 여신을 향한 원망이 진득하게 배어 있었다.

'디아나 여신이여. 우리는 언제까지 이 진창에서 허덕여야 하나요.'

그들 앞에서 참고 참았던 눈물 한 줄기가 두 뺨을 타고 흘렀다. 눈물은 대기 중에 금세 식어서 차가운 비가 되어 대지로 나렸다.

"젠장! 거 기분 되게 더럽네."

귀족 흉내를 내며 고상하게 신에게 구해 달라 애원을 해 보았지만, 그녀의 기분은 조금도 가벼워지지 않았다. 오히려 아무것도 달라지지 않는 자신들의 삶이 더욱 도드라질 뿐이었다.

'저 하늘의 달조차도 귀한 목숨과 값싼 목숨에 차별을 두는 건지.'

갑자기 내리기 시작한 비는 눌리타스의 사정을 봐주지 않고 그녀의 마른 몸을 사정없이 흔들기 시작하였다.

"감기 들면 어쩌려고 이렇게 비를 맞았어?"

눌리타스는 정원에 한참 서서 비를 맞다, 어머니를 잠시 찾았다. 그리고 불쑥 그녀가 백작의 딸로 인정받아 공작가로 가게 되었다는 말을 건넸다. 물을 뚝뚝 흘리는 아이는 입술이 파랗게 질려 있었다.

"그게 무슨 이야기야? 나는 도무지 모르겠구나."

레오니는 얼른 이불을 내어와 그녀의 아이의 몸을 덮어주었다. 오늘따라 아이의 푸른 눈이 더욱 슬퍼 보이는 것 같아 가슴이 내려앉는 것 같았다.

눌리타스는 이불 밖으로 손을 꺼내 주름진 어머니의 손을 잡아 보았다. 체구만큼이나 작은 손은 성한 곳이 없었다. 낮에 보았던 백작부인의 한 점 티도 없는 하얀 손이 아른거리자 눌리타스는 눈물이 나는 것 같았다.

어머니는 눌리타스가 결혼하게 되었다는 이야기는 대수롭지 않게 흘려버리고 마주 잡은 손을 내려다보며 조심스레 입을 열었다.

"사는 게 바쁘다는 이유로 내가 너한테 너무 무심했지. 미안하다. 얘야."

눌리타스는 억지로 참고 있는 감정의 파동을 느끼며, 다시 한번 자신이 공작가로 혼인을 하러 간다는 이야기를 전했다.

"하지만 너는 나에게서 태어난 아이잖니. 그게 도대체 무슨 소리야."

레오니는 차마 자신의 딸에게 사생아라는 표현을 쓰고 싶지 않아서 에둘러 말했다.

"제가 백작님에게서 인정받았다고 말씀드린 거 기억나시죠? 이름도 성도 받았어요. 그래서 그럴 수 있는 거예요."

눌리타스는 비를 맞고 경직된 입술 사이로 경쾌한 목소리를 내려 애써 보았다.

"그럼 여길 떠나는 거야? 너를 볼 수 없는 거야?"

레오니는 기침을 심하게 하면서 물기어린 눈으로 눌리타스를 바라보았다.

처음에는 원하지 않았던 아이였지만, 태어난 그 순간부터는 사랑하지 않을 수가 없는 착한 아이였다. 아니 어떤 아이였든 간에, 신에게 맹세코 레오니는 자신의 아이를 사랑했을 것임을 믿어 의심치 않았다.

아이는 아무런 미래도 희망도 없는 하녀의 삶에 내려진 단 하나의 축복이었다. 더구나 자신의 어머니가 병으로 일찍 돌아가신 후, 이 거친 세상엔 그녀와 아이 단둘뿐이었다.

이 작은 몸이 한 지붕 아래 함께 있다는 것이 큰 위안이 되어주었다. 익숙해지는 것이 겁이 나, 아이의 자는 모습을 멀리서 지켜보기만 했다. 그래도 한없이 좋기만 했다.

아이가 혹시 백작님의 사생아라는 것을 알게 될까 봐, 다른 이들이 그 사실을 알게 될까 봐, 그냥 조심하고 또 조심했다. 말을 삼가고 또 삼갔다. 지금 모습처럼 예쁜 드레스를 입히는 것, 리본 한번 매어주는 것은 꿈도 꾸지 못할 일이었다. 머리는 늘 짧게 잘라줬고, 염색약을 구해 비벼주는 것이 아이를 향한 그녀의 애정 표현이었다. 그런 아이가 이제 다 커서 그녀의 곁을 떠나려 하고 있었다.

"나는 함께 갈 수 없는 거겠지."

레오니는 체념을 하다시피 속삭였다. 이리 헤어지는 줄 알았더라면 아이의 고운 얼굴을 좀 더 바라봐 둘 것을. 머리라도 한 번 더 쓰다듬어줄 것을.

슬픔이 한가득 그녀를 적셨다.

두 사람의 아주 작은 방에는 딱딱하고 허름한 침대가 둘, 문이 하나 달아난 옷장이 하나. 그것이 전부였다. 그러나 이제는 슬픔과 애달픔이 빈 공간을 가득 채우고 있었다.

눌리타스도 한 번도 어머니에게 하지 못했던 말이 자꾸만 새어 나오려 했다.

참아보고 참아보려 했지만, 등이 굽어버린 어머니가 기침을 하는 모습에 눈물이 터져버리고 말았다.

"제가 꼭 어머니를 데리러 올 테니, 조금만 기다려 주세요."

눌리타스는 붉어진 눈을 거칠게 부비면서 스스로에게 맹세했다.

믿을 수 없는 백작가의 승냥이들에게 그녀의 어머니를 맡길 수 없다. 백작의 역겨운 눈빛과 백작부인의 표독스러운 눈빛이 동시에 어머니의 가슴을 꿰뚫을 것만 같았다.

방법을 곧 생각해 낼 것이다. 그렇게 믿고 싶었다. 반드시 찾아내야만 했다.

"그러니 너무 열심히 일하지 말고 요령도 좀 피우고요. 백작이⋯⋯."

말을 채 맺지도 못하고 눌리타스는 자신의 어머니의 손을 더욱 힘주어 잡았다.

'이제껏 왜 서로 사랑한다는 말 한마디를 못 했는지⋯⋯.'

"저는 꼭 잘해낼 거예요. 어머니. 제 걱정은 마세요."

레오니는 자신의 아이가 갑자기 공작부인이 된다는 이야기도 믿기 어려웠지만, 잘해낸다는 말이 무슨 뜻인지도 알지 못했다. 이별은 서글펐지만, 그녀가 낳은 아이가 많이도 컸구나 싶어서 그간의 세월이 헛되지 않았다 여겼다.

눌리타스는 자신의 손등을 쓰다듬어 주는 어머니의 따스한 손길에 차마 내뱉지 못한 나머지 이야기들은 속으로 삭여야만 했다.

'백작님은 아직도 어머니를 괴롭히나요? 백작부인이 또 찾아온 적이 있나요? 어머니.'

하지만 언제 다시 만날 지 기약이 없는 어머니와의 시간을 좀 더 소중히 하고 싶었다. 눈을 뜨면 서로 일 잘하라고 격려를 하고, 밤이 되면 잘 자라고 인사만 하던 지난 세월이 너무 안타까워서 견딜 수가 없었다.

어머니는 적군이 가득한 로마그놀로 백작성에 남아야 했고, 그녀는 낯선 얼굴들이 가득한 모르시아니 공작성으로 가야만 했다.

눌리타스는 이제는 떠나야 할 시간임을 깨달았다.

더 머물렀다가는 그녀의 마음이 빗물에 잠식되어 결심한 것을 제대로 해낼 수 없을 것 같았다. 그녀가 머물렀던 자리 아래로는 빗물이 번져 큰 눈물 자국처럼 원을 그리고 있었다. 눌리타스는 몸을 덮었던 이불을 바닥으로 내리며 어머니에게 작별을 고했다.

그녀의 등 뒤로 아주 작은 흐느낌이 들려왔지만, 눌리타스는 뒤를 돌아보지 않았다. 주먹을 쥐고 앞으로만 향했다.

지금 어머니의 얼굴을 보면 그녀는 완전히 무너져버릴 것만 같았다. 그녀 자신과 어머니를 위한 아주 잠깐의 이별이었기에 그 발걸음에는 단호함마저 묻어났다.

'어머니, 부디 건강하세요.'

세자르는 수하가 은밀하게 알아온 자료를 공작께 건네 드리고 안절부절못하고 있었다.

공작의 표정을 봐서는 자료의 내용을 추측하기 힘들었다. 어떤 대목에서는 눈썹이 화가 난 듯 치켜 올라가 있었고, 어떤 부분에서는 꽤나 심각한 표정을 짓는 듯했다.

'대체 눌리타스라는 여인이 누구지?'

세자르는 얼마 전 공작에게서 로마그놀로가의 눌리타스라는 여인에 대해서 알아오라는 엄명을 받았었다.

백작가의 귀한 막내딸과의 혼인을 앞두고 괜한 일을 만드는 게 아닌가, 세자르는 여간 걱정이 되는 게 아니었다. 공작의 명을 받고 보르조이라는 공작의 수하가 은밀하게 로마그놀로가로 잠입해 지금 저 자료들을 수집해 오는 데 성공했다.

그렇게 확보된 내용은 세자르에게는 읽는 것이 허락되지 않아서, 지금 이렇게 공작의 근처를 서성거리며 궁금증이 가득한 얼굴을 하고 있는 것이었다.

공작은 자료를 다 읽자 독수리의 조각이 장식된 커다란 벽난로로 가서 종이 뭉치를 휙 집어 던져버렸다. 그는 활활 타오르는 그것들을 보며 웃음을 짓고 있었다.

"재미있군."

"네?"

세자르는 공작의 얼굴에 걸린 야차 같은 미소를 본 순간, 잠시 누렸던 평화로운 삶과 이별해야 할 때가 온 것을 직감했다.

'왜 하필이면 이렇게 큰일을 앞두고 저 얼굴이 나오는 거지.'

세자르는 심장이 미친 듯이 요동치는 것을 느꼈다.

공작의 저 미소는 전쟁을 앞두고 있을 때나 큰 사냥감을 앞에 두고 있을 때 자연스레 나오는 것이었다. 그래서 그는 그것을 광기 어린 미소라고 혼자 명명해 부르고 있었다. 물론 이 사실은 공작이 절대 알아서는 안 되는 것이었지만.

"세자르, 내 혼인날이 언제라고?"

"그게…… 이제 사흘 뒤입니다."

"세자르, 준비를 아주 제대로 해두도록 해라."

"네?"

예복에도, 혼인 준비에도 한 번의 관심을 주지 않던 공작님이 왜 갑자기 적극적일까. 세자르는 아까의 미소와 돌변한 공작의 태도 때문에 겨울바람을 맨몸으로 맞은 듯 오한을 느끼기 시작했다.

공작의 충직한 신하된 자로서 세자르는 공포를 삼키며 용기 내어 공작의 앞에 섰다. 그는 유서 깊은 모르시아니 가의 영원한 번영을 꿈꾸는 자로서 지금 이 말은 꼭 해야만 했다.

"공작님, 한 말씀 올리겠습니다."

세자르는 이것만 말하고도 하체가 덜덜 떨리기 시작하는 것을 느꼈다. 공작님이 어떤 분인지 충분히 안다고 생각했지만, 역시 그의 주인 주위엔 보통 사람은 감당하기 힘든 위압감이 흘러넘쳤다.

"공작님, 혼인은 말입니다. 절대로 전쟁이나 사냥 같은 것이 아닙니다. 아름다운 마님을 맞으시는 거죠. 그 혹시 백작 영애를, 혹여라도, 해하실 생각이시라면, 제발 공작님, 다시 한번만…… 제발……."

결국 세자르는 떨려서 마지막 문장은 제대로 맺지도 못하였다.

웨딩드레스를 입고 숲으로 달아나는 백작 영애를 검을 들고 쫓는 공작님을 상상하고 있다는 것을 누가 알까 머리를 세차게 흔들었다.

공작은 하얀 셔츠를 절반은 풀어헤친 모습으로 세자르에게 다가섰다. 그 검은 눈동자에는 아무런 감정이 담겨 있지 않았다. 그저 한없이 차가운 겨울밤 같은 기운이 비집고 나와 세자르의 가슴을 덜컥 내려앉게 만들었다.

'너무 주제넘었나.'

하지만 언제나 후회는 한 박자 늦게 등장하여 인간을 곤경에 처하게 한다.

"세자르? 내가 이유 없는 살인을 한 것을 본 적이 있느냐?"

공작은 세자르의 곁에 서서 반쯤은 비웃는 얼굴을 하며 그에게 물어보았다. 저 파랗게 질린 시종의 머릿속의 풍경이 공작에게도 뻔히 보이는 것 같아 기가 막혔다.

"……아닙니다."

"내가 그 숱한 소문과 같은 자던가?"

"아니죠."

세자르는 소문이 너무 이상한 방향으로 흘러가서 눈앞의 공작님을 제대로 표현하지 못하고 있다고 생각했다.

공작님은 익히지 않은 음식은 드시지 않았다. 게다가 소문의 무슨 추남이라는 부분에서 세자르는 고개를 절레절레 흔들었다.

사춘기를 갓 지나 공작의 시종이 되어 그를 처음 대면했을 때, 그 매력적인 검은 눈과 강인한 어깨, 출렁이는 검은 머리를 보면서 세자르는 아주 잠시 그가 여인이라도 된 듯 얼굴을 붉혔었다.

사실 공작에 대한 소문은 다른 귀족들이 악의적으로 지어낸 것에 가까웠다.

세자르는 숨을 고르고 천천히 입을 열었다.

"공작님은…… 사실 소문보다 더 무서운 분이시죠. 소문들은 너무 우스꽝스럽게만 난 경향이 있죠."

세자르의 말에 공작은 아주 크게 웃으며 세자르의 어깨를 잡고 마구 흔들었다. 그의 시종은 한 번씩 이렇게 그를 깜짝 놀라게 하곤 했다. 그의 재치 있는 답이 공작은 매우 마음에 들었다.

"세자르 베일, 너는 정말 훌륭한 시종이구나."

"네?"

세자르는 그가 어떤 부분에서 훌륭했는지 감이 오지 않아 혼란스러워졌다. 마음이 불편해진 세자르는 얼른 공작에게 인사를 하고 집무실에서 빠져나왔다.

그리고 바로 떠오른 이름 하나가 그의 호기심을 자극했다.

"도대체 눌리타스라는 여인은 누구지?"

'설마 공작님의 숨겨진 연인? 아니면 공작님의 사생아인가?'

공작님은 십대 중반부터 전장에서 살다시피 하였다. 그 전쟁이 끝난 지 얼마 되지 않았으니 연인을 만들 틈이 없었을 것이다.

'그런데 공작을 닮은 딸이 있다면?'

사람을 꿰뚫어 볼 것 같은 흑요석 눈에, 검은 머리를 발끝까지 기른 다섯 살 소녀가 제 키만 한 검을 들고 세자르에게 불호령을 내리는 그림을 그려 보았다.

"헉, 안 될 일이야."

모르시아나가의 시종, 세자르의 겁에 질린 혼잣말이 부서지는 밤이었다.

악의는 곳곳에 도사린다

　루셔스는 여느 때처럼 자신의 검을 누구에게 맡기지 않고 손질 중이었다. 그의 길고 거친 손이 마른 천을 붙잡고 신중하게 위아래로 검을 닦아내었다. 얼마나 열중했던지 이마에 맺힌 땀방울 하나가 떨어져 또르르 검의 손잡이를 타고 흐르기 시작하였다.

　지금의 날카로운 검날에는 그의 형형한 눈매만이 비쳐져 빛나고 있었다. 하지만 그는 이 검에 보이지 않는 비명이 스며들어 있다는 것을 잘 알고 있었다. 루셔스는 그의 손으로 산자의 숨을 앗아간 그 순간들을 똑똑히 기억하고 있었다.

　생이란 때로는 너무도 어이없이 지고 피는 법이었다.

　전쟁이라는 명목 하에 그가 쓰러뜨렸던 이들의 시체가 작은 산을 이루었다.

검을 들고 그곳에 선 이상 그것은 불가항력이었다.

전장에서의 방심은 곧 그의 목을 내어놓아야 함을 의미했다.

'나의 자비가 무엇을 가져왔던가.'

아주 어린 시절 처음 검을 들었을 때를 떠올렸다. 전장에서 마주친 적은 그와 동년배의 소년이었다. 많이 봐도 겨우 열네댓 살 정도일까. 그때 루셔스는 그와 비슷한 또래의 아이를 찌르는 것을 잠시 망설였다.

하지만 그의 머뭇대는 눈빛을 본 상대는 주저 없이 루셔스의 심장을 노렸다. 그 공격에서 간신히 벗어나 목숨은 부지했으나 손목에 큰 부상을 입었다.

"살기 위해 상대를 찌른다."

핏물이 깊게 스민 검에 반사된 빛이 잠시나마 과거의 시간을 비추는 듯했다.

모르시아니 공작가에서 세 아들 중 막내로 태어난 그는 처음에는 공작 승계와는 거리가 있는 위치였다. 나이 차가 많이 나는 두 형들과 어머니의 귀여움을 독차지하며 따뜻한 유년 시절을 보냈다.

선대 공작은 무뚝뚝한 사내인지라 막내인 그에게 직접적으로 애정을 표현한 적은 없었다. 하지만 한 번씩 마주하는 아버지의 따스한 시선에서, 그의 머리를 쓰다듬어 주는 투박한 손놀림에서, 루셔스는 아버지가 그를 사랑한다는 것을 느낄 수 있었다.

그러나 아버지의 눈빛, 어머니의 자장가 소리, 그리고 두 형들과의 추억들은 모두 한순간 꿈인 듯 사라져버렸다.

20년 전 일어났던 전쟁으로 공작이자 왕국 최고의 검술 실력을 자랑하던 아버지가 전사하였다. 적들은 수하를 모두 잃고 혼자가 된 아버지를 포위해 검으로 베고 가르고 찔러댔다.

전쟁에 투입되기에는 아직 어렸지만, 모르시아니 가문을 위해 참전했던 두 형은 그 순간 아버지를 위해서 칼을 뽑아 들었다.

그렇게 채 꽃 피우지도 못한 청년들은 아비의 주검 위에 누워 피로 물드는 하늘을 지켜보아야 했다.

전쟁은 결국 모르시아니 가문의 세 남자를 집어삼키고 또 다른 피들로 깊은 강을 만들고서야 끝이 났다.

왕국은 승리를 거두었지만, 크고 웅장한 공작성에는 어린 그와 어머니만이 남게 되었다.

어머니는 남편과 아들 둘을 잃었지만, 그 슬픔을 딛고 루셔스를 잘 키우려 애썼다. 먼저 보낸 아들들이 보고 싶은 날에도, 듬직한 남편의 어깨가 그리운 날에도 어머니는 언제나 루셔스에게 환하게 웃어주었다.

그때 그는 너무 어려 어머니의 웃음 속에는 눈물이 흘러넘친다는 것을 미처 알지 못하였다.

"루셔스 모르시아니, 네가 이제 가문을 지켜야만 한단다."

어머니는 진지한 얼굴로 루셔스에게 저 말을 되풀이했다. 유서 깊은 공작가를 집어삼키려는 승냥이 떼들의 불온한 움직임을 느꼈던 걸까.

하지만 신은 여전히 루셔스의 편이 아니었다.

왕국을 휩쓴 전염병이 공작가를 덮쳤고 어머니는 그 희생양이 되었다. 어린 아들 하나만을 남겨두고 떠나지 않으려 어머니는 끊임없이 병마와 싸웠으나, 결국 그녀의 눈은 감기고 말았다.

그때 그의 나이는 여덟 살에 불과했다.

어린아이가 모르시아니 가문의 무게를 감당하고자 하니, 수많은 일들이 뒤따랐다. 한 차례 폭풍이 몰아친 후, 어머니에게 꽃을 꺾어 와 배시시 미소 짓던, 형에게 장난을 걸고 도망을 치며 깔깔 웃어대던 아이는 더 이상 존재하지 않게 되었다.

루셔스는 공작가의 후계자로 혹독한 교육을 받아야 했다. 어린 아이의 투정을 들어줄 다정한 목소리는 존재하지 않았다. 그렇게 운명이 그를 더 이상 아이로 머물지 못하게 거칠게 몰아댔다.

그는 어머니의 주검 앞에서 눈물도 쏟지 못하고 작은 몸을 겨우 추스르며 맹세했었다.

'모르시아니 가문을 위해!'

좀처럼 그때의 일을 떠올리지 않던 루셔스가 눈을 뜨며 쓴웃음을 지었다.

"어머니가 들으신다면 무덤에서 벌떡 일어나시겠군."

그를 따라다니는 '악마, 악귀, 괴물, 거인' 같은 말을 어머니가 들으시지 못하셔서 다행이다 싶었다.

'그녀의 귀엽기만 하던 아들이 저런 소문들의 주인공이라는 것을 알면 얼마나 속상하실까.'

칼을 닦던 손을 멈추고 자신의 신부를 생각해 보았다. 그녀는 자신에 대한 흉흉한 소문을 알고 있을까.

'그래. 그렇게 욕을 하는 것을 보면 무서운 소문 따위에 픽 쓰러질 것 같지 않았어.'

정말 인상 깊은 여인이었다. 그리고 이제 그 여인이 그에게 달려오는 중이란다.

그는 눈부신 검을 위로 높이 들었다 맹세를 하듯 검을 이마에 대고 눈을 감았다. 차가워 살이 에일 것 같은 울음소리가 칼에서 울려 그의 심장에 공명하는 듯했다.

"어머니……."

작은 소년은 가문의 이름을 지키려 홀로 세월을 인내해야 했다. 그에게는 그것이 지금까지 살아온 이유의 전부였다.

'아버지의 피가 헛되지 않도록 형들의 마지막이 허무해지지 않게.'

선이 굵은 사내의 옆모습이 그리는 묵직한 그림자가 그의 뒤에 길게 드리워져 있었다.

눌리타스는 지난 몇 달간의 속성 교육 끝에 어설픈 귀족의 흉내를 낼 수 있게 되었다. 물론 그것은 어디까지나 보바뤼 부인이나 백작의 의견이었고, 그녀는 전혀 다른 생각을 가지고 있었다.

"아시겠죠? 될 수 있으면 아가씨는 말씀을 안 하시는 편이 좋습니다."

"그리고 자꾸 사내처럼 말씀하시는 습관을 특히 조심하셔야 합니다. 영애들은 봄에 막 피어오르는 꽃봉오리처럼 부드럽고 미끄러지듯 수줍게 말을 하셔야 하는 겁니다."

"신사 분들을 절대로 직접 바라보시면 안 되고, 부채나 손수건으로 항상 입을 가리셔야 합니다. 그리고 절대 혼자서는 남성과 한 방에 머물러서는 안 되고……."

눌리타스는 저 완고한 얼굴을 한 보바뤼 부인의 말을 들으며 웃음이 터지는 것을 억지로 참고 있었다. 보바뤼 부인의 '안 된다!' 하는 타령은 어디까지 계속될 것인가.

"네, 충분히 잘 압니다. 그리고 크게 웃어서도 안 되고, 뛰어서도 안 되며, 신체 접촉도 삼가하여야 하며! 다 기억해요."

아예 숨을 쉬지 말고 가만 누워 있으라 하지. 귀족 영애들은 무슨 제약이 이리도 많은 건지. 송장을 하나 구해 고운 드레스를 입혀 데려다 두면 제격이겠다, 싶은 생각이 들어 그녀의 얼굴에 희미한 미소가 걸렸다.

"그나저나 부인, 이제는 제가 귀족으로 보이십니까?"

눌리타스의 기습적인 질문에 보바뤼 부인의 얼굴에 당황한 빛이 역력했다.

"저야 아가씨의 배경을 알고 있어서, 객관적인 판단을 해드리는 어렵습니다. 다행인 것은 공작님이 메이린 아가씨를 뵌 적이 없으시고, 메이린 아가씨가 건강상의 문제로 무도회를 거의 안 나가셨으니, 아마 아가씨를 의심하는 분은 없을 겁니다."

눌리타스는 붉은 머리를 양옆으로 늘어뜨리고, 연한 푸른색의 드레스를 입고 있었다. 그녀의 눈은 드레스보다 짙은 푸른빛을 띠고 있었고, 뽀얀 얼굴을 봐서는 돼지우리 치우는 험한 일을 하던 이처럼 보이지 않았다.

보바뤼 부인은 처음의 우려와는 달리 그녀의 수업을 제법 잘 따라와 준 사생아를 유심히 쳐다보았다. 외모뿐 아니라 한 번씩 무심결에 하는 몸짓이나 눈빛에 위엄이 서려 있었다.

'반쪽은 귀족이란 거지.'

그녀는 자신이 가르친 천한 존재가 제법 쓸 만한 존재가 되었다는 것에 큰 자긍심을 느꼈다. 게다가 로마그놀로가로 오면서 무기력한 그녀의 삶에도 활력이 생기지 않았나. 너른 가슴을 가진 은발의 백작님을 떠올리며 홀로 볼을 붉히는 그녀였다.

눌리타스는 보바뤼 부인과의 끔찍한 마지막 수업을 마치고, 드레스 자락을 말아 쥐고 정원을 지나 자신이 원래 일했던 돼지들이 있는 곳으로 향했다. 우리는 바닥을 제때 갈아주지 않았는지 보기에 엉망이었다.

"새로운 사람이 일을 제대로 안 하나 본데?"

당장이라도 달려 들어가서 팔을 걷어붙이고 우리를 치우고 싶은 충동을 느꼈다.

하지만 지금 그녀의 모습은 이곳에 어울리지 않았다.

고개를 들어 뒤를 돌아보았다. 백작성과 성 외벽을 타고 올라가는 장미 덩굴이 보였다. 만개한 붉은 꽃이 화려한 자태를 뽐내고 있었다.

"그러면 저기는 내가 속한 곳인가?"

눌리타스는 예전에는 자신이 어디에 속해 있는지 확실히 알고 있었다. 인생의 목표도 참 단조롭긴 했지만, 나아갈 방향이 확실하게 정해져 있었다.

하지만 그녀는 이제 모든 것이 혼란스러웠다.

익숙한 돼지우리도 백작가의 멋진 성 어느 곳도 그녀의 마음에 안정을 주지 못했다. 그녀의 내일이란 이제 너무나 불확실한 것이 되어버렸다.

"예전에 주방에서 일하던 삼촌이 사람이 죽을 때가 되면 안 하던 짓을 많이 한다더니."

눌리타스는 손으로 그녀의 목을 더듬어 보았다. 아직은 이 목이 붙어 있다는 것이 전혀 위로가 되지 않았다.

"귀족 흉내를 좀 내더니, 미쳐가는 건가. 걸핏하면 눈물이 나고 지랄이야."

눌리타스는 괜히 센 척하며 눈을 하늘로 향하며 눈물을 참아 보았다. 이제 공작성으로 떠날 날이 바로 이틀 앞으로 다가왔다.

나고 자란 곳에 작별인사를 하고 있는 그녀만의 조용한 의식을 깨뜨리는 야릇한 목소리가 들렸다.

"오, 역시 너는 이곳이 어울려. 그렇지?"

아비오는 돼지우리에서 나는 역한 냄새 때문에 손가락으로 코를 쥔 채로 눌리타스를 향하여 손짓을 하였다.

낮부터 술이라도 마신 건지 그 창백한 낯이 기묘하게 붉어져 있었다. 그는 협박을 하듯 낮은 어조로 말을 툭 내뱉었다.

"순순히 따라오는 게 너희 모녀 신변에 이로울 거야."

눌리타스는 떠나기 전에 저 미친놈이 한 번 이상은 자신을 찾겠지, 예상은 했었다.

'하지만 하필 왜 지금 여기서.'

어머니의 신변을 운운하는 그의 말을 거역할 수는 없었기에 그의 뒤를 따라 걸었다. 걸음이 비틀대는 꼴이 취한 게 분명했다. 평소에도 온전한 정신이 아닌 그가 술까지 마셨다는 게 그녀를 몹시 불안하게 하였다.

아비오가 멈춘 곳은 온갖 도구들을 보관하는 창고 같은 곳이었다. 눌리타스는 들어서기 전에 주변을 살폈지만, 사람의 낌새는 느낄 수가 없었다. 이곳은 평소에도 인적이 드물지 않던가.

"문 닫아."

창고 안에는 눅눅한 냄새가 진동을 했고, 알 수 없는 벌레와 작은 짐승들이 재빨리 움직이는 소리가 났다. 낡은 문을 닫자 창고는 아주 작은 창으로 들어오는 가느다란 빛을 제외하고는 어둠에 잠겼다.

빛을 등진 눌리타스의 정면에 아비오가 바싹 다가섰다.

"그래, 일단 우리는 잠시 헤어지는 거야. 나는 그렇게 받아들이기로 했어."

눌리타스는 이게 무슨 해괴망측한 소린가 싶어 가만히 있었다. 아비오가 술에 취해 무슨 짓을 할지 예측이 되지 않아 긴장감은 배가되었다.

아비오는 점점 그녀의 몸에 가까이 다가서더니 대뜸 그녀의 허리를 꼭 끌어안았다. 그리고 또다시 그 얼굴을 그녀의 가슴으로 내리더니 코로 눌리타스의 체향을 마구 느끼는 듯 몸을 부르르 떨었다.

얼마의 시간이 흘렀을까.

눌리타스는 아비오가 사람이 아니라 돌이다. 그냥 돌이다. 하며 최면을 걸고 숨을 쉬지 않고 버텼다. 그의 숨결이 그녀의 얼굴과 몸에 전해지는 것이 끔찍했지만, 지금 그녀에게는 다른 방법이 없었다.

잠시 후 고개를 든 아비오의 눈빛은 황홀경에 빠져 몽롱해 보였다. 그가 천천히 입술을 열자 삭힌 거름 냄새 같은 것이 날아왔다. 그리고 자신만만한 표정을 지으며 그가 말했다.

"자, 이제 네 사랑을 증명해봐."

로마그놀로 가의 창고 근처는 인적이 드물었고, 간간이 바람만이 나무로 만든 창에 부딪혀 작은 소음을 만들어 낼 뿐이었다. 훈풍이 불기 시작한 지 오래건만 눌리타스는 아비오의 앞에서 온몸에 한기를 느꼈다.

'사랑을 증명하라니. 무슨 소리야.'

눌리타스는 도무지 무슨 의도를 가지고 꺼낸 이야기인지 감을 잡을 수 없어, 그저 뒷걸음질 친 채로 멍하니 서 있는 것밖에 할 수 없었다. 그녀의 그런 표정마저 사랑스럽다는 듯 몸을 가볍게 떨던 아비오는 시큼털털한 입을 열며 기대에 찬 눈빛을 하고 있었다.

"초야에 네가 처녀가 아닌 것으로 판명되면 가문에 먹칠하는 걸 알기에 지금 내가 참아주는 거야. 물론 너 따위가 이해하긴 어렵겠지. 우리 같은 귀족들은 명예를 목숨보다 더 귀하게 생각한다고."

'명예라고?'

술에 취해 성의 온갖 하녀들을 취하는 게 명예로운 일이었던가?

눌리타스는 기가 차서 인상을 조금 찌푸렸다.

"나는 지금 네 입장을 충분히 이해해. 너도 어쩔 수 없는 거겠지. 그러니 이리 와서 내게 입을 맞추어 보렴."

아비오는 두 팔을 벌리고 얼굴을 앞으로 내밀며 눈을 감고 자신에게 다가올 눌리타스의 보드라운 입술을 기대했다.

하지만 눌리타스는 그의 내민 면상을 차 버리고 싶었다. 어디서 똥물이나 한 바가지 퍼서 끼얹어버리고 싶은 마음이 한가득하였다.

'도대체 무엇을 이해한다는 건지? 어쩔 수 없는데, 왜 내가 이 녀석과 입 맞추어야 하는 거지.'

눌리타스는 이 휑한 창고에 그와 그녀 말고 혹 다른 사람이 있나 싶어 한번 돌아보았다. 하지만 눈에 보이는 것은 먼지더미들과 발이 여러 개 달린 벌레들뿐이었다.

'나한테 하는 이야기가 맞구나.'

차라리 몇 대 얻어터지는 게 낫겠다 싶었다. 그녀가 자의로 저자의 입술을 부비는 일 따위는 절대 일어나지 않을 것이다.

아비오는 한참이 지나도 눌리타스의 얼굴이 가까워지질 않자 눈을 떠서 앞을 확인했다. 눌리타스는 이제 아예 눈을 감고 그를 외면하고 있었다. 하지만 아비오는 그것을 그가 싫어서라기보다는 수줍음 탓이라 여겼다.

"그래, 네가 처음이라 부끄러워 그렇지? 응? 내가 가면 되지.
뭐."

그리고는 바로 아비오는 넘어질 듯 급한 걸음으로 눌리타스의
얼굴을 삼킬 듯 응시하며 그녀의 곁으로 다가섰다.

눌리타스는 입술을 굳게 다물고 눈을 감았다.

그의 손이 그녀의 허리를 휘감았다. 더불어 기대감으로 뜨거워
진 아비오의 역겨운 숨결이 느껴졌다. 그의 입술이 눌리타스에게
닿자, 그는 그녀의 얼굴을 마구 핥고 빨기 시작하였다.

눌리타스의 창백한 얼굴이 이내 그의 침으로 번들번들해졌다.

그녀는 상대가 무엇을 하든지 지금은 그저 지독한 악몽이라고
생각하기로 마음을 먹었다. 그녀는 이제까지 입맞춤에 담긴 의미
를 생각해본 적은 없었다. 다만 그의 역한 침이 그녀의 얼굴에 끈
적이자, 굉장히 불결한 기분이 들었다.

"야, 입 벌려."

아비오는 한참 빠져서 눌리타스에게 매달려 있다 보니, 혼자만
흥분하고 있다는 것을 깨닫게 되었다.

신께 맹세코 그녀에 대한 그의 마음은 진심이었다. 그는 아버지
의 명에 따라 그녀를 당장 가질 수는 없었지만, 눌리타스의 마음을
확인하고 싶었다. 아비오처럼 그녀도 그에게 푹 빠졌다는 확답을
들어야만 했다.

그렇지 않으면 저 아이를 공작가로 보내고 한 잠도 제대로 잘 수 없을 것만 같았다.

눌리타스는 궁지에 몰린 기분이 들었고, 그의 말에 따라 입을 열고 그를 받아들이는 대신 그녀를 더럽히고 있는 혀를 꽉 깨물어버리는 것을 택했다.

아비오는 순간적으로 당한 공격에 놀라서 뒤로 물러섰다.

손으로 쥔 입가에는 붉은 피가 선연했다. 그의 손가락 사이로 흐르는 뜨거운 피를 느끼며 아비오가 공포에 떨면서 소리를 질렀다.

"이 계집이 예뻐해 줬더니, 감히 네까짓 천한 게 나를 물어?"

아비오는 그의 애정이 거부당했다는 것에 분노했고, 피가 멎지 않을지도 모른다는 두려움이 그를 겁먹게 하였다. 그는 한 손으로 입을 틀어막으며 눌리타스를 노려보았다.

마음 같아서는 저 푸른 눈을 마구 짓밟아버리고 싶었다.

그의 아래에서 울며 사정하는 저 아이의 흰 목덜미를 두 손으로 조르고 싶었다.

지독한 상상이 한 차례 밀려들었고, 술이 조금씩 깨기 시작했을까. 순간 그의 귓가로 아버지의 금지된 목소리가 들리는 것 같더니, 그의 흐려진 이성이 조금씩 밝아졌다.

"에이. 짜증 나."

바닥으로 그의 검붉은 피가 후드득 쏟아졌고 아비오는 여전히 그를 보지 않는 그녀를 향해 발을 날렸다. 사내의 강한 발길질에 눌리타스는 한참 뒤로 밀려가 나무 벽에 쿵 하고 부딪혔다.

배를 움켜쥔 눌리타스가 힘없이 축 늘어지는 모습을 보며 아비오는 붉은 침을 바닥에 뱉었다.

"괘씸한 것."

아비오는 쓰러져 있는 눌리타스를 내버려 두고 두 손으로 입을 막고서 급하게 창고를 나섰다. 짜증이 솟구치고 혀끝에서 비린 피 내음이 가시지 않았다. 만약에 그가 차는 발길의 마지막 순간에 인정을 베풀지 않았더라면 저깟 계집은 오늘로 세상의 끝을 보았으리라.

눌리타스는 복부에서 느껴지는 엄청난 고통에 숨을 가쁘게 쉬었다. 떠나는 아비오의 뒷모습에 대고 고래고래 소리를 질러주고 싶었지만, 제 몸 하나 추스르기도 힘이 들었다.

"이게 무슨 사-랑-이야."

한 음절을 뱉을 때마다 온몸이 비명을 지르는 것처럼 신음이 비집고 흘러나왔다.

'일은 하면 할수록 요령이 느는데 맞는 것은 왜 이리 익숙해지지 않는 걸까.'

통증으로 일그러진 얼굴을 펴서 웃어보려고 애썼다. 그리고는 사라진 그의 자리에 대고 들리지 않는 소리로 입을 움직였다.

'개자식아…… 입맞춤은 돼지랑 하는 게 더 빠를 거다.'

싸하게 아파오는 배의 통증 때문에 얼굴을 찌푸리다가, 등을 벽에 기대고 다리에 힘을 주어 보았다. 하지만 터져 나온 큰 신음 소리만이 빈 창고를 메웠다.

'이것보다 더 나쁜 날이 올 수 있을까?'

아직 그녀의 삶에 최악은 아직 오지 않은 모양인지 계속 이 모양이었다. 기침이 쿨럭 새어 나왔다.

그래도 귀하신 도련님의 뜻대로 그 입맞춤에 응하지 않은 스스로가 자랑스럽게 느껴졌다. 차라리 이리 죽을 만큼 아픈 게 낫다 싶었다.

드레스 소매 자락으로 끈적한 그의 침을 닦으려 팔을 들어 보았지만, 몸이 말을 듣지 않았다.

'젠장.'

입가에 묻은 아비오의 침 위로 그녀의 침이 주룩 흘렀다.

눌리타스는 결국 당장 움직이는 것은 무리라는 것을 깨닫고 그대로 먼지투성이 창고 바닥으로 고개를 눕혔다. 누워서 바라보니 바닥에 아비오가 흘린 피가 점점이 흩어져 있었다.

'저들의 피도 붉구나.'

눌리타스는 고통 속에 허덕이다 그자나 자신이나 같은 붉은 피를 흘린다는 것을 이제야 깨달은 듯 허탈하게 웃음을 지었다. 작은 창으로 스며드는 노을이 엉망이 되어버린 그녀의 그림자를 아주 붉게 물들이고 있었다.

루셔스는 씻고 나와 두꺼운 가운을 걸치고 난로 앞에 앉아서 포도주를 마시는 중이었다. 타오르는 불꽃 속에서 이미 재가 되어버린 그것들을 다시 떠올려 보았다. 그의 이가 으드득 갈리고 맞잡은 주먹에 힘이 들어가 살짝 떨렸다.

'영감이 노망이 나도 단단히 났구나.'

로마그놀로 백작이 그의 등장으로 뒷방 늙은이가 된 것에 앙심을 품고 있다는 등의 이야기를 전해 들었을 때는 대수롭지 않게 여겼었다. 그에게 그런 힘겨루기는 무의미한 것이었다.

어렸던 루셔스는 아버지와 형의 스러진 생 앞에 우는 것밖에 할 줄 몰랐다. 아픈 어머니에게 어떤 위로도 되어 드릴 수 없었다. 그때 루셔스는 자신만 한 검을 들고 맹세했었다.

'가문을 지키겠어. 그리고 피에는 피로 되갚아 주겠어.'

소문 같은 것은 전혀 신경쓸 틈도 없이 치열하게 살아왔다. 그는 앞을 막아선 적을 베는 데 집중했다. 그의 가족들을 앗아간 적들의 마지막 핏방울 하나까지 남겨두지 않을 각오로 이를 악물었다.

그리고 마침내 승리를 거두었으나 그의 기분은 조금도 나아지지 않았다. 아버지의 목을 앗아간 자들을 처단하고 나면 행복해질 수 있을 줄 알았다. 어린 동생을 귀여워 해주던 형님들의 복수를 이루고 나면 다시 웃을 수 있을 줄로만 알았다.

하지만 전혀 아니었다.

순결하던 검에 피를 묻힌 그날부터 그는 잠을 잘 이룰 수 없었다. 밤이면 그의 손에 죽어 사라진 영혼들이 울음을 토해내는 것 같았다.

그런 그를 왕국에서는 영웅이라 불러 주었으나, 그런 순간에도 루셔스의 번뇌는 끝나질 않았다.

전쟁에서는 결국 누구도 이기는 자가 없다는 것을 깨달았다. 검을 휘둘러 피를 보는 자도, 전장에서 목을 잃는 자도 모두 패배자에 불과하다는 것을 알게 되었다.

전쟁은 끝이 났지만, 그의 부서진 영혼은 갈 곳을 잃고 피를 흘리는 중이었다.

"그런데 이런 날더러 뭘 어째?"

로마그놀로 가도 탐탁잖은데, 심지어 그를 속이려 하고 있다. 기가 차서 처음엔 그 서류를 읽는 그의 눈을 의심했다.

백작이 작정을 하고 귀족과 사생아를 바꿔치기해 자신과 혼인시키려하다니, 짜증이 나다 못해 분노가 치밀어 오르기에 부족하지 않았다.

'어떻게 지켜온 모르시아니 가문인가.'

그의 얼굴 위로 차마 눈을 감지 못해 눈물을 흘리던 어머니의 곱고 파리한 낯이 떠올랐다. 어머니의 낮은 음성이 그의 귓가를 맴도는 것 같았다.

만약 그가 로마그놀로 가에서 그녀를 직접 본 적이 없다면 당장 왕에게 고해 결혼을 무효로 하고 그 영감의 가문을 싹 쓸어버렸을지도 모른다.

하지만 단 하나 그 쓸쓸해 보이던 푸른 눈이 그를 망설이게 만들었다.

'그 눈은 정말 지독히도 나와 닮아 있었어.'

그는 이성에게 어떤 감정을 품은 것이 처음이었다.

이 감정의 끝에는 무엇이 존재할는지, 그의 호기심이 해소되면 그다음에는 어떤 일이 일어날지 알고 싶었다.

그 창백한 낯으로 또 무슨 이야기를 할지 궁금했고, 그 입술이 부르는 그의 이름을 들어보고도 싶었다. 그녀의 머리칼이 해를 받으면 어떤 빛깔로 보일지 알고 싶었다.

"그냥 신기한 여인이라서 그래."

단정한 드레스를 입고 스산한 눈매를 지녔던 그녀가 나지막하게 욕을 하는 모습이 계속해서 떠올랐다.

그는 들고 있던 포도주를 모두 난로 안으로 쏟아부으며 벌떡 일어섰다.

"벌은 천천히 주어도 상관없지."

어차피 모든 것을 알게 된 지금, 단죄는 언제든지 할 수 있을 것이다. 그에게는 백작의 수작을 증명할 자료들도 충분했다. 수작의 대상이 자신만 아니었다면, 대단한 계획이라 찬사를 보냈을지도 모르겠다.

백작은 승리감에 도취되어 있을 테니, 역으로 그런 모습을 지켜 보는 것도 나쁘지 않을 것 같았다. 모든 것을 아는 그의 눈앞에서 놀아나는 광대 같은 노인네의 유희를 조금 봐줄까 싶었다.

"끝이 너무 뻔해서 지루하긴 하지만 말이지."

그녀는 어떤 모습으로 그의 환심을 사려 할까. 그의 애정을 얻으려 어떤 달콤한 목소리를 건네며 접근할까. 낮은 목소리로 내뱉던 욕설이 귓가에 생생한데 어떤 정숙한 여인의 연기를 할 것인가.

"기대되는군."

그의 전신에 퍼지는 짜릿한 흥분이 밤하늘처럼 어두운 눈에 작은 빛을 만들어냈다. 그는 가운을 여미면서 창가로 다가서 구름이 낀 하늘을 올려다보았다.

잠시 후 구름이 흩어지면서 달이 그 뽀얀 자태를 드러내었다.

"만월이 되는 날이 나의 혼인날이구나."

지금 그의 머릿속을 가득 메운, 푸른 눈매의 신부가 이제 곧 이곳으로 올 예정이었다.

전날 밤부터 내린 비가 쉬지 않고 대지를 적셨고, 해가 뜰 때쯤 되어서야 서서히 그치는 듯했다. 사람의 발길이 뜸한 초라한 창고를 두드리던 빗소리가 잦아들자, 바닥에 죽은 듯 뻗어 있던 인영이 서서히 몸을 움직였다.

눌리타스는 간밤에 눈을 감았다 떴다 신음을 삼키며 한 잠도 제대로 이루지 못했다. 차인 배가 아픈 것은 물론이었고 이마는 온통 뜨거워 앞이 흐릿해 보였다.

하지만 고통 때문에 불면에 시달린 것만은 아니었다. 익숙한 흙바닥에 오랜만에 아픈 몸을 끌어안고 누워서 빗소리를 듣자니 온갖 상념이 그녀를 둘러쌌다.

그녀가 공작성으로 떠난 후 어머니는 괜찮을까.

그 미덥지 못한 짐승 같은 백작이 과연 약속을 지킬까. 몇 번을 확인해 봐도 그의 말을 믿기는 힘들었다. 그런 자가 이 몸뚱이의 반을 준 이라는 것을 여전히 부정하고 싶었다.

죽어버리고 싶은 순간들도 분명 있었다. 하지만 막상 목숨을 부지하게 되자 구질구질하게라도 살고 싶었다. 아비오의 가랑이를 개처럼 기면서…….

"젠장."

앞으로 그녀는 일평생을 누군가를 속이는 삶을 살게 될 것이다. 이제껏 누군가에게 사소한 거짓말도 해본 일이 없었다. 맡은 일은 책임감을 가지고 해냈으며 흐르는 땀방울은 결코 그녀를 속인 일이 없었다.

돼지들은 그녀가 치워주고 깔아준 바닥에 코를 박고, 서로의 꼬리를 물고 뜯으면서 평범한 일상을 보낼 수 있었다. 그것을 지켜보는 눌리타스의 마음 또한 평화로웠다.

'하지만 이제 다 끝이구나.'

바닥에서 차올라오는 냉기가 그녀의 등을 타고 올라와 심장을 얼려버리는 것 같았다. 순간 조용했던 한때의 추억은 사라졌고, 다시 곰팡내 나는 창고로 의식이 돌아왔다.

눌리타스는 손을 뻗어 배를 움켜쥐며 물기가 맺힌 작은 창밖을 올려다보았다. 그리고 조용히 자신의 바람을 읊조려 보았다.

"나 같은 사생아에게 걸맞은 날씨구나. 안개야, 모르시아니 영지까지 덮어버려라. 모든 것을 가려 누구도 나의 이런 추한 꼴을 볼 수 없게 해다오."

눌리타스는 하룻밤 자고 일어나자 겨우 몸을 움직여 기듯이 그녀의 방으로 돌아올 수 있었다.

"아가씨, 일찍 일어나셨네요."

소피아가 문을 열며 눌리타스의 방으로 들어왔다. 소피아는 처음과는 달리 눌리타스를 모시는 것에 익숙해졌다.

'일찍 일어난 게 아니라 방금 막 들어왔는걸.'

눌리타스는 파리한 안색을 감추기 위해 얼굴을 침대 반대편으로 돌리며 이불을 입술까지 끌어당겼다.

"아가씨. 혼인 전에는 다들 그렇게 잠을 못 이룬다고 하더라고요. 이 따뜻한 레몬차 좀 드셔보세요."

"고마워."

그 말을 끝으로 눌리타스는 아주 잠시 깊은 잠에 빠져버렸다. 간밤에 창고 바닥에서 아픈 몸으로 앓았던 것이 몸에 무리를 준 것이리라.

깨어보니 소피아가 걱정스러운 눈을 하며 여전히 눌리타스의 곁을 지키고 앉아 있었다.

"괜찮으세요?"

"이제 좀 나아졌어."

하늘이 도왔을까.

아비오가 지난번보단 살살 때린 건지 그럭저럭 견딜 만한 통증이 밀려드는 것이었다. 그게 다행이라 여겨지는 스스로가 우스워 마른 손으로 얼굴을 부비며 몸을 세웠다.

눌리타스는 그녀의 문제에 집중하느라 소피아의 어두운 얼굴을 그제야 알아차렸다.

"소피아, 무슨 일이야?"

눌리타스가 여전히 좋지 않은 얼굴로 소피아를 걱정하듯 바라보았다. 소피아는 아주 작은 목소리로 말을 했다.

"저보고 아가씨를 따라가서 모시라고 하셨어요. 하지만 여기에는 부모님과 남동생이······."

그 뒷말을 더 잇지 않았지만, 눌리타스는 충분히 알아들었다.

나고 자란 부모 곁을 떠나야 하는 소피아의 심정이 좋기야 하겠는가. 여길 떠나는 것은 그들의 의지와는 전혀 상관없는 일이었다.

주인이 시키는 대로 따를 뿐.

그래서 더욱 서글퍼졌다. 눌리타스는 창가에 맺힌 물방울들이 아래로 흘러내리는 장면을 보며 애써 밝은 목소리를 내보았다.

"그렇게 먼 곳은 아니라고 들었어. 운이 좋으면 말이지. 가족들을 가끔은 볼 수 있지 않을까?"

그 말은 소피아를 위로하는 말이기도 했지만, 쓸쓸한 그녀의 마음을 담고 있기도 했다. 당장 내일 죽는 것은 아닐 건데 왜 이렇게 마지막일까 봐 자꾸 겁이 나는지 알 수 없었다.

그녀는 떠나기 전, 더는 어머니를 찾지 않으리라 마음을 먹었다. 비에 흠뻑 젖은 그 밤, 그것으로 충분했다. 또 다시 어머니를 만난다면 아마 마음이 모래성처럼 부서져내려 이 길을 담담하게 떠날 수 없을 것 같았다.

그냥 평소처럼 자신은 돼지우리를 치우고 어머니는 걸레질하며 이마에 흐르는 땀을 닦아내는 그런 날의 기억만을 가지고 떠나고 싶었다. 서로 애잔한 시선을 보내고, 눈물짓는 슬픈 기억을 가슴에 담아 두고 싶지 않았다.

소피아도 얼른 우울한 기분을 털어 내리며 전해야 할 말을 기억해냈다.

"아가씨, 일어나시면 백작님이 잠시 들르라고 하셨습니다."

"그래. 소피아 먼저 내려가서 준비해줄래? 나도 금방 따라갈 테니."

눌리타스는 이를 악물며 배를 움켜쥐고 서서, 마지막으로 매무새를 단장해보았다.

창백한 얼굴에 유독 돋보이는 푸른 눈 속에 깃든 어둠이 거울에 드러났다.

오늘 그녀는 장식이 거의 없는 베이지색의 드레스를 입고, 검은 망토를 걸쳤다. 꽤 자란 머리는 전혀 어울리지 않는 염료를 덮어써서 황천길을 밝히는 등불마냥 불그죽죽했다.

눌리타스는 손을 뻗어 차가운 거울의 표면을 더듬어보았다.

거울 속 여인은 제법 귀족 같아 보이기도 했다. 하지만 지금 거울에 비춰지는 모습은 누구일까? 하는 회의감이 밀려들었다. 거울 속의 모습도 지금 한숨을 내뱉는 입술도 모두 그녀가 아닌 것 같았다.

자신의 속에서 충돌하는 수만 가지의 감정 때문에 머리가 어지러웠다. 귀족인 척을 하고, 공작가로 이제 떠나야 한다.

'잘할 수 있겠지. 반드시 해내야만 한다.'

눈에 힘을 주고, 다른 모든 것은 잊어버리고 그것에만 집중하기

로 했다. 눌리타스의 심장을 좀 먹고 있는 두려움도, 복부를 후벼
파는 통증도 그녀를 해칠 수는 없을 것이다.

이제 그녀는 마지막 약속을 받아내야만 했다.

로마그놀로 백작도 공작성으로 갈 채비를 마치고 지팡이를 짚
고 방 한가운데에 서 있었다.

급작스레 진행된 일이긴 했지만, 모든 것이 너무 순조로웠다. 왕
이 난데없이 그 재수 없는 젊은 공작과의 혼인을 명한 것도 레오니
가 그의 사생아가 있다고 했던 것도. 모든 일이 딱 맞아떨어졌다.

"나를 퇴물 취급하던 것들에게 밝힐 수 없는 것이 제일 아쉽군.
껄껄."

그의 사생아를 공작부인으로 세운다는 것은 다른 누구도 알아
서는 안 되는 것이었다. 성 내 고용인들의 입은 막아두었고, 그 사
생아 계집도 제 어미를 볼모로 잡고 있는 한 찍소리도 못할 것이
란 것을 확신했다.

그의 집무실 문이 듣기에 거슬리는 소음을 내며 열렸다. 제 얘길
하고 있는 것을 어찌 알고 마침 그때 나타나는 건가 싶어 혼자 속
으로 눌리타스를 비웃는 그였다.

"오, 간밤에 좋은 꿈을 꾸었니? 너처럼 험한 일을 하던 아이가

공작부인이라니, 디아나의 은총을 받은 게지. 잊지 않도록 해라. 이 모든 것이 너와 네 어미를 사랑하는 나의 배려라는 것을……"

눌리타스는 마른 입술을 깨물며 저 헛소리들을 더 이상 듣지 않게 되는 것은 참 다행이라는 생각이 들었다.

그것이 이 혼인으로 그녀가 얻을 수 있는 유일한 소득일 것이다. 아비오의 미친 행패에서 벗어나는 것과 백작의 저 이중적인 얼굴을 그만 보는 것 말이다. 눌리타스는 혹여라도 신음이 새어 나올까 봐 주먹으로 배를 누르고 침을 삼키며 말했다.

"백작님, 제가 누구에게도 들키지 않고 혹 사고로 죽기라도 한다면 그때도 어머니는 무사하실 수 있는 거겠죠."

눌리타스로서는 꼭 확인해야 하는 부분이었다. 일을 제대로 해내면 어머니에게 별일 없을 거라 했지만, 그 전에 그녀가 죽어버리면 어쩌나 걱정이 되었다.

백작은 허를 찔린 듯한 표정으로 다시 한번 자신의 사생아를 바라보았다.

돼지우리나 치우던 주제에 꽤 영특한 구석이 있었다. 그래서 적자로 태어났으면 하는 아쉬움이 또 생겨났다. 아주 짧은 한숨이 그의 입에서 흘러나왔다. 그는 눌리타스와 같은 청안을 빛내며 일렀다.

"네가 끝까지 임무를 잘 수행하다 비극을 당하는 거라면 응당 약속을 지키는 것이 마땅하겠지. 명예로운 삶을 사는 것이야말로

214

귀족의 도리임을."

"네."

눌리타스는 그의 헛소리를 듣고 아주 조금 안심이 되었다. 저리 말했으니 아마 그 진심이라는 것이 아주 미약하게나마 있긴 할 것 같았다.

미쳤다고 소문난 공작의 아내가 되어서 어느 날 갑자기 비명횡사해도 그녀의 어머니는 무사할 것이라는 일말의 기대는 해볼 수 있게 되었다.

지금 그녀에게 필요한 것은 아주 사소한 믿음 한 조각이었다. 그렇지 않고서는 로마그놀로가에 어머니를 두고 발길을 뗄 수 없을 것이다. 눌리타스는 그에게 인사를 하고 돌아섰다.

그의 방을 나서려는 그때 그녀의 귀에 백작의 아주 밝고 굵직한 목소리로 마지막 당부가 들려왔다.

"만일 네가 들키기라도 할 것 같다면 자진을 하는 것도 염두에 두도록 해라. 제아무리 날고 기는 공작이라도 시체를 붙잡고 무엇을 알아내는 것은 불가능할 테니 말이다."

눌리타스는 피가 철철 스며 나오는 것 같은 가슴을 부여잡았다.

어쩌면 이곳에서 마주하는 것은 마지막일지도 모르는데, 끝까지 백작은 제 가문과 그의 안위 외에는 아무런 관심이 없었다.

"그리고 메이린, 이제부터는 나를 아버님이라고 부르렴."

음험한 목소리가 그녀의 정신을 아득하게 만드는 것 같았다. 그녀는 그 말에 뒤를 돌아볼 생각도 하지 못하고 백작의 집무실을 뛰쳐나왔다. 그리고 층계를 정신없이 내려갔다. 귓가에 백작의 비웃음이 끊임없이 들리는 것 같아, 벗어나려 더욱 걸음을 서둘러보았다.

바깥에는 잠시 그쳤던 비가 다시 내리기 시작하였다.

차가운 빗물이 그녀의 얼굴을 때리자 그제야 정신을 차리고 망토로 머리를 덮었다.

지금 누구라도 그녀의 얼굴을 본다면 너덜너덜해진 그녀의 영혼을 눈치챌 것임이 틀림없었다. 그녀는 망토를 더 잡아끌어서 두 눈을 가려버렸다. 드레스 자락에 감겨오는 축축한 흙과 물기들이 그녀의 발걸음을 천근만근 아래로 이끌었다.

거짓을 입에 담아야 하는 그녀의 몸이 이미 벌을 받아 진흙에 잠기는 건가 하는 착각이 들었다.

'하지만 아직은 아니야.'

다리에 힘이 잘 들어가지 않았지만, 한 발을 떼서 그 질척질척한 땅 위로 걸음을 재촉했다.

지금은 누구도 그녀를 막을 수 없을 것이다.

'어머니, 잠시만 헤어지는 거예요.'

눌리타스는 한 번도 뒤를 돌아보지 않고, 마차에 올랐다. 그녀가 앉은 자리 아래로 동그랗게 물기가 젖어 들었다. 눌리타스는 의자에 푹 기대앉아 눈을 감았다. 마음이 너무나 어지러워 통증조차 느낄 수 없는 눌리타스의 초라한 어깨 위로 수마가 몰려왔다.

마차의 문이 닫히자 말들이 갈기에 떨어진 비를 털기 위해 푸드득거리며 그 발을 움직이기 시작하였다.

눌리타스가 기절하듯 의자에 쓰러져서 잠이 든 지 한참이 흘렀다.

누군가 계속 그녀를 부르는 듯한 소리에 퍼뜩 의식을 차리고 보니 소피아가 이제 조금만 더 가면 모르시아니의 영지란 것을 귀띔해주었다. 로마그놀로 영지에서 이곳까지는 마차로 2시간 거리라고 들었지만, 전날 밤 비가 많이 내린 탓에 3시간이 걸려서야 겨우 모르시아니 공작성에 다다를 수 있었다는 설명이 덧붙여졌다.

눌리타스는 힘이 좀처럼 들어가지 않는 손을 들어 마차의 뿌연 창을 닦아 보았다. 걷어차인 배를 안고 찬 데서 잤던 탓에 몸이 영 심상찮았고 처음 타본 덜컹거리는 마차에서의 쪽잠은 두통을 더욱 가중시키는 것 같았다.

'정신 차리자.'

"세상에! 아가씨, 성이 보여요."

눌리타스는 소피아의 묘하게 들뜬 목소리에 그것을 확인해 보았다.

그녀는 마구 뛰는 가슴을 끌어안고 언덕 위에 있는 공작의 성을 보았다. 그것은 백작성의 몇 배는 될 듯한 크기를 자랑했고, 오랜 세월의 풍파를 이겨낸 듯한 흔적이 성벽에 고스란히 남아 있었다.

이제 그녀가 잠시 머무를 곳이자 한 편의 연극을 펼칠 무대가 될 곳이란 생각에 거대한 석벽이 눌리타스에게 밀려드는 듯한 기분이 들었다.

헝클어진 머리를 다시 만지고 자세를 고쳐 앉았다. 움직일 때마다 허리가 끊어지는 것 같았지만, 지금은 그런 것을 신경 쓸 때가 아니었다.

눌리타스는 방심하면 어딘가 기댄 구부정한 자세를 취하는 경향이 있었다. 그래서 보바뤼 부인의 가느다란 매가 수도 없이 지적했던 것을 떠올리며 척추를 바로 세우고 턱을 당겨 보았다.

'귀족 영애들은 꽃잎 위를 날듯 걷는 겁니다. 어딘가에 앉을 때는 구름 위라 생각하고 드레스에 주름을 신경 쓰시면서 우아하고도 가볍게 자리하시는 겁니다.'

하도 들었더니 보바뤼 부인의 목소리가 바로 옆자리에서 들려오는 것 같았다. 눌리타스는 오랜만에 피식 웃으며 창 너머 세상을 바라보았다.

마차가 천천히 공작성 앞에 다다르자, 성을 둘러싼 해자를 건널 수 있는 도개교가 내려왔다.

"우와, 아가씨! 이런 거 보신 적이 있으세요?"

소피아는 도개교 다리 덕분에 개울 위를 마차가 지나갈 수 있게 되자, 내내 소란을 피웠다.

눌리타스도 소피아처럼 백작성을 나온 게 처음이었다.

'저리 마냥 신기하다 여길 수 있다면 얼마나 좋을까.'

난생처음 타보는 마차, 새로 접하는 낯선 풍경, 어느 것도 눌리타스에게 어떤 감흥을 주지 못했다. 연극의 시작을 알리는 막이 걷힌 듯 긴장될 뿐이었다.

"아가씨. 이제 다 건너왔어요."

소피아는 눌리타스가 여전히 무덤덤한 얼굴인 것을 확인하자 홀로 들떴던 모습이 머쓱했던지 그녀의 자리로 돌아가 앉았다.

역한 냄새를 풍기며 성 내 하녀들을 기함하게 만들었던 눌리타스는 마치 거짓이었던 것처럼, 이제 소피아의 눈에는 그녀가 참말 귀족 아가씨 같아 보였다. 아가씨는 아랫것들을 함부로 대하지 않는 유일한 분이셨다. 시간이 흐르자 이런 분을 모실 수 있게 되어 얼마나 다행인지 모른다고까지 생각하게 되었다. 그래서 가족을 떠나왔어도 조금은 안심이 되었다.

눌리타스는 창을 내다보며 다리가 다시 천천히 제 자리로 올라오는 과정을 지켜보았다.

공작성에는 누구든 함부로 출입하기 힘들 것 같았다. 성벽도 지나치게 높았고, 창을 들고 경비를 보는 이들의 숫자도 엄청났다.

'완벽한 감금인가.'

탈출을 생각한 적은 없었지만, 왠지 이 안에 갇히는 것 같은 기분이 들어 약간 숨 쉬기가 힘들어졌다.

이윽고 마차가 완전히 멈추었고 공작성의 하인이 마차의 문을 열어 주었다.

긴장으로 이미 세차게 뛰고 있던 그녀의 가슴이 드레스 밖으로 비집고 나올 만큼 요동치기 시작했다.

백작성에서 말도 안 되는 귀족 흉내를 내는 수업을 듣기로 마음먹었던 그때부터 각오한 일이었다. 수 없는 밤을 그녀만의 다짐으로 물들였었다. 하지만 막상 이곳에 오니 모든 것이 물거품처럼 스러지는 것 같았다.

그녀는 하인의 시중을 받으면서 발 받침대를 딛고 마차에서 내렸다. 일순간 현기증을 느낀 눌리타스는 살짝 비틀거렸다. 이런 그녀의 모습에 공작성의 하인들은 아마 그녀를 온실 속의 화초인 듯 여기리라.

스스로 몸을 건사하지 못한 것에 대해 수치심이 몰려들었고, 짜증이 범벅된 표정을 얼른 갈무리해야 했다.

'젠장.'

눌리타스는 자연스레 흘러나오는 욕설을 꿀꺽 삼키고 하인에게 괜찮다는 신호를 보냈다. 이제 돼지우리의 사생아는 사라지고, 메이린 로마그놀로가 되어야 할 시간이었다.

그녀는 턱을 더욱 당기고 시선을 정면으로 향했다. 태어나 단 한 번도 고개를 숙여본 일이 없다는 듯 백작가의 영애가 되어 걷기 시작하였다. 공작성의 집사가 내려와서 공손히 인사를 올렸다.

나이가 지긋한 집사는 공작님께서 저녁 식사를 공작과 함께하도록 준비를 했다고 하며, 백작가의 손님들에게 그때까지 쉴 것을 권하였다고 전해 주었다.

'바로 그 소문의 공작을 맞닥뜨릴까 봐 긴장을 했는데 그나마 조금 시간을 벌었구나.'

눌리타스는 방으로 돌아가서 젖어 엉망이 된 드레스를 벗은 후 회색에 가까운 드레스를 입었다.

소피아는 붉은 드레스나 노란 드레스를 권했고 목걸이나 머리에 다는 장신구라도 하는 게 어떻겠냐고 했지만, 모두 거절했다. 눌리타스는 그에게 아름답게 보이고 싶은 생각이 손끝만큼도 없었다.

"하지만 아가씨의 푸른 눈에 이 하얀 장신구가 참 잘 어울릴 텐데요."

소피아가 미련을 버리지 못하고 그것을 들고 옆에서 서성거렸지만, 눌리타스가 잔잔한 미소로 그만 되었다는 의사를 확실히 밝혔다. 어차피 무엇을 입든 혼인이 깨어질 일은 없을 것이다. 거울 앞에 서서 머리를 빗어 위로 단단히 틀어 올리고 보니 무슨 신을 모시는 자만큼이나 성스러워 보이기까지 했다.

'너무 심한가.'

잠시 그런 생각을 해봤지만, 역시나 그건 별로 중요한 일이 아닌 것 같았다. 눌리타스는 드레스에 주름이 지지 않게 조심스레 큰 의자에 앉아 잠시 숨을 골라보았다.

이제부터 그녀는 백작부부의 사랑스러운 막내딸이자 남동생인 아비오를 귀여워하는 누나의 모습이 되어야 했다.

'할 수 있을까.'

그들을 마주할 생각만 해도 벌써 맞은 배가 벌벌 떨리고 신물이 올라 올 것 같았다.

"가볼까."

혼잣말로 스스로에게 용기를 북돋우며 소피아에게 준비가 다 되었음을 알렸다.

공작성의 식당은 규모나 시설 면에서 백작가와 비교도 되지 않았다. 반질반질 윤이 나는 나무 테이블 위로 귀한 꽃들과 음식들이 성대하게 차려져 있었다.

천장에는 디아나 여신이 대지에 축복을 내리는 아름다운 그림이 그려져 있었고, 샹들리에가 눈이 부시게 그 빛을 밝히고 있었다. 사방의 벽면으로는 모르시아니가의 상징인 독수리가 인상적으로 새겨져 있었다.

눌리타스가 등장하자, 아비오가 그녀의 누나를 맞아주기 위해서 자리에서 일어섰다. 그는 다른 사람들을 등지고 천천히 걸어오며 눌리타스를 향해 아주 묘한 미소를 지었다. 그리고 마침내 눌리타스의 손을 잡아끌기 시작했을 때, 그녀는 음습한 느낌을 주는 그의 손을 고스란히 느껴야만 했다.

"그래, 네 뜻을 잘 알겠다."

아비오가 아주 조용히 그녀에게만 들릴 말을 속삭였다. 그녀는 괜한 오해를 사고 싶지 않아서, 미소만 띄운 채 아무런 말도 하지 않고 있었다. 이 미친놈이 여기까지 와서 무슨 헛소리를 하려는 걸까 하고 긴장이 되었다. 예상이 되지 않는 아비오야말로 이 계획에 있어 가장 큰 변수였다.

'반드시 무사히 혼인을 치러내야 한다.'

그녀는 아무런 대꾸도 없이 시선을 바닥으로 향한 채 사뿐사뿐 걷기만 했다.

"나를 떠나 혼인하는 너의 절망을 이 칙칙한 옷으로 표현한 것이 아니냐."

아비오는 자기 혼자 말하며 만족해했다. 눌리타스는 그의 말을 무시하며 공작의 건너편 쪽에 자리했다.

그리고 망설이다 공작에게 인사를 하기 위해 천천히 고개를 들었다. 혼인 이야기가 나왔을 때부터 머릿속에 수도 없이 그려본 이가 바로 여기에 있다.

"⋯⋯?"

소문에서의 곰 같은 거인은 전혀 아니었다.

그녀의 맞은편 자리에는 야성적이고도 윤기 나는 검은 머리가 흘러내리는, 날 때부터 누군가의 위에 있었을 법한 권위가 다부진 어깨 위로 넘치는 사내가 있었다. 놀란 눌리타스의 눈이 그의 흑요석 같은 눈과 마주치자, 그는 손에 들고 있던 잔을 가볍게 들며 눈인사를 건넸다.

'말도 안 돼⋯⋯.'

눌리타스는 다시 한번 놀랐다. 공작의 얼굴을 예전에 본 것 같다. 그녀는 얼른 고개를 숙였다.

일전에 돼지우리에서 마주쳤던, 그 '루'라는 사내.

눌리타스는 당혹감으로 얼굴이 붉어지고 시야가 흐려지는 것을 느꼈다. 그녀는 그때 '눌리타스'라는 이름을 그자에게 말해 주었다. 만약 두 사람이 같은 사람이라면 로마그놀로 백작의 작전은 결코 성공할 수 없을 것이다.

동시에 그녀와 어머니의 신변에도 큰일이 생길 것이었다.

눌리타스의 시선은 음식이 담긴 그릇을 향하고 있었지만, 실제로는 아무것도 보이지 않는 상태였다. 초조함에 발이 떨렸고, 지옥

문이 열리는 소리가 귓가에서 맴도는 것 같았다.

공작은 아주 자연스럽게 백작과 대화를 나누고 있었고, 그녀를 빼고는 모두가 아주 평화로워 보였다.

"오, 메이린. 혼인 때문에 긴장이 되니?"

갑자기 백작부인이 다정한 목소리로 말했다. 눌리타스는 고개를 아주 조금만 들어 아니라는 의사를 전달하고 그릇에 코가 잠길 듯 고개를 푹 숙였다.

모르시아니 공작은 날카로운 눈으로 그녀가 등장했을 때부터 지금까지 그 모습을 살피고 있었다.

그녀는 자신의 예상과는 무척 빗나가는 행동을 하고 있었다. 분명 가슴이라도 다 파인 드레스를 입고, 그를 유혹하는 눈빛을 보낼 것이라 생각했었는데, 신전의 사도들이나 입을 법한 우중충한 드레스를 입고 나타나서는 죽음을 목전에 앞둔 이처럼 두려움과 담담함이 번갈아 드러나는 얼굴을 하고 있었다.

'아……'

그에게 너무나 익숙한 표정이었다. 자신의 칼날 아래 생명을 구걸하면서도, 반쯤은 체념을 하던 처참한 그림자가 자신의 신부에게 드리워져 있었다.

'그때 보았던 쓸쓸했던 얼굴이 여인의 진짜 모습이었나.'

그리고 생각보다 더 많이 그 얼굴을 다시 보고 싶어 했음을 깨달았다. 공작은 아주 혼란스러웠지만, 이내 평정심을 찾고 백작에게 말을 건넸다.

"백작님의 귀한 막내딸을 신부로 맞게 되어 큰 영광입니다."

"저희야말로 왕국 최고 가문인 모르시아니 공작님께 딸을 보낼
수 있어서 더없는 영광이죠."

로마그놀로 백작과 모르시아니 공작은 누가 보면 정말로 이 혼
인이 기쁜 사람처럼 미소를 주고받고 있었다.

"요리사의 거위 요리가 일품입니다."

"주방에 꼭 전하겠습니다. 많이 드시죠."

공작은 마치 혼인을 하게 되어 너무 설레는 새 신랑이라도 된 듯
백작과 백작부인, 그리고 아비오에게까지 두루두루 신경을 써 주
며 식사 자리를 주관했다.

"공작님. 우리 메이린이 몸이 아파 혼인을 연기해주십사 드렸던
청을 받아주셔서 감사했습니다."

"제 신부의 건강이 달린 일인데, 당연한 도리였습니다."

"자식 자랑 같아서 조심스럽지만, 메이린은 요즘 보기 드문 참
한 아이랍니다."

"백작가의 규수니 어련하겠습니까."

눌리타스는 차마 고개를 들어 그들의 대화를 살피지는 못했으
나, 귀로 들으며 올라오는 신물을 도로 삼키고 있었다.

'이곳 어디에 참한 백작가의 영애가 있단 말이야……'

혼인이 연기되었던 몇 달 동안, 혹독한 매질을 당하며 천한 자신

이 메이린 아가씨의 대역 연습을 했다는 것을 공작님이 알면 과연 지금처럼 저리 웃을 수 있을까.

공작에게 모든 것을 들키면 그때 백작의 표정은 어떨까. 모든 게 밝혀진다면 과연 그녀는 어떻게 되는 걸까.

눌리타스는 아득해지는 정신을 겨우 붙잡고 있었다.

겉보기에는 모르시아니가의 넓은 식당에서 모두가 편안한 식사를 하고 있는 듯했다. 갓 구운 고기 요리와 산뜻한 채소 요리가 먹음직스러웠고, 대화는 내내 끊기지 않았다. 무슨 이야기가 그리 재밌는지 백작부인은 간간히 작은 웃음을 터뜨리기도 했다.

모든 것이 완벽해 보였다.

그러나 사실 백작부인은 유리잔을 놓치지 않기 위해 안간힘을 쓰고 있었다. 눈을 똑바로 뜨고 공작을 정면으로 살피기까지 하는 실례를 무릅쓰기도 하였다.

'눈앞에 저자가 정말 모르시아니 공작인가.'

이 식탁에 야수처럼 생긴 사내가 손으로 날고기 요리를 먹는 일 따위는 없었다. 그녀는 당혹감을 드러낼 수는 없었기에 근육이 떨리는 한이 있어도 억지 미소를 계속 지어야만 했다.

'소문이 허황된 것이었나. 이거 큰 잘못을 한 건 아닌지…….'

공작은 그녀가 이제껏 봐 온 사내 중 으뜸이었다.

손끝에조차 품위가 어려 있었고, 신중한 검은 눈에는 권위가 배어 있었다. 조각가가 남긴 평생의 역작인 것 같은 섬세한 콧날과 턱선이 공작의 외모를 더욱 돋보이게 했고, 그가 구사하는 예법이나 말에는 어떤 흠결도 찾기 힘들었다.

로마그놀로 백작의 전성기 시절보다 몇 배는 빛나고 늠름한 사내였다. 메이린과 나란히 서면 좋은 그림이 나올 것 같은 느낌을 주었다.

'하지만 이제는 엎질러진 물이구나.'

이제 와서 저 테이블 건너편 빨간 머리 계집이 백작의 사생아라는 것을 밝힐 수는 없는 노릇이었다. 그것이 너무 억울해 열이 사방으로 뻗치는 것 같았다.

정작 소중한 막내딸인 메이린은 지금 하녀의 차림을 하고 백작의 눈을 속이며 백작부인의 방에 머무르고 있었다. 지금은 그녀가 가져다줄 새로운 소식을 기다리고 있을 게 뻔했다.

'우리 아가에게 이 사실을 어떻게 전해야 할까.'

그래도 살인귀라는 소문은 사실이겠거니 하고 애써 자위해 보았다. 하지만 공작이 짓는 미소를 마주하자 혹시 그조차도 잘못된 것이면 어쩌나 하는 불안감을 느낀 것은 부인할 수 없었다.

또한 아비오도 지금 원인 모를 불안감에 속이 뒤집히는 것 같았다. 그는 사실 얼마 전부터 계속 불면증에 시달리고 있었다. 그나마 공작을 둘러싼 소문이 하도 추악하여 조금은 마음을 놓고 있었다. 하지만 같은 사내가 보아도 공작은 인정할 수밖에 없는 자였다. 겨우 인사를 나누었을 뿐인데, 그처럼 유약한 자는 감히 눈을 마주하기도 힘들었다.

위축된 어깨를 티 내지 않으려 허리를 펴는 척하면서, 아비오는 눌리타스 쪽을 흘끔 보았다.

'저 계집이 저자에게 반하기라도 하면 어쩌나.'

저 검은 머리 사내의 아래에서 황홀한 비명을 지르는 눌리타스의 모습을 떠올리자, 걷잡을 수 없는 구역질과 분노가 일기 시작했다.

'이건 처음부터 잘못된 혼사였어. 저 계집은 처음부터 끝까지 내 것이어야 해.'

포크로 고기를 잘근잘근 썰면서, 이것이 공작의 몸뚱이라면 속이 시원할 것 같다는 상상을 잠시 해 보았다. 그러다 비참한 생각이 들어 포크를 내려 두었다.

하지만 그에게는 하나의 기대가 남아 있었다. 저 계집은 만만찮은 물건이라 아무리 공작이라도 그녀의 마음을 가지기란 쉽지 않을 것이다. 어떻게든 자신에게 기회가 오게 만들어야 했다.

그게 아버지를 거역하게 되는 일일지라도 말이다.

'암, 그렇지. 내 것을 누구도 가질 수 없지.'

불편한 식사는 끝이 나지 않을 것 같았으나, 로마그놀로 백작이 성공적인 혼사를 기원하는 축배를 제의하는 것으로 훈훈하게 맺어졌다. 눌리타스는 그 잔을 입에 대지 않고 가만히 내려두고 몰래 안도의 한숨을 내쉬었다.

'오늘 밤은 이걸로 끝이구나.'

방에 돌아가서 다리라도 좀 뻗을 계획이었던 눌리타스 곁에 갑자기 긴 그림자가 드리워졌다.

"……?"

그녀의 의자를 공작이 와서 빼주고 있었다. 눌리타스는 이 자리에서 가장 껄끄러운 상대가 너무 가까이에 서 있다는 것에 놀라 앉지도 일어서지도 못한 채 멈춰 있었다.

"제가 방으로 그대를 모실 수 있는 영광을 주시겠습니까?"

눌리타스는 그의 깊은 숲을 스치는 바람 같은 묵직한 목소리를 듣는 순간, 불안이 더욱 배가 되는 것 같았다. 공작의 예의 바른 손이 그녀에게 내밀어졌고 눌리타스는 어색하게 일어나며 그 손을 가볍게 잡을 수밖에 없었다.

누군가 숨을 크게 들이쉬는 것도 같았다.

"처음 뵙겠습니다. 루셔스 모르시아니입니다."

나란히 선 공작이 검은 눈을 빛내며 눌리타스의 푸른 눈을 바라보며 답을 종용하는 듯했다. 눌리타스는 잘 나오지 않을 것 같은 목소리를 가다듬으며 소개를 했다.

"반갑습니다. 공작님. 메이린 로마그놀로입니다."

본격적인 연극의 시작을 알리는 목소리들이었다.

두 사람은 아주 우아한 걸음걸이로 식당을 나섰다. 남은 모두가 그 뒷모습을 보며 여전히 서로 다른 생각들로 바쁜 시간을 보내고 있었다. 로마그놀로 백작만이 아주 흡족한 듯 턱에 난 수염을 만지작거리며 남은 잔의 술을 들이켰다.

'그때 만났던 사내와 동일인이 아닐 것이다. 아니라 해도 나를 알아보지 못하는 거겠지.'

충분히 가능한 일이었다. 몇 달 전과는 그녀의 외양이 많이 달라졌다. 그리고 그가 그녀가 메이린이 아닌 것을 알아봤다면 이 자리에서 감출 이유가 전혀 없지 않은가?

디아나 여신이 진흙 속의 처박힌 그녀의 삶에 사소한 자비를 베풀고 있음이라 여겼다. 그의 큰 손을 잡은 눌리타스의 손은 긴장으로 온통 축축해졌다.

루셔스는 작은 한숨을 내뱉는 그녀를 날카로운 눈으로 살피고 있었다. 방으로 데려다주는 건 처음부터 의도한 것은 아니었다. 식사 중 단 한 번도 그를 봐주지 않는 그녀가 야속했고, 그에게 잘 보일 생각이 없다는 듯 수수한 복장을 한 그녀의 저의가 몹시 수상한 탓이었다.

백작가의 객들이 성에 도착하기 전까진 그가 예비 신부를 만나면 분노를 감출 수 없을 거라 예상했다. 하지만 막상 여인을 마주하자, 비에 젖은 새끼 강아지를 보는 것처럼 자꾸 눈이 갔다. 식사 자리에서도 고개도 제대로 들지 못하고 축 쳐져 있어 계속 공작의 신경을 자극하는 게 아닌가.

백작도 백작부인도 모두 입으로는 사랑하는 딸이라곤 했지만, 그들은 식사를 하는 동안 한 번도 그녀를 다정하게 바라봐 주지 않았다.

그리고 지금 잡은 작은 손은 그에 비하면 너무도 작아서, 힘을 주면 부서질 것만 같았다.

공작은 처음부터 그의 호기심을 자아낸 붉은 머리 여인의 머릿속을 들여다보고 싶은 기분이었다.

'그래. 모든 것을 밝혀낼 때까지.'

아주 잠시만 이 잡은 손을 놓지 않으리라.

그들은 묵묵히 계단을 올라 복도를 지났고 눌리타스는 계속되는 침묵에 답답함을 느꼈다. 하지만 무어라 말을 건네야 할지 전혀 알지 못하였다. 솔직한 심정으로는 이 손을 뿌리치고 모르시아니 영지 밖으로 달아나버리고 싶은 충동이 들었으나, 그럴 수는 없었다.

'도대체 내 방은 얼마나 멀리 있는 거지.'

눌리타스는 제발 이 시간이 끝나기를 하는 마음으로 무거운 걸음을 옮기고 있었다. 이런 그녀의 마음을 상대는 부디 모르기만을 바라면서.

'이제 겨우 시작일 뿐인데, 큰일이구나.'

눌리타스는 깊은 낭패감에 젖어 들었고, 드디어 그녀가 머무르는 방의 입구가 보이자 화색이 돌기 시작했다. 우선 이 자리를 벗어나는 것이 급선무이리라.

"공작님, 배려에 감사드립니다. 편안한 밤 되세요."

눌리타스는 마지막 힘을 끌어모아 완벽한 숙녀의 모습으로 그에게 예를 갖추었다. 그리고 무슨 괴물이라도 쫓아오는 것처럼 후다닥 문을 닫고 사라졌다.

공작은 닫힌 문 앞에서 허전해진 손을 들어 머리를 쓸어 올렸다. 너무 허탈하다고 할까. 결국 그녀는 단 한 번도 그를 제대로 봐 주지 않았고 그는 그것이 몹시도 신경이 쓰였다. 공작은 긴 다리를 뻗어 자신의 방으로 느릿하게 돌아갔다.

사랑하는 젊은이들이 혼인하기에는 참 좋은 날이었다.

아침부터 불어오는 바람도 적당했고, 하늘은 더없이 높아서 예식을 치르기 위해 정원에 꾸며둔 꽃길이 더욱 빛을 발하는 것 같았다. 전날까지 내렸던 비 덕분에 정원은 더욱 싱그러움을 뿜어내고 있었다.

눌리타스는 목선이 둥글고 우아하게 파진 새하얀 웨딩드레스를 입고 거울 앞에 동상처럼 우두커니 서 있었다. 그녀의 모습이 어떤 식으로 달라지고 있는지 전혀 눈에 들어오지 않았다.

소피아와 공작성의 하녀 둘의 손놀림이 바쁘게 움직이고 있는 가운데 눌리타스는 창밖만 바라볼 수밖에 없었다. 눈이 부신 푸른 하늘 아래 무엇 하나 그녀의 편이 아니구나 싶은 씁쓸한 기분이 들었다. 저리 모든 것을 투영해낼 것 같은 하늘 아래 죄로 물든 그녀의 머리가 햇살에 타들어 갈지도 모르겠다는 상상을 해 보았다.

'다른 이름, 다른 신분, 다른 이의 삶.'

어머니를 볼모로 잡혀 어쩔 수 없는 일이었다 해도 거짓된 얼굴로 누군가의 인생에 있어 중요한 순간을 망치고 있다는 생각을 지울 수 없었다.

'이건 옳은 일이 아니야.'

점점 침몰해가는 생각을 붙잡아 준 것은 종달새 같은 두 하녀의 목소리였다.

"어쩜 아가씨, 이렇게 아름다운 붉은 머리를 저희는 본 적이 없습니다."

하녀들은 이제 공작가의 안주인이 될 눌리타스에게 아부를 섞은 감탄사를 늘어놓고 있었다. 하지만 눌리타스는 눈도 멀고, 귀도 들리지 않는 것만 같았다. 빨리 예식이 끝나버렸으면, 초야도 얼른 치러 버렸으면 하는 생각뿐이었다.

그리고 부디 공작이 소문대로 광인이길 소원했다. 어제 만난 공작은 소문과는 전혀 다른 이 같아 보였다. 그것은 일시적인 모습일 뿐이며 가면 아래 본래의 추악한 얼굴이 있기를 바랐다. 악귀 같은 자를 기대했다.

그래야 눌리타스의 양심을 억누르는 돌덩이가 조금은 가벼워지리라.

'이렇게 제멋대로인 저를 용서하지 마시길.'

그녀는 속으로만 속삭이며 감히 죄를 사해 달라 청해 보았다. 그러다 그녀의 시선이 드레스의 끝에 머물렀다.

드레스의 끝자락은 지난번 메이린이 찢은 바람에 약간 수정을 해야만 했다. 새로 만들 시간이 없어 그냥 망가진 부분에 레이스를 덧대었는데, 오히려 그 덕에 드레스가 전보다 더 풍성해 보이는 것 같았다.

눌리타스는 그 레이스에 박힌 부서진 듯한 보석 조각들을 보며, 모든 게 참으로 덧없다 생각했다. 거짓된 이름으로 어울리지 않는 드레스를 입었지만, 이곳을 벗어나고 싶은 충동은 점점 커져만 갔다.

'왕국 최초의 사생아 공작부인이 탄생하는구나.'

이곳에 오기 전에는 어머니를 인질로 잡은 백작을 향한 원망이 가득했었다. 하지만 혼인을 앞두고 지금 가장 힘든 부분은 그녀 내부를 할퀴어 대는 죄책감이라는 감정의 덩어리들이었다.

그런 감정들로 사색이 된 눌리타스를 보며 하녀들이 염려스러운 목소리를 냈다.

"많이 긴장되시나 봐요."

"준비는 끝났으니 잠시만 쉬세요."

눌리타스는 하녀들이 모두 나가자 베일을 당겨 발끝까지 드리우고 소파에 꼿꼿하게 앉아서 심판의 시간을 기다렸다. 등줄기를 타고 흘러내리는 식은땀이 생생하게 느껴졌다. 지금 그녀에게는 두 가지 바람이 있었다.

기다림의 시간이 영원히 반복되어 그녀가 죄를 짓지 않게 되었으면 하는 것과, 어차피 피할 수 없는 일이라면 얼른 책의 여러 장을 넘겨 생의 마지막 순간이 왔으면 하는 것이었다.

베일 속의 청안이 형형하게 빛을 내다 스러졌다.

모르시아니 공작과 로마그놀로 백작은 서로 다른 이유로 조용하게 예식을 치르기로 하였다. 그리하여 하객의 수는 공작가와 백작가의 결합치고는 터무니없을 만큼 간소하였다. 소수의 친척들만 참석한 예식장에 알 수 없는 긴장감이 감돌고 있었다.

예식장인 모르시아니가의 정원에는 한가운데 하얀 비단이 깔려 있었고 값이 비싸 구하기도 힘든 색색의 꽃들이 여기저기서 흩날렸다. 정원의 큰 나무에 드리운 불투명한 천은 하객들을 뜨거운 태양으로부터 보호해주고 있었다.

모두가 지켜보는 가운데 주례의 앞으로 루셔스 모르시아니 공작이 성큼성큼 다가가서 그의 자리를 찾았다. 양측의 하객들은 오래 전장에 나가 지낸 모르시아니 공작을 본 사람이 드물었으므로, 그의 늠름하고 잘생긴 모습에 모두 감탄을 하고 있었다.

오늘 공작은 몸에 딱 맞는 검은 슈트를 갖춰 입었다. 여기에 상의로 입은 하얀 셔츠가 그의 미소만큼이나 시리게 살짝 나풀대고 있었다. 그의 검고 긴 머리는 정갈하게 빗어넘겨서, 그의 이마를 더욱 돋보이게 하고 있었다. 눈빛은 여전히 날카로웠지만, 그의 지금 모습은 식장의 모든 여인들의 가슴을 훔쳐가기 충분하였다.

그는 신부를 기다리며 입이 바싹 말라가는 것 같았다. 주변 사람들이 수군거리는 소리, 그를 쳐다보는 노골적인 시선 모두를 느낄 겨를이 없었다.

'내가 지금 무얼 하고 있는 거지.'

백작가의 사생아인 여인과 혼인을 앞두고 긴장을 하고 있다니, 떨어야 할 것은 그가 아니라 저들이 아닌가. 루셔스는 눈에 힘을 주며 다시 한번 매무새를 단장해 보았다.

드디어 그의 머릿속을 온통 어지럽혔던 주인공이 등장했다.

'이제 시작이구나.'

눌리타스는 정신을 차릴 틈도 없이 어느새 꽃이 어지럽게 흩어

져 있는 새하얀 길을 걷고 있다는 것을 깨달았다. 그녀의 뒤로 드
레스 자락이 사락거리며 끌리는 소리가 들렸고, 식이 진행되는 길
의 초입에는 로마그놀로 백작이 세상에 더없이 자상한 아버지의
얼굴을 하고 서서 그녀를 맞아주었다.

"오, 네 어미를 닮아 아주 곱구나."

순간 눌리타스의 팔에는 작은 소름들이 오소소 돋아났다. 딸이
어머니를 닮는 것이 당연하건만, 저자의 입에서 나온 말은 불쾌하
기 그지없었다.

'제발 더 이상 어머니를 욕보이지 마.'

귀를 두 손으로 막고 그렇게 소리 지르고 싶었지만, 그녀에게 쏟
아지는 호기심 어린 하객들의 시선들이 그것을 여의치 않게 하였
다. 여기까지 와서 일을 그르칠 수 없었다. 도망치기에는 너무 늦
어버렸다는 것을 잘 알고 있었다.

"가자. 메이린."

식장을 가득 채운 루드베키아 꽃잎이 걸음마다 흐드러졌다. 눌
리타스는 그 꽃이 의미하는 것을 생각해보았다.

'영원한 행복이라, 지금 내게 가장 어울리지 않는 말이구나.'

눌리타스는 베일을 쓴 머리가 자꾸 무겁게 쳐지는 것을 세우려
몇 번을 멈춰 서서 힘을 주어야만 했다. 비단길을 걸으며 이대로
벼락이라도 맞아서 죽어버렸으면 하는 상상도 해 보았다.

반면 로마그놀로 가의 진짜 막내딸인 메이린은 어머니의 반대

에도 불구하고 공작과 눌리타스의 혼인식에 몰래 참석하였다. 그러나 하녀의 옷을 입은 탓에 가까이 갈 수 없어 멀찌감치 떨어져 있어야만 하였다.

그녀는 생전처음 입어보는 거친 소재의 옷감이 자꾸만 피부를 쓸리게 해서 짜증이 나 견딜 수 없었다. 그러다 식이 시작되었고, 멀리서 등장하는 공작을 보고 말았다.

메이린은 순간 다리에 힘이 풀려 주저앉을 뻔했다.

'세상에! 저 사내가 모르시아니 공작이라고?'

맞춘 듯한 검은 옷은 그의 근육이 얼마나 튼실한지 확연하게 드러냈고, 무심한 듯한 옆모습에서는 빛이 나는 듯했다.

메이린은 앞에 두르고 있는 앞치마를 쥐어뜯기 시작했다. 그리고 사생아 계집과 자신의 아버지가 꽃이 흩날리는 비단길을 행진하는 광경을 똑똑히 지켜보아야만 하였다.

'내가 걸어야 할 길이야. 저따위 계집이 설 수 있는 자리가 아니야.'

메이린의 눈에 타오르는 불길이 움트기 시작했다. 이것은 그녀의 일생이 달린 일이었다. 소문의 그 괴물과의 혼인을 피하기 위하여 벌인 일이 아닌가. 이 혼인이 끝나면 그녀는 왕국을 떠나야만 했다.

'그런데 내가 무엇 때문에 떠나려고 했던 거지?'

메이린은 이글거리는 눈으로 그 모습을 응시하였다. 그녀가 입었어야 할 드레스, 걸어가야 했을 꽃길, 그리고 그녀의 사내가 될 뻔한 공작의 얼굴. 어느 하나도 놓칠 수 없었다.

비단길 위에서 백작이 눌리타스에게 아주 낮은 목소리로 말했다.

"이제 우리 로마그놀로 가문의 명예는 네가 지켜내야 하겠구나. 내 기대가 크구나."

눌리타스는 아무런 대답 없이 드레스 자락에 박힌 보석만을 쳐다보았다. 자잘한 보석들이 그녀의 눈에 반사되어 살짝 눈이 시큰거리는 것 같았다.

자신은 귀족도 평민도 아니고 뭣도 아닌 그저 사생아에 불과하다.

'죽으라는 말을 퍽도 고상하게 하시는구만.'

그녀는 무거운 드레스 자락을 끌며 한 걸음 더 나아갔다. 눈부시게 아름답고 여린 꽃잎들이 그녀의 발 아래로, 어깨 위로 어지럽게 흩어졌다.

'꼭 피로 물든 길 같아.'

하얀 비단 위로 드리워진 붉은 꽃들은 꼭 이제 그녀가 흘려온, 그리고 앞으로 흘릴 피를 의미하는 것 같아 섬뜩한 기분이 들기까지 했다.

백작이 눌리타스를 공작의 손에 인계하는 순간이 다가왔다. 로마그놀로 백작은 끝까지 자애로운 아버지를 연기하는 데 소홀함이 없었다. 마지막엔 눈물을 찍어내는 듯한 행동을 보여주기도 해서 눌리타스로 하여금 탄성을 자아내게 하였다.

눌리타스는 이제 그녀의 목줄을 쥐고 있던 아버지, 백작님의 손에서 새로이 그녀의 목의 주인이 될 공작의 손을 잡아야만 했다. 찰나의 머뭇거림이 있었지만, 눌리타스는 하얀 레이스 장갑을 낀 손을 공작의 손에 포개었다.

신전에서 나온 사제가 축원을 하는 것으로 예식은 간단하게 끝이 났다. 그녀는 긴 베일에 가려진 지금의 얼굴을 제발 공작에게 들키지 않기를 소원했다. 지금의 죄책감으로 물든 표정을 갈무리할 엄두가 나지 않았다.

살면서 가진 헛된 꿈은 기사가 되고 싶다는 그것 하나가 전부였다.

누군가와의 혼인, 이런 살을 간지럽히는 보드라운 드레스를 바란 적은 맹세코 없었다.

곧 그녀는 자신을 잡아먹을 듯 노려보는 시선들 덕에 정신을 겨우 차릴 수 있었다. 아비오가 분노로 가득한 얼굴을 하고 두 주먹을 쥐락펴락하며 눌리타스를 주시하고 있었다. 소리는 들리지 않아도 저 새끼가 무슨 말을 할지 이미 잘 알고 있음이라.

'들어보나 마나 헛소리.'

그리고 그 옆에 백작부인이 기절이라도 할 것처럼 창백한 얼굴을 하고 있었다. 흰 피부에 너무 붉은 입술이 마치 피어나는 꽃 같기도 했다.

마지막 백작님은 아주 만족스러운 얼굴을 하며 그녀를 향해 미소를 함박 지어주었다. 그 가증스러운 얼굴은, 눌리타스에게 어머니를 지키기 위해서 이 자리에 선 것이란 것을 되새겨 주었다.

'배덕한 자여. 그대 이름은 나의 아버지.'

그녀는 죄책감으로 일을 그르칠 수 없었다. 그래서 턱을 당기고 보바뤼 보인의 가르침으로 몸에 밴 자세를 갖추었다.

"모르시아니 공작가의 루셔스와 로마그놀로 백작가의 메이린의 혼인에 디아나의 가호가 있길!"

눌리타스는 건성으로 지어진, 누구에게도 불리지 못했던 이름이 가루가 되어 흩어져 베일 뒤로 사라져 가는 것을 느꼈다.

'눌리타스, 그 이름에 어떤 미련이라도 있었던가.'

분명 아니었지만, 메이린 아가씨의 이름으로 혼인 서약이 되고 보니 아주 조금은 서글펐다.

사제가 디아나 여신의 이름으로 혼인을 선언하자, 사람들의 함성 소리와 커졌고 여기저기에서 꽃가루가 날아들기 시작하였다. 그제야 루셔스는 신부의 긴 베일을 뒤로 넘겨 그녀의 얼굴을 확인할 수 있었다. 그리고 그의 검은 눈과 그녀의 푸른 눈이 마주 친 순간, 주변의 소음이 일순간 전소된 듯했다.

그의 신부는 절대 설렘이나 긴장 따위로 볼이 적당히 붉어진 것 같은 얼굴을 하고 있지 않았다. 형장에 끌려가는 죄수의 것과 닮은 어두운 눈빛, 그 두 눈에 소용돌이치고 있는 수많은 감정들의 편린들이 그의 뺨을 스쳤다.

루셔스는 그녀의 표정을 읽는 것만으로도 정신이 아득해짐을 느꼈다. 하지만 그들을 보는 시선들을 의식해서 그의 신부를 향해 눈으로 약간의 미소를 건넸다. 그의 신부는 그를 피하는 듯 그저 고개를 돌리는 것으로 답하였다. 그것이 사람들의 눈에는 신부가 수줍어 하는 것으로 보였다.

결혼식 후 피로연은 아주 거창하게 진행되었다.

돼지가 통째로 구워져서 하객들에게 제공되었고, 진귀한 과일과 술이 끝없이 테이블 위로 날라졌다. 사람들은 오늘 예식의 신랑과 신부의 빼어난 외모에 대해 이야기하는 것을 멈추지 않았다. 특히나 여인들의 마음속에는 늠름한 공작의 모습이 자꾸만 반복되어 그녀들의 배우자나 약혼자 몰래 포도주를 홀짝이며 즐거운 상상을 하기도 했다.

관습상 예식을 마치면 신부는 신방에서 남편이 오기를 기다리고, 남편이 손님의 접대를 하게 되어 있었다. 하지만 공작은 자신을 호기심 어린 눈으로 바라보는 이들에게 구경거리가 되고 싶은 생각이 전혀 없었다. 그는 단정하게 정리된 머리를 헝클이면서, 포도주가 가득 든 잔을 높이 들고 손님들에게 큰 소리로 말했다.

"모르시아니 가와 로마그놀로 가에 축복을!"

"축복을!"

수백의 하객들이 잔을 들고 그를 향해 소리를 드높였다. 공작은 단숨에 그 잔을 비운 후 테이블에 내려놓으며, 말을 이었다.

"저는 이만 신부가 보고 싶어 퇴장합니다. 마음껏 즐기시길!"

그는 우아한 자태로 손님들에게 예를 갖춘 후 그 자리를 빠르게 빠져나갔다. 너무나 한순간에 일어난 일이라 누구도 그를 붙잡을 수 없었다.

손님들은 소문과는 전혀 다른 젊은 공작의 매력에 눈을 떼지 못하며 자기들끼리 수군덕거리기 시작했다. 초야를 앞둔 공작을 내심 부러운 눈으로 보는 이들도 있었다. 누군가는 여전히 공작에게 따라다니는 소문을 떠올리며 새 신부를 염려해주기도 하였다.

일부의 여인들은 저런 눈부신 사내를 빼앗아간 백작가의 막내딸 홍을 보기 시작하였다. 그들은 전혀 알지 못하는 여인에 대해서 음험하기 짝이 없는 괴이한 이야기를 하는 것을 주저하지 않았다.

"공작님!"

연회장을 벗어난 그를 누군가 숨이 넘어가게 부르며 쫓아오고 있었다. 루셔스는 그 목소리에 손가락을 들어 귀를 한번 닦다 걸음을 멈추었다.

"무슨 일인가?"

"이렇게 가시면 어쩝니까? 아직 자정이 되려면 한참인걸요?"

"세자르 베일. 내 그대에게 명을 내리지."

"하명하십시오. 공작님."

진지한 얼굴로 시종에게 말을 하자, 세자르는 어깨에 힘이 잔뜩 들어갔다.

"오늘 밤, 자네의 진가를 발휘할 기회가 왔군. 대충 취하게 해서 모두 마차에 실어 보내버리도록 해. 내일 중으로 내 성이 평화를 찾았으면 좋겠군."

"하지만 의례 혼인식 다음으로 일주일은……."

"할 수 있겠지?"

세자르는 지금 연회장에 가득한 이들을 떠올리며 한숨을 내쉬다 현기증을 느꼈다. 모두 오랜만에 열린 공작성의 연회장을 그리 쉽게 떠나려 하지 않을 것이 뻔했다. 아마 모두에게 엄청난 선물을 안겨야 가능하리라. 집사 영감님과 상의를 해 보아야 할 것 같다.

공작은 그 깊이를 알 수 없는 눈으로 우물쭈물하고 있는 시종을 노려보며 대답을 재촉하고 있었다. 세자르는 체념하듯 입을 열었다.

"최선을 다해 그 명 받잡겠습니다."

"아주 믿음직스럽군."

그 대답을 남기고 공작이 시종에게 등을 보이며 성큼성큼 걷기 시작하였다. 세자르의 눈에는 그의 주인이 걷는 곳마다 더욱 어둠이 짙어지는 것 같은 환시가 보이는 것 같았다.

'디아나 여신의 가호가 충만한 밤이 되길.'

주인의 뒷모습을 보며 잠시 기도를 하다 시종은 해야 할 일들을 생각해내곤 총총걸음으로 사라졌다.

눌리타스는 초야를 치를 공작의 침실에서 혼자 멍하니 한참을 앉아 있었다. 예식 후 시종을 들겠다는 하녀들을 모두 물리고 난 뒤였다.

거짓으로 점철되긴 했지만, 오늘 혼인했다는 것을 믿을 수 없었다. 떨리는 손을 펴서 끝도 없는 드레스 자락을 쓸어보았다.

순간 떠오르는 것은 어머니의 여윈 뺨이었다. 하얀 드레스는커녕 지아비를 맞이하지도 못한 채 오랜 세월을 인내해야만 했던 어머니. 어머니를 생각하자 눈물이 왈칵 차올랐다.

'망할 새끼. 어미를 닮아 곱다고?'

식장에서 고운 드레스 차림의 눌리타스를 향해 태연하게 말을 걸던 백작의 기름진 얼굴 때문에 아랫배가 뜨거워지는 것 같았다.

"됐어. 일단 해보는 거야!"

눌리타스는 벌떡 일어나서 베일을 거칠게 벗었다. 다음으로 웨딩드레스를 벗기 위해 손을 등 뒤로 뻗어보았다. 하지만 몇 분이 지나도 진척이 없자 짜증이 났다.

"젠장. 무슨 버튼이 이렇게 많은 거야."

아까 입을 때는 하녀들이 도와줘서 이렇게 힘든 일인 줄 몰랐다. 일단 묵직한 목걸이도 집어 던지고, 팔에 걸린 보석도 풀어서 던져버렸다. 반짝이는 것들이 바닥으로 낙하하는 소리가 경쾌했다.

갑자기 왜 이렇게 분노가 치밀어 오르는지 알다가 모를 일이었다. 드레스 뒷단추는 반밖에 풀지 못한 채, 맨손으로 얼굴에 발린 화장을 마구 뭉개버렸다. 보나 마나 엉망이 되었을 얼굴을 쥐고 바닥에 털썩 주저앉았다.

서럽고 두려운 감정들이 가녀린 어깨 위를 억누르기 시작하였다.

'여긴 어디야. 나는 무엇 때문에 여기 온 거지. 내가 지금 무슨 짓을 하고 있는 거지.'

누구도 명료한 답을 주지 못할 질문을 수도 없이 되풀이했다. 손에 묻어난 붉은 입술의 흔적을 드레스의 옆구리에 스윽 닦으며 일어섰다. 그리고 방 한구석에 놓인 장식이 없는 검은 거울 앞에 섰다.

'아······.'

이제야 아까 고왔던 모습을 어머니에게 보여드리지 못하였다는 것을 깨달았다.

'분명 좋아하셨겠지. 예쁘다 해주셨겠지.'

하나뿐인 딸의 혼인이었지만, 낳아준 어미는 홀로 머나먼 성의 어딘가를 쓸고 닦고 있을 것이다. 그런 생각이 들자 이제는 헛웃음이 났다.

'앞으로 나는 어떻게 되는 걸까.'

다시 한번 드레스에서 자신의 몸을 빼내는 시도를 해 보았다. 등에 달려 있던 단추들이 완력에 못 이겨 떨어져나갔다. 페티코트를 거의 부수듯 벗어내자 그제야 숨을 편하게 쉴 수 있었다.

"귀족 따위 번거롭기 그지없어."

웨딩드레스 하나를 벗었을 뿐인데, 이마에 온통 땀이 맺혔다. 눌리타스는 새하얀 슈미즈 차림으로 작은 은으로 만든 대야에 담긴 물에 얼굴을 푹 담갔다. 손을 뻗어 지저분해진 화장을 대충 씻어내고 고개를 쳐들자 개운함이 감돌았다. 머리에서는 물이 뚝뚝 흘렀고 슈미즈 앞자락도 젖어버렸다.

"이깟 것을 했는데도 배가 고프네."

이건 예전에 일했던 것에 비하면 아무것도 아닌데, 허기가 지는 것이 우스웠다. 수건으로 대충 머리를 닦아내며 방을 둘러보았다. 창을 타고 기름진 고기가 구워지는 향긋한 냄새가 그녀의 빈 위장을 두드리는 것 같았다.

공작님의 침실에 고기 요리가 있을 리는 없었으나, 포도주가 가지런히 놓인 테이블이 눈에 띄었다. 그녀는 예전에 고된 일을 마치고 술을 마시곤 했었다. 물론 이렇게 조각처럼 아름다운 유리병에 든 것이 아닌, 무엇으로 만든 건지도 모를 고약한 악취가 나는 것이긴 했다.

"귀족 놀이 하는 김에 그들의 술도 한번 마셔볼까."

이곳에는 그녀의 편은 아무도 없었으며 모든 것은 스스로 감당해야만 했다.

그녀는 병을 들고 잔에 따라서 한 잔 들이켰다. 평소에 마시던 것과는 다르게 향이 기가 막히게 좋았다. 다시 한 잔, 또 한 잔 연거푸 세 잔을 마시고 나니 긴장이 좀 풀리는 것 같았다. 술을 마시는 것이 허기를 달래기 위함인지, 두려움을 떨치기 위함인지 구분되지 않았다.

하찮은 신분으로 태어났다고 해서 공포도 수치도 모르는 것은 아니었다.

초야를 떠올리자 갑자기 몸이 추워지는 것 같았다.

취기가 조금씩 오르기 시작했고, 약간 느릿해진 걸음으로 방에 보이는 가운을 아무렇게나 걸치고 다시 술잔을 쥐고 창가에 다가섰다. 흐릿한 푸른 눈이 밤하늘을 훤하게 밝히는 달을 바라보았다.

'어머니. 보고 계세요? 어머니 딸이 이제 공작부인이랍니다. 아주 비싼 드레스도 입고 이렇게 넓은 방도 생겼네요. 제 걱정은 마세요. 부디 아프지 말고, 그 사람들이 나쁘게 대해도 꼭 이겨내요. 내가 꼭 어머니를 데리러 갈게요.'

스스로에게 하는 다짐을 마무리하며 남은 술을 모두 들이켰다. 귀족 놀이 중에 좋은 게 또 하나 있구나 하며 입가에 묻은 액체를 손으로 거칠게 닦아내는 손짓이 애달팠다.

"내 가운이 썩 잘 어울리는군."

눌리타스는 얼른 몸을 돌려 그 존재를 확인했다. 아까 예식 때 보았던 것처럼 참으로 잘난 사내가 삐딱한 표정을 짓고 그녀를 바라보고 있었다. 놀란 그녀는 창틀에 올려두었던 술잔을 툭하고 건드려 깨뜨렸다.

"아······."

루셔스는 발목까지 오는 얇은 슈미즈 차림에 자신의 가운을 걸친 그의 신부를 찬찬히 살펴보았다.

"놀랐나?"

그제야 눌리타스는 공작이 그녀에게 너무 스스럼없이 말을 건넸다는 것을 깨달았다. 보바뤼 부인이 알려준 예법에서 귀족 부부는 서로에게 존대를 하게 되어 있다고 명시되어 있었다.

'어째서?'

의문이 서린 푸른 눈을 보며 루셔스는 어제까지는 혼자만 쓰던 그의 침실을 둘러보았다. 작은 몸집을 한 여인이 하나 들었을 뿐인데, 봄바람이 살랑 부는 것 같은 기분이 들었다.

"?"

그러다 마구 벗어 던진 드레스와 페티코트의 무덤을 보았다. 구석에는 보석들이 마구 뒹굴고 있었다. 누가 보면 신부와 그가 격투라도 했다고 오해할 것 같았다. 설상가상으로 잠들기 전 한잔씩 하는 포도주병 하나가 텅 비어 있었다.

"혹시 그 잔에 있던 게 술이었나?"

"딸꾹."

눌리타스는 공작의 날카로운 검은 시선에 쫓기는 사냥감이 된 듯한 기분이었다. 술을 마신 것을 들킨 것이 부끄럽기도 하여 어디로든 움직이려 했다.

"그 자리에 멈춰."

루셔스는 볼이 상기된 여인이 깨진 유리 조각을 밟으려는 것을 보았다. 그는 성큼성큼 그녀의 곁으로 걸어가 단숨에 허리를 잡아안았다. 눌리타스는 마치 숨을 쉬는 것을 아직 배운 적이 없는 이처럼 숨을 멈추고 그의 손아귀에서 버둥거렸다.

'진짜 소문과 같은 자였구나.'

그렇게도 바란 일이었건만 왜 이리 두려운 감정이 드는가. 소문보다 더욱 악질이라 그녀의 죄를 모두 덮을 수 있기를 소원하지 않았나.

'이제 나를 마구 때릴까. 아니면 ······.'

눌리타스는 눈을 꼭 감고 다음에 일어날 엄청난 일을 견뎌낼 각오를 다지고 있었다. 하지만 그녀의 몸이 바닥에 사뿐하게 내려졌고 공작은 그녀의 곁에서 조금 물러서고 있었다.

눌리타스는 그제야 바닥에서 빛을 반짝이는 유리 조각들을 확인할 수 있었다. 그녀를 해하려는 것이 아니었다.

'안 되는데!'

선한 마음을 가진 자가 이 연극의 주인공이 되어선 안 되었다. 지금 그녀가 선 무대에는 악마들만 어울렸다.

사생아를 사지로 내모는 아비, 그 아비의 꼭두각시가 되어 서투른 연기를 하는 비천한 계집, 피바람을 몰고 다닌다는 악귀 같은 사내가 등장해야만 했다. 그녀를 구해준 공작에 대한 원망마저 밀려들었다.

그때 몸을 가늘게 떠는 여인에게 루셔스가 말을 건넸다.

"모르시아나가의 포도주는 일품이지만, 영애에게도 인기가 있을 줄은 몰랐군."

공작의 목소리에는 약간의 장난기가 흐르고 있었다. 눌리타스는 술이 온몸을 타고 흘러 생각이 조금 흐려지는 것을 느꼈다.

"그래. 그대 마음에도 들던가?"

공작의 검은 눈이 설핏 물결치듯 흔들리자 눌리타스는 온몸이 뜨거워지는 것 같았다.

'나를 놀리는구나.'

귀족이란 것들은 다 저런 식이지. 자신도 더운 피가 흐르고, 심장을 지닌 인간이라는 것을 왜 모르는가. 왜 놀림을 받으면 속상하고, 맞으면 아프다는 것을 몰라주나. 공작의 얼굴 위로 자신의 아버지와 아비오의 그림자가 언뜻 비추는 것 같아 속이 울렁거리기 시작하였다.

루셔스는 그의 앞에 선 여인의 얼굴에 스치는 수만 가지의 감정들을 읽어내리다 갑갑함을 느끼고 포도주를 한 잔 따라 잔을 높이 들었다.

"우리를 위하여."

눌리타스는 '우리'라는 단어를 듣고 그 자리에 뿌리가 내린 듯 꼼짝도 할 수 없었다. 공작은 그 이후로 몇 잔을 연거푸 술을 들이켰고, 그녀는 그 모습을 지켜보기만 했다.

'절대 우리라는 단어는 어울리지 않아.'

그는 지체 높은 가문의 공작이자, 전쟁에서 공을 세운 영웅이었다. 고귀한 피가 흐르는 그 앞에 서니, 딛고 있는 바닥의 냉기가 맨발을 타고 올라와 그녀를 자꾸 떨게 만들었다.

루셔스는 적당히 취기가 오른 것을 느끼곤, 석상이라도 된 듯이 서 있는 그의 신부에게 다가가 손목을 침대 근처로 잡아끌었다.

'이제 드디어 초야구나.'

눌리타스는 될 수 있으면 감정이란 것을 느끼지 않으려 애쓰며 침대로 올라갔다. 수줍음도 두려움도 모두 그녀의 것이 될 수 없는 것들이었다.

메이린 아가씨 대신 공작에게 가기로 했던 그때부터 각오했던 일이었다. 어차피 아비오나 시정잡배에게 뺏길 순결 아니었던가.

'돼지들에게 초야가 따로 있던가.'

그렇게 생각하자 마음이 아주 편해졌다. 어차피 성에서 기르는 가축보다 비생산적인 존재인 사생아 계집 따위…….

그녀가 자리에 올라앉자 공작도 걸친 옷을 훌훌 벗고 간단한 차림으로 침대에 올라왔다. 그러나 거의 벗은 채로 사내와 가까이 있자 자꾸만 결심한 것들이 흔들리려 했다.

그가 달콤한 향기가 나는 입술로 말했다.

"무척 긴 하루였으니, 이제 그만 쉬는 게 좋겠군."

눌리타스는 그것이 어떤 신호라고 여기고 가운의 끈에 손을 가져갔다. 지금 그녀는 메이린의 대역으로 이곳에 있다는 것을 한시도 잊지 않았고, 그러다보니 가운을 스스로 벗는 게 맞는지 확신이 들지 않아 주저했다.

루셔스는 푹신한 베개에 몸을 기대며 옆에 앉은 여인의 모습을 지켜보았다. 가운의 끈을 말아 쥐고 한참을 고민하는 모습이 재미있어 큰 웃음이 터지려는 것을 겨우 참고 있었다.

'나를 유혹할 생각이라곤 전혀 없다?'

그의 신부는 처음부터 예상과는 너무 달라, 오히려 그가 속수무책이 된 것 같은 기분이었다. 그는 승리를 위한 전술을 다시 짜야 할 것 같았다. 초야에 눈을 내리깐 채 순교자의 표정을 짓는 여인이라니. 상처가, 아니 불쾌한 무언가가 느껴졌다.

그리하여 가운의 끈을 여전히 붙잡고 있는 여인에게 서늘한 말투로 내뱉었다.

"짐승들이 교미하듯 그대를 안을 생각은 없다."

눌리타스는 그의 입에서 흘러나온 의외의 말을 듣고 놀라서 공작의 얼굴을 바라보았다. 그의 일렁이는 검은 눈이 그것이 진심임을 말해주었다. 눌리타스는 공작의 의중을 알 수가 없었다. 다행이라고 여겨야 할지.

"왜……."

"글쎄. 그건 나도 모르겠군."

루셔스는 왕이 혼인을 주선했던 때부터 그녀와 혼인을 치른 지금까지도 이 혼인에 대한 확신의 마음 따윈 없었다. 그의 눈을 가리고 비웃는 백작의 목을 비틀고 싶었고, 그의 병정에 불과한 여인도 단번에 미워하게 될 줄 알았다.

'그때 로마그놀로가에 가지 말았어야 했을까.'

세상천지에 홀로 던져진 것 같은 고독한 눈이 그와 그리 닮아 있지만 않았더라면, 사내들이나 하는 거친 말을 내뱉는 저 여인에게 흥미를 느끼지 않았더라면, 일이 이리되지는 않았을 것이다.

루셔스는 지금 그녀를 함부로 안을 수도, 그렇다고 내칠 수도 없었다.

망망대해를 떠도는 낡은 조각배가 바람에 이리저리 떠돌듯 불안한 그들의 첫날밤이 깊어가고 있었다.

모르시아니가에서 가장 크고 널찍한 공작의 침실에 적막이 감돌았다.

눌리타스는 입안의 침이 모두 말라 목이 따끔거렸다. 그녀는 가운의 끈을 여전히 놓지 못한 채, 침대 옆자리에 아무렇게나 기댄 공작의 옆모습을 조심스럽게 곁눈질했다.

아무리 보아도 옆에 누운 공작은 소문과 같은 사내는 절대 아니었다. 그녀가 생각했던 것들이 모조리 무너지고 있었다. 밤이 깊어지자 공작의 감은 눈 위에서 달빛이 춤을 추었다. 창가에서 휘청대듯 날리는 커튼마저도 눌리타스를 비웃는 듯했다.

'운명은 내 편이 되어주지 않아……'

그녀가 지금 할 수 있는 것은 아무것도 없었다. 긴장감으로 몸은 점점 떨려왔고 숨은 턱턱 막히는 거 같았다.

'……제발.'

화를 내어도 좋으니 공작이 입을 열어 무어라도 말해주길 바랐다.

아니, 그가 그녀의 존재를 무시하고 그대로 잠드는 것도 좋으리라. 궁지에 몰린 눌리타스의 눈은 허공을 마구 부유하고 있었다. 그러자 마치 그녀의 속을 훤히 들여다보는 사람처럼 공작은 눈을 뜨더니 몸을 세워 침대 곁에 둔 단도를 집어 들었다.

눌리타스는 이제야 일이 똑바로 흘러간다는 생각이 들었다. 피를 마시는 폭군, 인간이 아니 악귀. 공작을 둘러싼 그 무성한 소문들.

'그래도 조금은 억울한가.'

이렇게 메이린 아가씨를 대신해서 목숨을 내어두는 것이.

그러나 가엾은 어머니의 마른 등줄기를 떠올리자, 눌리타스의 마음은 한없이 편안해졌다. 힘든 시간 속에서 아기를 낳아 길렀고, 이만큼 목숨을 부지하게 해준 가엽기만 한 여인.

'어머니, 꼭 잘 살아야 해요.'

마음을 다 잡은 눌리타스는 이제 아무것도 두렵지 않았다.

그녀는 공작이 번쩍이는 단도를 쥐고 가까이 오는 것을 보았으되, 조금도 움직이지 않았다.

'세상 천지에 내 한 몸을 숨길 곳이 어디 있던가.'

공작은 달빛을 등지고 살포시 웃는 것 같더니, 그의 손목을 주저 없이 그었다. 순간 눌리타스가 느낀 당혹감은 무엇에도 비할 수가 없었다.

상처는 깊지 않았지만, 공작의 손목에서는 붉은 피가 흘러나와 침대를 적시기 시작하였다.

놀란 눌리타스의 푸른 눈과 공작의 검은 눈이 마주쳤다.

'왜⋯⋯'

그녀는 목소리를 낼 수조차 없었다. 하지만 공작은 그런 충격적인 장면을 보여준 것이 아무렇지도 않다는 듯 단도를 치우더니 피가 흐르는 손목 위로 하얀 셔츠를 스윽 내릴 뿐이었다.

눌리타스는 그의 팔에서 흐르는 붉은 피를 보자, 아비오에게 맞았을 때 땅바닥에 고였던 피 웅덩이가 떠올랐고 곧 어지럼증을 느끼기 시작했다. 그 비릿한 냄새가 상기시켜주는 불쾌한 기억들이 그녀의 정신을 멀리 흘려보내는 것 같았다.

'아, 잠들면 안 되는데.'

눌리타스는 끝까지 버텨보려 이를 악물었으나 긴장으로 젖은 등이 스르르 침대로 기울었다.

공작은 셔츠 밖으로 피가 계속 스며 나오자 팔을 걷어 손수건으로 상처 부위를 감쌌다. 그리고 하얀 침대보 위에 물든 피를 만족스러운 듯 살펴보았다. 그러다 옆에서 숨도 제대로 못 쉬고 있던 그의 신부가 쓰러진 것을 발견했다. 그의 손바닥보다도 작은 얼굴이 파랗게 질려 가쁜 숨을 몰아쉬고 있었다.

"피를 보고 기절한 건가?"

스스로 세수도 못한다는 귀한 영애들이 피 한 방울만 보아도 비명을 지르고 기절한다는 이야기를 접한 적이 있긴 하다. 그는 불편한 자세로 잠이 든 눌리타스를 살짝 안아 눕혀주고 이불을 끌어 덮어 주었다.

방에 가득한 피 냄새가 그의 이마를 찌푸리게 하였다. 세자르에게 미리 상의했더라면 이것보다 나은 방법이 있었을까. 하지만 이미 후회를 해도 소용없었다.

그때 옆에서 눈을 감고 있는 그녀의 고운 미간에 굵은 줄이 그어졌다. 무언가에 쫓기고 있는데 목소리가 잘 나오지 않는 것처럼 고통 어린 신음을 내고 있었다.

'나쁜 꿈을 꾸는 건가.'

이렇게 종잡을 수 없는 적수를 만난 것은 난생처음이었다. 그때 손목의 아릿한 상처가 그에게 지금 이곳이 어디인지, 무엇을 해야 하는지를 상기시켰다.

그는 큰 손으로 그녀의 이마 쪽으로 팔을 뻗었다 다시 거둬들였다.

루셔스 모르시아니는 머리를 쓸어 넘기며 잠이 든 신부에게서 시선을 거두려 애썼다.

눌리타스가 더웠던지 그가 덮어두었던 이불을 차버렸고, 가운 속에 숨어 있던 맨 다리가 슬쩍 드러났다. 순간 루셔스는 알몸으로 덤비던 여인들의 숱한 공세에도 끄덕하지 않던 그의 몸이 반응을 하는 것에 당황하였다.

'날이 더워서인가.'

루셔스는 괜히 혼잣말을 하면서, 다시 이불을 끌어 눌리타스의 턱까지 당겨 덮어주었다.

루셔스는 한때 돌아가신 아버지나 어머니 같은 부부관계를 꿈꾸었던 적이 있었다. 너무 오래된 기억이라 희미했지만, 분명한 것은 어머니는 마지막 순간까지 아버지를 그리워 하셨다. 그리고 아버지는 언제나 그의 아들들보다 어머니를 아끼셨다.

'아마 그것이 진정한 사랑이었겠지.'

그러나 그는 이미 돌이킬 수 없는 강을 건넜고 그의 부모님이 하셨던 사랑은 그저 먼 하늘에 별을 보듯 가끔 올려다보는 게 전부였다.

루셔스는 애정 없는 가벼운 관계를 경멸하였다. 그의 외모나 지위를 보고 접근하는 여인들. 그 여인들은 마치 추위를 모르는 사람처럼 헐벗은 차림으로 덤벼들곤 하였다.

그러나 언제나 루셔스는 붉은 입술을 한 여인들을 본체만체하였다.

전쟁이 끝나지 않은 땅 위에서, 피가 채 마르지도 않은 칼을 꺼내 들고 닦다 보면 머리가 어지러웠다. 거둘 수밖에 없었던 수많은 목숨들의 비명이 계속해서 그의 귓가를 따라다녔다.

그는 자조적인 한숨을 쉬고는 자신의 베개에 머리를 대고 눈을 감았다. 늘 홀로 쓰던 침대에 자신이 아닌 이의 숨소리가 들리는 것이 꽤 불편할 것 같았지만, 사실은 그렇게 나쁘지는 않았다.

오늘 밤은 왠지 조금 덜 외로운 것 같았다.

다음 날 눌리타스가 눈을 떴을 때 그녀는 혼자였다. 그녀는 천천히 두 팔을 짚으면서 몸을 세워 앉았고, 속이 울렁대는 기분을 느꼈다.

'도대체 내가 언제 잠이 든 거지?'

기억을 더듬자 머리가 깨질 것같아서, 손으로 관자놀이를 꾹 눌렀다.

'아, 공작님이 어제 칼을…….'

그가 망설이지 않고 단도를 들던 모습과 그녀를 향해 가볍게 웃던 것이 떠올랐다.

'하, 정말 최악이구나.'

마차에서 내리는데 비틀거리질 않나, 침대에서 피를 보고 쓰러지질 않나. 스스로의 모습이 한심해서 견딜 수 없었다.

'정신 차려! 네가 진짜 귀족 아가씨라도 된 줄 아냐고!'

고개를 돌리자, 텅 빈 옆자리는 분명 사람이 누웠던 흔적이 남아 있었다. 그녀가 기절하듯 잠든 모습을 공작이 모두 보았다 생각하자 귀가 뜨거워지는 것 같았다.

그때 벌이 윙윙대는 것 같은 소음이 그녀의 귀를 타고 들어왔다.

"마님. 일어나셨어요?"

"마님?"

소피아가 재빨리 눌리타스에게 물을 가져다주었다. 눌리타스는 소피아가 자신을 부른 호칭이 너무나 이질적인 것이라서 한참 그 말을 중얼거렸다.

'이거 너무 빠른데.'

새벽 찬기가 덜 빠진 시간에 돼지들에게 먹이를 가져다주던 마른 아이는 갑자기 백작가의 사생아가 되었고, 이제는 공작부인이란다. 그녀는 언제쯤이면 자신이 처한 현실에 익숙해질 수 있을까 가늠이 되질 않았다.

"그럼요. 이제 모르시아니 공작님과 혼인을 하셨으니, 공작부인이 되신 거죠. 이 성의 안주인이신 마님이 되신 거예요."

소피아는 마치 그것이 자신의 일이라도 되는 것처럼 꿈꾸는 얼굴을 하며, 조잘조잘거리고 있었다. 조용한 성격인 줄 알았던 그녀를 흥분시킬 만큼 이것은 엄청난 일인가 보다.

소피아는 그 후에도 무언가 할 말이 있는 듯 몸을 자꾸만 비틀고 있었다. 눌리타스는 물그릇을 내려두면서 무슨 일이냐 물었다.

"마님, 초야는 힘드시지는 않으셨는지요."

소피아는 말끝을 흐리며 자꾸 헤죽헤죽 나오는 웃음을 참지 못하고 볼을 붉히고 있었다. 귀족가에서는 초야를 마치면 혼인 다음 날 그 순결의 상징이 되는 침대보를 성에 내걸게 되어 있었다. 눌

262

리타스는 그제야 어젯밤 공작이 했던 기이한 행동의 의미를 깨닫게 되었다.

'세상에……'

공작님은 두 사람의 명예를 위해서 그렇게 주저 없이 피를 흘리신 것이다. 그를 향해서 고맙고도 두려운 감정이 동시에 들었다.

스스로를 상처 입히지 않고도 방법은 많았을 것이다. 그녀를 그냥 취하여도 비난할 사람은 아무도 없었다. 그녀의 팔을 긋는다 해도 할 말이 없었다. 하지만 공작은 스스로를 희생하는 방법을 택하였다.

"초야를 치르고 나면 신부님들이 몸살을 겪는다고 들었습니다. 하여 따뜻한 물을 준비해뒀습니다. 그리고 준비를 마치면 공작님께서 식사를 같이하자고 하셨습니다."

눌리타스는 따스한 물이 담긴 나무통에 몸을 담그고 생각을 정리해 보았다.

그녀는 메이린의 이름으로 모르시아니 공작과 혼인을 하였다. 그는 소문과는 전혀 다른 사람이다. 아마 그녀는 그를 계속 속일 수 없을지도 모른다.

'일단은 공작님을 피해 다니자.'

어떤 대책을 세울 때까지는 그녀의 거짓을 절대로 상대가 알게 해서는 아니 되었다.

'그것만은 피해야 해.'

눌리타스는 연한 분홍빛이 도는 드레스를 입고, 머리를 하나로 틀어 올린 후 아침 식사를 하러 내려갔다. 테이블 끝에는 하얀 셔츠에 딱 붙는 푸른 바지를 단정하게 입은 공작이 김이 나는 차를 먼저 마시고 있었다. 그녀가 보이자 그가 벌떡 서더니 그녀를 이끌어 자리로 안내해 주었다.

"부인. 좋은 아침입니다."

그는 검은 눈을 찡긋거리면서 그녀에게 인사를 건넸다. 그제야 눌리타스는 어젯밤 그가 자신과 단둘이 있을 때와는 다른 모습을 취한다는 것을 깨달았다. 눌리타스 또한 그녀가 할 수 있는 가장 우아한 미소를 띠면서, 그에게 정중히 답을 했다.

"공작님의 배려에 머리 숙여 감사드립니다."

그가 과연 자신의 인사의 속뜻을 알아들었을까. 두 사람의 식사는 아주 조용하고 무난하게 흘러갔다. 공작이 흘끗 보았을 때, 눌리타스의 식사예법은 흠잡을 데가 없었다. 흙이 덕지덕지 묻은 드레스를 잡아끌며 욕지거리를 내뱉던 그때 그녀가 맞는 건가 순간 의심이 될 정도였다.

눌리타스는 이제 공작뿐 아니라 공작성의 모든 눈들이 자신을 주시하고 있다는 것을 느끼고 있었다. 특히나 자신도 과거 그 눈들 중의 하나가 아니었던가. 조금만 잘못해도 그들의 입에 쉽게 오르기 십상이었다. 친근하게 다가가서도 너무 고압적인 태도를 취해도 좋지 않음을 알고 있었다.

그때 눌리타스에게 차를 좀 더 부어주려던 하녀 하나가 그만 사기로 만든 주전자를 깨뜨려버렸다. 순간 눌리타스는 백작성에서 있었던 비슷한 일을 떠올렸다. 자신의 드레스 자락에 차를 쏟았다는 이유로 로마그놀로 백작부인은 말에게 휘두르는 채찍을 가져와 그 하녀를 마구 때렸다. 살이 터지는 파열음과 가죽 채찍이 바닥을 내리치는 소리가 아직도 그녀의 귓가를 맴도는 것 같았다.

'아, 그 아이는 결국 다리를 못 쓰게 되어버렸었지.'

눌리타스는 자신의 실수에 잔뜩 겁에 질려버린 하녀에게 입을 열었다. 이것이 그녀가 공작부인으로서 이 성에서 내뱉는 첫 마디라는 것을 인식할 여유는 없었다. 열네 살이나 넘었을까 싶은 작은 아이의 어깨가 미세하게 떨리고 있었다. 눌리타스의 목소리는 조용했다.

"어디 다친 곳은 없니."

눌리타스는 움츠린 아이에게서 그녀의 모습을, 또 어머니의 그림자를 볼 수 있었다. 그녀의 말이 식당에 흐르자 순간 모두가 얼음이 된 듯 미동이 없었다. 고용인들을 걱정해주는 귀족이 어디 있었던가?

이에 고기를 썰던 루셔스는 그에게 흥미로움을 안겨주는 부인을 표 나지 않게 눈에 담고 있었다.

하인들이 부리나케 새로운 차를 가져왔고, 깨진 조각들을 수거해갔다. 시중을 들던 작은 소녀는 우물쭈물하다 눈물을 보이며 공작부인에게만 들릴 작은 소리로 속삭였다.

"마님, 감사합니다."

눌리타스는 아이와 가볍게 눈을 마주친 후, 아무런 일도 없었다는 듯 차를 입으로 가져갔다.

왕국을 대표하는 두 가문의 결합은 별 탈 없이 끝이 났다. 큰 경사를 치렀음에도 정작 로마그놀로 백작성의 분위기는 그리 들뜨지 못했다. 성의 안주인과 작은 주인님들이 심기가 매우 어지러워 고용인들은 오히려 숨을 죽여야만 했다.

"다 필요 없다고 하잖느냐!"

백작부인은 하녀가 조심스럽게 건네는 찻잔을 매몰차게 내쳤다. 결국 뜨거운 차는 하녀의 손등을 적셨다.

백작부인은 침대에 기대 앉아 모르시아니 공작을 처음 본 순간을 회상해 보았다. 그는 엄청난 미남이었다. 제발 그 괴이한 소문이 모두 거짓은 아니기를 얼마나 바랐는지 모른다.

하지만 그녀의 기대는 헛된 것이었다. 공작은 무뚝뚝한 성정을 지녔을 뿐 소문의 악귀 같은 자는 절대 아니었다. 흠잡을 데 없는 예법을 지니고 있었으며, 온몸에 흐르는 권위가 남다른 잘난 사내였다.

메이린과 나란히 서면 하나의 걸작이 될 것 같은 공작이 우스꽝스럽게도 사생아의 손을 잡고 식을 치르고 있었다.

내색하지 않으려 얼마나 애를 썼는지 모른다. 잠시라도 방심하면 기절이라도 할 것 같아 예식이 진행되는 내내 허벅지를 머리 장식의 끝으로 찌르며 버텼다.

"모두 나가라니까!"

그녀는 하녀들이 다시 가져온 따스한 죽이 담긴 그릇을 바닥에 집어 던지면서 날카롭게 소리를 질렀다. 그제야 하녀들이 서로 눈치를 살피더니 황급히 백작부인의 방을 빠져나갔다.

'지금 이런 것이 목구멍으로 넘어가겠느냐 말이다. 애지중지 키운 막내 딸 메이린이 서야 할 자리를 사생아 따위에게 빼앗긴 마당에…….'

"이 얼마나 우스운 일이람."

그런 허튼 소문이 아니었다면 왕국에서 가장 유서 깊고 부유한 모르시아니가의 안주인은 메이린이 되는 것이었다. 왕국의 잘난 사내 중에 고르고 골라 최고를 짝지어줄 요량으로 혼기를 조금 놓친 메이린은 결국 모든 기회를 잃게 되었다.

"세상에! 디아나 여신이시여."

가짜 백작 영애의 혼인을 위해 진짜가 왕국을 떠나야 했다. 설상가상으로 하녀의 옷을 입고 혼인식까지 쫓아온 메이린이 그 잘난 공작을 보고 첫눈에 반해버리기까지 해버렸다. 백작부인은 눈물을 쏟다 웃다 허탈한 표정을 지었다.

"상사병이라니……."

곱게 키운 그녀의 아이가 사생아의 배필이 된 공작을 떠올리며 끙끙 앓고 있다고 생각하자 또다시 두통이 몰려들었다. 게다가 이 사실을 백작님이 아시게 되면 메이린에게 불호령이 떨어질 게 뻔했다.

백작부인은 이 모든 것이 어디서부터 잘못된 것인지 알지 못했다.

새하얀 레이스가 드리워진 침대와 온통 귀한 것들로 꾸며진 방의 주인은 손톱 끝을 잘근잘근 씹으며, 눈을 기이하게 빛내고 있었다. 손톱이 망가지고 살이 허물어져 피가 흐르기 시작했지만, 그녀는 전혀 의식하지 못하는 것 같았다.

메이린의 육체는 지금 이 방에 머무르고 있지만, 정신은 다른 곳에 닿아 있었다. 그 황홀하도록 검은 머릿결, 늠름한 자태, 차갑지만 매혹적인 미소가 그녀 앞에 물결치는 것 같았다.

'그곳을 가길 잘했지.'

하마터면 그리 멋진 사내를 영락없이 사생아 계집에게 뺏길 뻔했다는 생각이 들어 눈이 더욱 반짝이기 시작했다.

'그런 오물투성이 계집이 가질 수 있는 사내가 아니지. 그 눈부신 드레스를 입고 백작님의 손을 잡고 그 길을 걸어야 할 것은 나였어. 이대로 왕국을 떠날 수는 없어. 백작님이 화를 내시더라도 말이야.'

첫눈에 반해버린 그의 얼굴을 떠올리자 메이린의 분노가 들끓었다. 그녀는 방법을 생각해내야만 했다.

'공작님께 모든 사실을 털어놓으면 말이야. 나를 칭찬하며 그 사기꾼 사생아를 단칼에 해치우고 나를 원래의 자리에 세워주지 않으실까?'

꽤 괜찮은 생각인 것 같아 메이린의 얼굴에 갑자기 붉은 빛이 돌기 시작했다. 그녀는 엉망이 된 손톱을 입에서 빼내며 고개를 끄덕였다.

'그래. 어머니에게 가봐야겠다. 어머니라면 내 청을 들어주실 거야.'

백작부인은 이제껏 그녀가 원하는 것을 내어주지 않는 적이 없었다. 메이린은 금세 기분이 나아졌다.

한편 백작가의 후계자인 아비오는 이전보다 더욱 심한 불면증에 시달렸다. 눈만 감으면 그 망할 것이 공작의 아래에서 열락에 빠진 눈으로 아비오를 비웃고 있었다. 꿈속의 그녀는 그에게 한 번도 들려주지 않은 달뜬 신음소리를 공작에게 흘리며 온갖 교태를 부려댔다.

'몹쓸 것. 네가 나를 떠날 수 있을 것 같으냐?'

밤새 뒤척이다 겨우 잠이 들면 그 시간은 악몽으로 물들었다. 그리하여 깨어 있을 때나 잠을 잘 때나 살아도 산 것 같지가 않은 날이 계속되었다. 아비오는 그것에서 벗어나기 위해 나름의 노력을 해보았다. 밤마다 하녀들을 몰인정하게 괴롭혔고, 사냥터에 나가서 산 것들을 닥치는 대로 잡아 들였다. 지금도 어린 하인 하나를 발로 매우 밟으며 욕설을 잔뜩 하고 들어오는 길이었다.

하지만 그의 생각처럼 좀처럼 기분 전환이 되지 않았다. 하녀들은 눌리타스가 아니었고, 그의 바짓가랑이를 잡고 그만 때리라 애원하는 하인들은 그의 화를 부추길 뿐이었다.

그가 원하는 것은 때려도 소리 한 자락 내지 않던 그 몹쓸 것이었다. 그 뽀얀 목덜미를 두 손으로 마구 잡아 누르고 싶었다.

'아, 그렇게만 된다면……'

아비오는 응접실 소파에 비스듬하게 누워서 눈을 감아도 훤한 그녀의 모습을 그리며 입매에 미소를 그리고 있었다. 아주 오랜만에 검은 머리 사내를 버려두고 혼자 등장한 그 요망한 것에게 손을 뻗었다.

하지만 그의 행복은 순식간에 깨졌다.

"쓸모없는 놈. 환한 낮에 누워서 빈둥대는 게 백작가의 후계자가 할 일이더냐?"

겨우 만난 그리운 뽀얀 얼굴이 순식간에 흐려지더니 사라져버렸다. 아비오는 내키지 않았지만, 백작에게 예를 갖췄다. 어미를 닮은 붉은 머리의 약한 아들은 백작에게 늘 눈엣가시 같은 존재였다. 아비의 그런 감정이 너무나 생생하게 느껴지는 탓에 아비오는 고개를 숙인 채 입이 바르르 떨리는 것 같았다.

성의 다른 이들과는 달리 백작은 공작가에서 돌아온 이후 고질적이던 신경증이 나은 것 같은 착각마저 들 정도였다. 하지만 외출을 했다 돌아와 저 얼굴들을 마주하면 기분이 좋았던 때가 언제였나 싶었다.

'약 먹은 병아리마냥 비실비실한 것이 사내로서의 기상이라고는 찾아보기 힘들고, 어디 하나 뛰어나지 않으니…… 천하에 쓰임새가 없는 종자로구나.'

이것이 로마그놀로가의 유일한 아들이자 그의 혈통인 아비오에 대한 그의 평가였다.

'사생아 따위보다 도움이 안 되는 후계자라니.'

백작은 방에서 아예 나오지도 않은 부인과 딸에게까지 생각이 미치자 다시 외출을 결심했다. 가정이란 무릇 사내에게 안락함을 제공해야 하는데, 로마그놀로 성에는 서늘한 바람만 감돌고 있는 것 같았다. 기분을 더 망치기 전에 얼른 나긋나긋한 여체를 품고 승리감에 잔뜩 취하고 싶었다.

"쯧. 못난 놈."

백작은 한심해서 견딜 수 없다는 눈을 하고, 아비오에게 혀를 한 번 차더니 그곳을 벗어났다. 아비오는 그를 무시하는 백작의 모습을 떨리는 눈빛으로나마 노려보았다.

'모든 것이 다 아버지 때문이다. 그런 말도 안 되는 계획만 아니었다면 그 망종이 내 아래를 기면서 눈물을 떨구고 있었을 것인데.'

아비오는 마른 손이 으스러질 때까지 꼭 쥐고 마치 눌리타스가 앞에 있기라도 한 것처럼 팔을 뻗어 보았다. 헤어진 지 얼마 되지도 않았건만, 그 무심한 얼굴이 너무나 그리웠다. 그 반응 없는 것을 힘껏 껴안고 그 몸을 탐하고 싶었다.

모르시아니 영지는 공작이 오랜만에 성에 돌아온 데다 혼인까지 해서 더할 나위 없이 좋을 때를 맞이하였다.

막 혼인을 치른 두 사람은 여느 귀족들과 같았고, 그것을 지켜본 공작의 시종은 근심을 크게 덜었다. 사실 마님이 오시기 전에는 혹시 공작님께서 그녀를 무섭게 대하지는 않을까, 혹은 아예 무시해 버리지는 않을까, 걱정이 많던 그였다. 그러나 걱정과는 달리 공작과 공작부인은 종종 식사도 함께했으며, 공작은 마님을 정중하게 대해 주었다.

전대 공작님과 두 아드님이 전장에서 돌아가시고 전대 마님도 병으로 쓰러지신 후 아주 오랫동안 음울한 기운을 품고 있던 공작가였지만, 이제는 훈풍이 불어 차츰 얼어붙은 과거의 흔적이 녹아내리는 듯했다.

'이제 모르시아니가에 진짜 평화가 찾아온 거야.'

공작은 첫날을 제외하고는 다른 곳에서 잠을 잤다. 그리하여 눌리타스는 공작의 크고 휑한 방을 혼자 쓰고 있었다. 이따금 식사를 같이하는 것 빼고는 그녀는 그를 볼 기회가 잘 없었다. 공작을 피하려고 따로 노력할 필요가 없을 정도였다. 다행한 일이었으나, 이따금 쓸쓸하다는 불필요한 감정이 그녀를 잡아끌었다.

눌리타스는 공작에 대한 알 수 없는 감정과 어머니에 대한 그리움을 뒤로 하고 나름대로 공작성에 익숙해지려 노력 중이었다. 아직 넓디넓은 공작성을 모두 둘러보지는 못해서, 이따금 산책을 하곤 했다. 오늘은 한 번도 만나지 못한 성 내의 가축을 찾아보기로 했다.

"개 버릇 남 못 준다더니. 젠장, 딱 내가 그 짝이네."

하얀 레이스가 달린 챙이 넓은 모자를 쓴, 연한 하늘색 드레스를 입은 눌리타스의 입에서 숙녀가 쓰기에는 부적절한 말이 흘러나

왔다. 그녀는 순간 손수건으로 입을 가리며, 주위를 살폈다. 무심
결에 툭 튀어나오는 이런 것들을 고쳐야 했는데 마음처럼 되는 일
이 아니었다.

그때였다. 어디서 어린 소년의 비명이 들리는 것 같았다. 그녀는
그 소동이 있는 곳을 향해 드레스 자락을 양손에 쥐고 빠르게 움
직였다. 몇 걸음 떨어진 곳에 노새가 끄는 수레가 달리는 것이 보
였다. 그리고 그 수레에 작은 아이 하나가 떨어질 것처럼 겨우 매
달려 있었다.

'저대로 두었다가는 크게 다치겠구나.'

아이를 구하려 마음먹은 그녀가 발을 떼기도 전에, 그 수레 뒤로
검고 긴 그림자가 따라붙으며 소리를 질렀다.

"티미, 뛰어내려! 내가 받으마."

외출에서 돌아온 공작이 어디선가 나타나 지팡이와 모자를 바
닥으로 던진 뒤, 아이에게 팔을 뻗으며 달리고 있었다. 눌리타스는
귀족이 하인의 아이를 구하기 위해 뛰는 광경을 본 적도 들어본 적
도 없었다. 세상에 떠도는 이야기란 모두 안다고 떠들던 낸시 할머
니조차도 믿지 못할 광경이었다.

아이는 떨리는 팔로 수레의 가장자리를 잡은 채로 잠시 망설이
다가 그 작은 몸을 허공으로 날렸다. 아이의 머리를 감싸 안은 공
작이 바닥을 몇 번 굴렀다. 모든 것은 순식간에 일어난 일이었다.

눌리타스는 그것을 다 보고서 나무 뒤로 몸을 숨겼다. 마치 자

신이 수레에서 떨어진 아이라도 되는 것처럼 안도감이 가슴에 번졌고 심장이 거세게 뛰기 시작했다.

"티미, 괜찮으냐?"

"공작님. 무서웠어요."

울음이 터진 꼬마에게 공작이 크게 웃으며 말을 덧붙였다.

"기사가 되려면 그 정도는 무서워하면 안 되는 거야. 알았지?"

"공작님. 감사합니다."

아이는 다친 곳이 없는지 타닥타닥 뛰어가는 듯했다. 그리고 어른이 걷는 소리도 뒤이어 들렸다. 그제야 눌리타스는 나무 뒤에 숨겼던 몸을 살짝 빼서 그의 멀어지는 뒷모습을 보았다. 그의 새하얀 옷이 온통 흙으로 더럽혀지고 구겨져 있었다. 공작의 크고 마디가 굵은 손이 대수롭지 않다는 듯 먼지를 툭툭 털어내고 있었다. 그녀는 그 별것 아닌 것 같은 행동에 홀린 듯 눈을 뗄 수가 없었다.

"빌어먹게도…… 멋지군."

흙투성이가 된 공작의 뒷모습에 그녀가 아주 오래 전 잊은 줄 알았던 빛나는 기사의 모습이 겹쳐졌다. 눌리타스의 퍼석하게 메마른 감정에 아주 미세한 실금이 가는 듯했다.

공작가의 성대한 혼인이 있던 날, 귀빈들의 자리에 앉아서 시뻘

건 눈으로 신부의 새하얀 드레스 자락을 노려보던 젊은 여인이 있었다. 그 여인은 두 눈으로 그녀만의 연인이 다른 계집을 신부로 맞는 것을 똑똑히 지켜보았다. 그리고 그 이후 며칠째 패악을 부리는 중이었다.

"어머니, 이건 정말 말이 안 되는 거예요. 어머니, 뭐라고 말씀 좀 해보세요."

여인은 마구 소리를 지르다 흐느끼며 어머니의 드레스를 잡고 흔들어댔다. 올해 열여덟 살이 되는 아이올라 칼릭스는 메리골드 빛이 나는 풍성한 금발머리를 가진 이로 모르시아니 공작의 외사촌이었다. 아이올라의 어머니는 돌아가신 공작부인의 하나뿐인 여동생으로, 공작의 친인척 중 가장 가까운 사이였다. 특히나 아이올라는 자신의 어머니보다 공작부인인 이모를 더 많이 닮은 외모를 지니고 있어서, 어릴 때부터 공작에게 남다른 대접을 받아왔다고 여겼다.

처음에 그녀는 루셔스 모르시아니 공작과 로마그놀로가의 막내딸의 혼인이 결정되었다는 것을 접했을 때만 해도 별일이 아니라 여겼다. 왜냐하면 그녀의 외사촌이 되는 루셔스가 여인이라면 얼마나 질색을 하는 지 오랜 세월 익히 봐왔기 때문이었다.

당연히 공작이 그 혼인을 거절하리라 예상했다. 제아무리 왕이라 할지라도 끝까지 강제할 수는 없는 것이 혼인 아니던가.

'어쩌다 일이 이렇게 엉망이 된 거지.'

276

아이올라는 타고나길 영민했으며 소유욕이 남다른 남작 영애였다. 그녀는 일곱 살을 갓 지났을 때부터 왕자님처럼 빛이 나던 외사촌 오빠를 가슴에 품었다. 나이가 적당히 차면 공작의 비어 있는 옆자리가 자신의 차지가 되리라 여겼다.

아이올라는 공작의 귀여움을 받는 것만으로는 만족할 수 없었지만, 그저 순진하고 아무것도 모르는 얼굴을 하고 십 년을 인내했다. 그동안 곁에 다가오는 수많은 여인들을 쳐내는 공작을 보며 아이올라는 남몰래 승리를 확신했다.

'하지만 지금 이게 무슨 꼴이람.'

아이올라는 붉게 달아오른 뺨을 감싸며 발을 구르고, 손에 걸리는 것을 모두 집어 던지고 있었다. 그녀는 지금 자신의 상황을 도저히 받아들일 수 없었다. 그녀가 십 년을 노리고 있었던 그의 곁을 그 삐쩍 마른 백작 영애 따위에게 내주는 것을 용납할 수 없었다.

"어머니, 뭐라 말씀을 좀 해 보세요. 루셔스 님이 왜 저를 두고 다른 계집과 혼인을 하신다는 거죠? 그간 저를 퍽 어여뻐 하셨잖아요? 어머니도 잘 아시잖아요?"

칼릭스 남작부인은 어찌할 줄을 몰라 하며, 그저 아이올라의 등을 쓸어주었다. 사실 아이올라가 혼자 그런 꿈을 품은 것은 알고 있었지만, 이 정도일 줄은 몰랐던 그녀였다.

"우리 천사 같은 아이올라, 너만을 사랑해주는 멋진 분이 나타날 거야. 그러니 그만 울자. 우리 아기. 네가 울면 이 어미의 가슴은 미어진단다."

부인은 아이올라를 꼭 안고 함께 울어주었다. 아직 아이는 어리기에 앞으로도 수많은 기회가 있을 것이다. 가슴 아픈 짝사랑이 아니라 온전히 그녀만을 바라봐주는 든든한 사내를 만나 진정한 사랑을 하게 되길 간절히 바랐다.

"세자르 님."

"마님, 저는 공작님의 시종인데 말씀을 낮추십시오."

눌리타스는 유난히 몸이 허약해 보이는 시종의 선해 보이는 눈을 마주했다. 자신이 이런 황당한 일을 겪지 않았다면 저런 모습의 사내로 컸을 것 같다는 생각을 했다. 그리고 그 눈이 촉촉한 소의 것을 닮아서일까. 모든 것이 새로운 공작성에서 만난 이 중 가장 친근감이 느껴지는 사람이었다.

"책을 좀 읽고 싶은데, 서재로 안내를 부탁드려도 될까요."

공작의 시종은 하대를 할 것을 청했지만, 눌리타스에게는 결코 쉬운 일이 아니었다. 이제껏 누군가의 위에 군림한 적이 없었기에 항상 그녀의 아래에 있는 이들에게 맘이 쓰였다.

세자르는 그가 모시는 공작을 참으로 경외하지만, 그의 성정을 익히 아는바, 자신의 동생과 동갑인 공작부인이 내내 신경이 쓰였다.

"네, 기꺼이 모시겠습니다."

세자르는 서재를 향해 가는 길에 말수가 별로 없는 공작부인에게 넌지시 말을 건넸다.

"독서를 즐기시나 봅니다."

"그렇지 못해서 이제라도 좀 읽어보려고 하는 거랍니다."

눌리타스는 이 이상 거짓을 늘어놓고 싶지 않아 어느 정도 솔직한 답을 했다. 메이린의 이름으로 살아가는 동안에 로마그놀로가의 명예에 해가 되는 일을 하지 않겠다고 다짐했다. 그것이 그녀의 어머니를 지킬 수 있는 유일한 방법이었다.

게다가 이리 모르시아니가의 안주인이 된 이상 공작의 체면에도 누가 될 수는 없었다. 공작에게 이미 큰 죄를 저지르지 않았던가. 또다시 마음이 묵직해진 눌리타스는 입을 다물었다.

그 시간 루셔스는 집무실에서 복잡한 서류를 들여다보다가 세자르를 찾았다. 당장 보던 것을 시종에게 넘기고 야외로 나가서 찌뿌드드한 몸을 풀고 싶었지만, 어디에도 세자르가 보이지 않았다. 그러다 찾아온 곳이 마침 서재 근처의 복도였다. 루셔스는 그의 부인과 세자르의 등장에 흠칫 놀라 기둥에 몸을 숨기며 신경질적인 혼잣말을 내뱉었다.

"묘하게 다정해 보이는 군."

발걸음이 멀어지는 소리가 나자 기둥 밖으로 나와 복도의 끝에서 사라지는 두 인영을 지켜보았다. 세자르와 그의 아내가 나란히 선 모습이 꽤 잘 어울리는 것처럼 보였다. 그의 조용한 부인이 미소를 지은 것 같다는 착각도 들었다. 루셔스는 맥이 풀려 한 손으로 기둥을 짚고 한숨을 쉬었다.

"이게 무슨 꼴인지."

왜 세자르와 부인의 등장에 숨었으며, 왜 몰래 그들의 사라지는 모습을 지켜보았냐 말이다.

처음에는 누구와 혼인을 하든 상관없다고 생각했었다. 그저 가문의 명맥만 잇게 되면 그가 할 도리를 다했다고 여겼다. 그의 나이 스물두 살, 순리대로라면 후사를 여럿 보았을 나이였다. 왕이 정해준 가문과의 혼인이라 그냥 체념하듯이 받아들였다.

'하지만 이 기분은 무얼까.'

그는 어째서 저 두 사람이 함께 걷는 것이 눈에 거슬리는 걸까. 루셔스는 기둥을 짚었던 손을 떼며 어깨를 한번 으쓱해 보았다.

'필시 그냥 기분 탓이리라.'

그는 머리를 거칠게 넘기며 다시 한번 그들이 사라진 복도를 쳐다보았다. 여전히 불쾌한 기분이 잔존해 있었다. 지금 당장 검을 들고 밖으로 나가 한바탕 힘을 소진해야만 할 것 같은 충동이 몰려들었다.

눌리타스는 세자르의 친절한 안내로 서재에 도착했고 잠시 멍하니 책장들을 바라보았다. 백작가의 몇 배는 될 듯한 책들이 엄청난 규모로 정리되어 있어 무엇을 선택해야 할지 갈피를 잡을 수 없었다. 그녀는 한참을 살피다 조금 큰 글씨의 제목의 책을 품에 안고 책상으로 향했다.

'혹 문자를 다 잊어버렸으면 어쩌나.'

그런 불안감에 한숨을 내쉬며 조심스레 책장을 펼쳤다. 그녀가 책을 제대로 골랐는지 글자가 큼지막했고 글자가 몇 없어 안도감을 느꼈다. 아마도 어린아이가 보던 책인지, 그림과 글 위로 낙서 같은 것들이 있었다. 동그라미를 그리다 실패한 건지 뭉그러진 도형도 보였고, 쓰다 틀렸는지 막 위로 긋고 그 옆에 다시 '루'라고 적힌 글자가 있었다.

"루? 왜 낯설지 않지?"

그 이름이 주는 기묘한 감상은 잠시였고, 아주 간단한 책이었음에도 곧 따분해졌다. 그녀는 이리 앉아서 무언가를 해 보는 것이 처음이었다. 이전의 그녀는 잠을 잘 때를 제외하고는 손발을 잠시도 가만두지 않았다. 문자를 배운다는 것은 생각해본 적도 없었다.

'귀족들은 이것을 왜 읽는 걸까.'

보바뤼 부인이 책 속에 삶이 있고, 지식이 있다고 열변을 토하던 기억이 떠올랐다. 그 속에 인간사 희로애락이 숨 쉰다고도 했었지. 하지만 눌리타스는 여전히 부인의 말을 받아들이기 힘들었다.

삶이라는 건 하루하루 살면서 만들어 가는 것 아니었나. 책이 자신을 대신해서 살아주기라도 하는 건가. 다른 사람의 생각이나 말을 듣는 것이 내 인생에 무슨 도움이 되는가 하는 강한 반문이 떠올랐다.

지금까지의 그녀의 삶에, 이런 의문을 품게 된 것도 처음이라 이 것도 대단한 일인가 싶어 어깨를 으쓱했다. 책장을 덮고 창 너머 푸른 하늘을 보자니 구름 하나가 돼지처럼 보이기도 하고, 작은 염소처럼 보이기도 하였다.

'아, 그럴 수는 있겠구나.'

그녀가 처음에 진창에서 꿀꿀거리는 돼지들을 치는 일을 시작했을 때, 그 누구도 새끼를 밴 암돼지가 예민하다는 것을 일러주지 않았었다. 돼지들이 일 년에 두 번 이상 새끼를 낳는다는 것도 경험에서 터득한 것이었다. 누군가 미리 알려주었더라면 아마 그녀의 작업들이 훨씬 수월했을 것이다.

"그런 책도 있을까?"

그런 것들을 알려주는 책이 혹 존재한다면 새로 일을 시작하는 소년들에게 큰 도움이 될지 모른다는 생각이 들어 고개를 조금 끄덕였다. 그러다 눌리타스는 작은 탄식과 함께 시선을 하늘에서 아래로 끌어내렸다.

그녀의 눈이 포착한 것은 빠르게 미끄러지는 검은 그림자였다. 큰 키에 몸에 딱 붙는 하얀 셔츠를 입고 있는 이는 모르시아니 공작이 분명했다.

그는 창 너머 마당에서 마치 검과 한 몸인 것처럼 가볍게 손목을 놀리고 있었다. 그는 도약하면서 위에서 아래로 춤을 추듯 검술을 선보였는데, 그의 모습 위로 눌리타스가 한때 동경하던 은색 갑옷을 입은 기사의 모습이 덧입혀지는 것 같았다.

"역시 빌어먹게도 멋지네."

그녀는 넓은 창에 찰싹 붙어 그의 검술이 끝날 때까지 넋을 잃고 그것을 훔쳐보았다. 저런 멋진 사내가 자신의 남편이라는 의식조차 없이 순수한 감탄이 끊임없이 새어 나왔다. 또한 머릿속으로 그의 모습에 그녀를 대입해 보았다. 그가 휘두르는 눈부신 검을 든 손이 어느새 그녀의 것으로 변하였고, 그가 가벼운 도약을 할 때면 그녀의 다리가 드레스 아래에서 움찔거리고 있었다.

3층의 어떤 창에서 그를 쳐다보는 시선은 꿈에도 모른 채 루셔스 모르시아니는 쉬지 않고 몸을 놀렸다. 그를 괴롭히는 과거의 망령을 향해 검을 곧게 뻗었고, 지금 그의 머리를 어지럽히는 말도 안 되는 그림을 지우기 위해 큰 소리를 내질렀다.

로마그놀로 백작이 짜둔 틀에서 적당히 발을 맞춰주는 척하다 그 늙은 너구리의 뒤통수를 쳐주는 것이 그가 생각해둔 계획이었다. 그러기 위해서는 그를 속이는 가증스러운 여인을 미워해야 마땅했다.

'분명 그랬지.'

하지만 외로워 보이는 푸른 눈을 가진 여인을 부정적인 시선으로만 바라보는 것은 그리 쉬운 일이 아니었다. 그들이 처음 함께한 밤 여인이 보여준 체념어린 창백한 낯이 그 시작이었다. 이제껏 지켜본 그의 부인은 아래 사람들에게 온화했으며, 아주 조용한 성품을 지니고 있었다.

'이런 생각도 이제 그만하자.'

그는 오늘도 이 혼란스러움이 그저 평범하지 않은 여인에 대한 일시적인 호기심이라 결론 내렸다.

그때 집무실에서 일을 보고 있으리라 생각하고 헛걸음했던 세자르가 공작을 찾아 왔다.

"공작님 너무 무리하시면 탈 나십니다."

보다 못한 세자르가 손으로 나팔 모양을 만들어 공작에게 외쳤다. 공작은 흡사 무엇에 쫓기기라도 하듯 급박한 손놀림을 하고 있었다. 딱 봐도 호흡이 턱까지 차올랐건만 왜 저리 그만두지 못하는 건가 싶어 세자르는 고민에 빠졌다.

하지만 공작은 오늘도 여전히 보이지 않는 적을 향해 기다란 검을 길게 내려치며 그 뜨거운 땀을 대지에 흩뿌렸다.

4

그녀의 눈물은 곧 모두의 것

하늘이 어두웠다. 바람에 나뭇가지들이 출렁이는 것을 지켜보던 눌리타스는 곧 비가 올 것을 직감했다. 바깥 생활에 익숙한 눌리타스는 성 안에서 머무르는 것이 따분하다 못해 갑갑했다. 비가 온다면 이대로 갇히겠지 하는 생각이 들어 서둘러 망토를 꺼내 들었다. 눌리타스가 외출 준비를 하자 소피아가 따라나서려 했다.

"마님, 제가 모시겠습니다."

"소피아는 방 정리를 좀 해주겠어?"

"그래도 혼자는 적적하시지 않으시겠어요?"

"부탁할게."

지금 그녀는 혼자 있는 시간이 필요했다. 혼인을 한 후 남 보기에는 조용한 날들이 이어졌지만, 그녀의 마음은 하루도 평화롭지 못했다.

공작성의 고용인들은 그녀의 진짜 신분을 모르는 까닭에 눌리타스를 극진하게 대접해주었다. 그들의 믿음이 가득한 눈빛을 접할 때마다 그녀의 양심은 저만큼 추락하는 기분이 드는 것이었다. 게다가 이곳에서는 그녀가 해야 할 일이 전혀 없었다. 스스로가 무가치하다고 느껴져 괴로웠지만, 그 기분을 누구에게도 토로할 수 없다는 것이 더 힘이 들었다.

'어머니가 계시는 그곳에도 같은 하늘이 드리워져 있을까.'

어머니는 관절이 안 좋으셔서 비가 오는 날이면 밤마다 끙끙 앓곤 하셨다. 하지만 제 몸 하나 가누기가 힘들다는 이유로 어머니의 팔다리를 한 번 주물러 드리지 못했다.

후회란 것은 끝이 나지 않았다. 어머니를 곧 데리러 가겠다고 큰소리쳤던 약속이 큰 올무가 되어 그녀의 다리를 잡아채 질질 끌려가는 기분이었다. 어머니를 구하러 뛰어든 구덩이에 갇혀 있는 주제에 누가 누구를 구원해줄 수 있단 말인가.

'찬바람을 온몸으로 맞고 나면 기분이 나아질까.'

모르시아니 공작성의 정원은 흐린 날씨에 불구하고 여전히 아름다웠다. 특히 성루에 올라가서 내려다보면, 공작 영지가 한눈에 들어오는 것이 장관이었다. 성을 따라 흐르는 물을 지나면, 비옥한 토지들이 끝없이 펼쳐져 있었고 북쪽으로는 삐죽한 잎을 지닌 나무가 빽빽한 푸른 숲이 자리 잡고 있었다. 그리고 동쪽으로는 넓은 평원이 펼쳐져 있었다. 모든 것이 너무 아름답고 웅장해서 눌리타스는 서글퍼졌다.

저 너른 들판에 말을 달리는 자신의 모습을 상상해보자 답답했던 가슴이 조금 뚫리는 것 같았다. 바람이 점점 거세지고 있었다. 그녀의 머리를 덮은 망토의 윗부분이 파르르 떨며 작은 소음을 냈다.

"기어이 비님이 오실 모양이구나."

바람에서 비 냄새가 점점 강하게 실려 오기 시작했다. 비를 흠뻑 맞는 건 평소에 그녀가 좋아하는 일이었지만, 지금은 부적합한 행동이란 사실을 잘 알고 있었다.

"슬슬 돌아가 볼까."

성루에서 내려와 사람들의 눈에 잘 띄지 않는 길로 돌아가는 참이었다. 귀부인이 거느리는 하녀 하나 없이 돌아다니는 것이 썩 좋아 보이지는 않으리라는 생각이 들어서였다.

그러다 어디선가 미약하지만, 끙끙거리는 짐승의 신음을 듣게 되었다. 그녀는 그 소리의 근원을 찾아 발걸음을 재빠르게 놀렸다.

"이런, 너구나. 괜찮니?"

신음을 내고 있던 것은 출산이 임박해 보이는 검은 개였다. 개는 정원의 나무 아래에서 부른 배를 하고 몸을 뒤틀면서 끙끙 앓기만 하였다. 눌리타스는 새끼를 가진 짐승들이 극도로 예민해진다는 것을 잘 알고 있었기에 우선 천천히 몸을 숙였다. 그리고 그 검은 개에게 해칠 의도가 없다는 눈을 하며, 아주 천천히 손을 들어 보여주었다.

"쉬이, 착하지. 내가 도와줄 수 있어. 전에도 해본 일이 있거든. 응?"

차가운 빗방울이 볼을 스치기 시작했지만, 그녀는 전혀 개의치 않았다.

백작성에서 일할 때 돼지나 개의 새끼를 받아본 그녀는 재빨리 문제 파악을 하려 상황을 살폈다. 양수가 이미 터져서 바닥에 흥건했고 진통이 올 때마다 어미가 그 고통에 울부짖었다.

"빨리 낳지 않으면 너나 새끼가 위험해져. 이제 내가 손으로 배를 한번 만져볼게."

그녀는 망토의 모자를 내리고 어미 개의 상태를 확인하기 위해 조심스레 배를 쓰다듬어 보았다. 새끼 개들의 태동이 약하게 느껴졌다. 이것은 출산이 임박했음을 의미했다. 그녀는 고개를 들어 혹시 도움을 요청할 만한 사람이 있는지 둘러보았다. 하지만 비가 내리기 시작한 이곳에 누군가 지나갈 확률은 아주 낮다는 것을 알고 있었다.

"별수 없군. 너랑 내가 문제를 해결해 보는 거야. 알았지?"

초산이거나 노산일 때 이렇게 난산을 겪는 경우가 있었다. 눌리타스는 입으로 계속 개를 진정시켜주는 말을 하면서 배를 어루만져 주었다. 이렇게 하면 진통을 촉진시켜주는 데 도움이 될 것이다. 양수가 터졌으므로 새끼들을 얼른 낳아야 했다.

그녀의 드레스 자락이 진흙이 묻어 더러워지기 시작했다. 비를 막아주던 망토가 사라져 머리를 타고 빗물이 뚝뚝 떨어지기 시작했지만, 눌리타스는 끙끙거리는 어미 개가 혹 탈진이라도 할까 봐 눈을 떼지 못하고 있었다. 그런 경우엔 어미도 새끼들도 모두 무사하지 못할 것이다.

"눈을 떠야 해. 너는 할 수 있어. 새끼들을 생각해야지. 응?"

눈을 감으려던 어미개가 그녀의 목소리에 용기를 얻은 듯 자세를 고쳐 잡더니, 갑자기 힘을 주기 시작했다. 눌리타스는 얼른 새끼 개를 감쌀 천을 찾아보았지만, 주변에서는 구할 수 없을 것 같았다. 그녀의 망토를 살펴보았지만, 젖어버린 것으로 이제 곧 태어날 새끼를 쌀 수는 없었다. 정상적인 분만이라면 어미가 새끼를 돌볼 수 있지만, 눈앞의 어미는 지금 너무나 지쳐 보였다.

"그래. 잘한다. 어서 용기를 내. 옳지."

그녀는 새끼들을 자신의 품 안에라도 껴안을 생각을 하고 응원의 목소리를 내기 시작했다. 이대로 포기해서는 안 된다는 생각뿐이었고, 눈물을 흘리고 있다는 것조차 몰랐다.

그때 비가 내리는 길을 걸어오는 누군가의 발소리가 들렸고 눌리타스는 도움을 청하기 위해서 앉은 채로 고개를 돌려보았다. 뜻밖에도 이곳을 찾은 이는 검은 망토를 걸친 모르시아니 공작이었다.

그의 눈에 떠오른 것은 당혹감이었다. 공작부인이 드레스 자락에는 흙을 잔뜩 묻히고, 군데군데 젖은 채로 자신의 개를 돌보고 앉아 있었던 것이다. 그녀의 얼굴은 비와 눈물로 엉망이 되어 있었다.

'아니, 이곳에 그녀가 왜.'

눌리타스는 또한 공작의 등장에 잠시 당황스러웠지만, 새끼가 곧 나올 기세라 급하게 말문을 열었다.

"공작님, 이 어미 개가 지금 문제가 조금 있어요. 마른 천을 좀 부탁드릴게요. 새끼들이 곧 태어날 것 같아요."

그녀는 그 말을 하면서 다시 고개를 돌려 어미에게 향했다. 공작이 좀 더 가까이 다가서자 오닉스가 새끼를 낳기 위해 혼신의 힘을 다하고 있는 게 보였다. 그는 망토 속에 소중하게 품고 온 담요를 꺼내 들어 그녀에게 내밀었다.

"이거면 될까?"

"네."

루셔스는 오닉스의 산달이 다가오는 것을 떠올리고 비가 오기에 걱정이 되어 이곳을 찾는 길이었다.

눌리타스는 양막에 싸인 새끼들이 차례로 나오자 능숙한 손놀림으로 작은 것들 먼저 오닉스에게 건넸고, 어미 개는 탈진할 듯한 눈을 하고서 탯줄을 이로 끊어냈다. 그러면 눌리타스가 새끼들을 천으로 깨끗하게 닦아 말려 다시 어미의 품으로 넣어 주었다.

오닉스는 도합 다섯 마리의 새까만 새끼를 낳았다. 새끼들은 눈도 뜨지 못한 채 꼬물거리다 본능적으로 어미의 품으로 파고들기 시작하였다. 눌리타스는 어미가 탈진하듯 고개를 푹 떨구자 마음이 다시 다급해졌다. 저런 식으로 보내야만 했던 수많은 짐승들의 슬픈 눈이 떠올랐다.

'그럴 수야 없어!'

그녀도 진창 같던 삶을 포기하지 않았듯 어미 개도 조금만 힘을 내길 간절히 바랐다. 초조함과 긴장으로 울상이 되어 힘겹게 입을 열었다. 쓰러진 어미 개가 꼭 그녀의 어머니 같았다.

"얼른 기운을 차릴 만한 것을 가져다주어야 해요."

눌리타스는 혹 새끼들을 두고 어미가 떠나버릴까 걱정이 되었다. 아니 그녀를 두고 어머니가 먼저 하늘로 가버릴까 겁이 났는지도 모른다.

처음부터 빠짐없이 그의 부인을 지켜보던 루셔스는 자신을 두르고 있던 망토를 벗어 눌리타스의 머리를 덮어주었다.

오닉스는 그의 형이 키우던 개의 새끼였다. 그에게 무척이나 의미가 있는 개를 돌보아준 부인에 대한 감사가 담긴 행동이었다.

눈앞의 여인은 처음부터 지금까지 불가사의함 그 자체였다. 이런 부류려니 하고 단정 짓고 있던 그에게 계속 새로운 모습을 보여주었다. 그는 무척 떨고 있는 눌리타스를 얼른 성으로 데려가야겠다고 생각했다. 이러다 오닉스보다 그의 부인이 먼저 쓰러지지는 않을까 염려가 되었다.

"그다음은 성의 하인들에게 맡기지. 그대의 낯이 무척 창백하다."

눌리타스는 눈을 감고 있는 오닉스에 신경을 쓰다 갑자기 비를 막아주는 공작의 망토 때문에 눈이 동그래졌다.

"그리고 진심으로 고맙군."

공작의 감사 인사는 전혀 예상 밖의 것이었다. 아직 그녀는 이런 때에 어떤 식으로 대처해야 하는지 도저히 알 수가 없어 고개를 살짝 조아리며 말을 웅얼거렸다.

"그런 말씀은 당치 않으십니다. 그저 도움이 되어 다행입니다."

목숨을 걸고 로마그놀로가를 떠나올 때 메이린도 백작도 그 어느 누구도 그녀에게 감사 인사를 건네지 않았는데 공작가에서 이런 말을 듣게 될 줄은 꿈에도 몰랐음이라.

고개를 들어 눌리타스는 망토를 제게 내어 준 공작을 바라보았다. 그의 셔츠가 비에 젖어 살갗과 근육이 드러나 있었다. 이내 눌리타스의 얼굴이 붉어졌다. 사내의 맨몸이야 백작성에서 바깥일을 하며 숱하게 보아왔지만, 이리 민망한 기분이 드는 것은 처음이었다.

눌리타스는 공작의 망토를 제대로 잡으려 하다 그녀의 손이 피로 물든 것을 확인하고 얼른 뒤로 감추었다. 얼마나 기괴한 여인으로 보일 것인가. 귀족 영애가 개의 출산을 도와주다니.

혹시 이번 일로 공작님이 수상하다 여기시면 어쩌나 하는 걱정
이 덜컥 들었다. 눌리타스의 푸른 눈이 불안으로 물드는 것을 지켜
보며 공작이 천천히 입을 열었다.

"이런. 그대도 두 손에 온통 피가 묻었군. 정말 모르시아니가에
걸맞은 공작부인이 아닌가."

그의 가벼운 농담에 그녀의 긴장감이 순식간에 풀려버렸다. 어
미 개가 새끼를 잃을까 봐 혹은 둘 다 잘못될까 봐 얼마나 조마조
마했는지 모른다. 눌리타스의 다리가 살짝 풀려 휘청거리기 시작
하자 루셔스가 그것을 먼저 감지하고 재빨리 그의 팔로 그녀를 잡
았다.

비가 내리는 정원의 어느 한구석에서 공작의 망토를 끌리도록
걸친 눌리타스와 물기 어린 검은 머리를 한 사내가 가쁜 숨을 공
유하고 있었다. 눌리타스는 아직 다리에 힘이 들어가지 않아 붉은
손으로 공작의 셔츠를 살짝 끌어 잡으며 고개를 돌린 채였다.

그녀는 보바뤼 부인에게 이런 상황에서의 귀족 영애의 몸가짐
을 배운 적이 없었다. 여전히 어지러웠기에 그의 품을 벗어나지도,
그렇다고 무슨 말을 건네지도 못하였다. 루셔스도 여인을 이리 가
까이해본 것이 거의 처음인지라 몸이 굳는 듯했다. 그의 두 손에
잡힌 눌리타스의 몸은 무척 따스하고 포근한 기분을 선사했다.

그때 뒤에서 오닉스의 끙 앓는 소리에 마법처럼 두 사람의 몸이
떨어졌다. 그리고 약속이라도 한듯 성으로 향하기 시작하였다.

뒤늦게 공작은 오늘도 여전히 그보다는 말 못 하는 짐승에게 더 관심을 쏟는 그의 부인이 살짝 애석하기도 했다. 그녀의 붉은 손은 여전히 그에게 닿지 않음이라. 비는 쉴 새 없이 내려 그의 표정에 내려앉은 쓸쓸한 미소를 이내 지워버렸다.

루셔스는 내리는 비로 몸의 열기를 식히며 눌리타스의 조금 뒤에서 걷고 있었다. 눈앞에 다른 이들이 보이기 시작하자 왠지 모를 실망감이 그의 가슴을 파고들었다. 성의 고용인들은 비에 푹 젖어버린 주인 내외를 보고 크게 놀라 수선을 피웠다.

"얼른 마님의 목욕물을 준비하도록."

루셔스는 젖은 옷을 입은 채로 유유히 걸어가며 하인들에게 공작부인을 보살필 것을 명했다. 눌리타스의 생각에 자신은 그가 벗어준 망토 덕에 많이 젖지 않았고, 오히려 급한 것은 공작인 것 같았다. 그녀는 사라지는 그를 붙잡으려 무어라 입을 열다 멈추었다.

방금까지 그들을 감쌌던 미묘한 긴장감에 아랫배가 살짝 아픈 것도 같았고, 가슴이 조금 뛰는 것 같기도 했다. 알 수 없는 그런 감정들이 그녀로 하여금 어떠한 것도 할 수 없게 만들었다.

눌리타스는 하녀들의 뒤를 따라 물이 준비되었다는 욕실로 향했다.

뜨거운 물을 한가득 받은 나무통에서 루셔스는 눈을 감고 있었다. 머리가 너무 혼란스러웠다. 그가 전장에서 배워 온 것 중 하나가 사람의 눈은 거짓말을 하지 못한다는 것이었다. 분명 그의 부인은 교활한 사기꾼 같은 부류가 아니었다.

그녀의 눈은 언제나 비가 내리는 겨울밤처럼 시리고 아팠다.

그녀가 보여준 수많은 얼굴들이 하나둘 스치기 시작하였다. 사내처럼 욕지거리를 하던 유쾌한 모습, 하녀 아이에게 보여준 자상한 면, 그리고 오늘 오닉스를 구해주려 최선을 다하던 그 작은 손이 마치 지금도 그의 눈앞에 있는 듯했다.

루셔스는 김이 피어오르는 손을 욕조 밖으로 꺼내어 꽉 쥐어보았다.

"그대는 도대체 어떤 사람이지. 나를 조롱하고 있는가. 아니라면……."

로마그놀로 백작처럼 속이 훤히 보이는 적이 아니었기에 그녀의 정체가 가늠이 되지 않았다. 무해한 척하며 어느 날 그의 목을 조를 심산인가. 아니라면 그녀 또한 그 능구렁이 영감의 희생양인가. 언젠가 세자르에게 했던 일상에 보이지 않는 적들로 가득하다는 말이 다시금 생각나는 순간이었다.

눌리타스는 조금 뜨겁다 싶은 욕조 물에 몸이 녹아내리는 것 같았다. 이제야 긴장이 풀려 손이 조금씩 떨렸다. 그냥 답답해서 바람이나 쐬려고 나간 곳에서 아픈 개를 돌보게 될 줄은, 그렇게 우연히 공작을 만나게 될 줄 몰랐다. 넘어지려는 그녀를 잡아준 그의 크고 강인한 손이 주던 생경한 열기가 그녀의 혈관을 타고 도는 듯했다.

"미쳤구나! 그는 고귀한 신분의 공작님이고, 너는 그저 쭉정이에 불과하다는 것을 잊지 마."

갑자기 떠오른 생각에 눌리타스는 주먹으로 욕조에 담긴 물을 팍 내리치며 고개를 저었다.

스스로를 다잡을 필요가 있었다. 이곳에 왜 왔는지를 절대로 잊어서는 아니 되리라.

목욕을 마치자 하녀들이 옷 입는 것을 도와주었다. 그리고 공작님께서 준비를 마치면 차를 같이 들자 청하셨다고 전해주었다.

눌리타스는 솔직히 오늘은 더 이상 그를 만나고 싶지 않았다. 거울 속 여인의 얼굴에 묘한 흥분이 고스란히 드러나 있어서 흉해 보였다. 눌리타스는 두 손으로 마른세수를 한 뒤 허리를 곧게 폈다.

'피할 수 없다면 맞부딪히는 수밖에 없지.'

공작은 뜨거운 벽난로 앞에서 아직 마르지 않은 촉촉한 머리를 늘어뜨리며 서 있었다. 그는 시선을 들어 응접실로 걸어 들어오는 눌리타스를 응시하였다. 따스한 물로 목욕을 마친 직후라 마치 아침 동녘에 떠오르는 햇살이 살포시 여인의 볼에 내려앉은 듯했다.

두 사람은 작은 테이블을 사이에 두고 마주 보고 앉아 찻잔을 들었다. 한참의 침묵을 깨고 먼저 입을 연 것은 공작이었다.

"비를 많이 맞았는데 몸은 괜찮소?"

귀족 영애들이란 찬바람만 조금 맞아도 아플 수 있다는 이야기를 들어왔다. 저렇게 작고 여린 몸을 하고 오닉스와 새끼들을 구해 보겠다고 두 팔을 걷어 올리던 모습이 다시 떠올랐다.

"저는 괜찮은데…… 혹시 어미 개에게 먹을 만한 것들을 가져다 주었을까요?"

루셔스는 그녀의 말에 맥이 풀려 헛웃음을 지었다. 그의 안부를 물어보는 것을 기대한 것은 아니었다.

분명 아끼는 개를 걱정해주는 것이 고맙기도 했지만, 이 기분을 말로 설명하기가 힘이 들었다. 그는 차를 한 모금 머금으며 오닉스를 돌보기 위해 하인을 보냈으니 염려 말라는 말을 건넬 수밖에 없었다.

눌리타스는 그제야 다행이라는 듯 만지작거리기만 하던 찻잔을 들어 조심해서 들이켰다. 그녀의 미천한 재주가 쓸모가 있었다는 생각에 이곳에 와 처음으로 가슴이 펴지는 것 같기도 했다. 하지만 그것도 잠시 두 사람의 대화는 뚝 끊겨버렸다.

벽난로에서 타들어 가는 장작이 내는 소음만이 응접실을 메우고 있었다.

말이 없어진 두 사람은 머쓱하여 불꽃을 바라보았다. 그 따스한 온기가 발끝을 타고 마음을 아주 조금 간질이는 것 같았다. 눌리타스는 의식하지 않으려 애썼지만, 지금 공작이 건너편에서 그녀를 바라보고 있음을 느낄 수 있었다. 그에 대한 생각을 떨치려 할수록 더욱 공작의 손길, 시선에 잠식당하는 듯했다.

"그대……."

그 적막감을 깨듯 약간 잠긴 듯한 공작의 목소리가 들렸다. 눌리타스는 마치 홀린 듯 고개를 들어 그 끝을 알 수 없는 검은 두 눈과 마주쳤다.

"아까 비를 맞은 것이 역시 무리였나 보군."

"아닙니다."

대답을 하는 그녀의 목소리에 놀라움이 가득 묻어났다. 차마 눌리타스는 자신을 빤히 보는 공작 때문에 긴장이 된다고 전할 수는 없었다. 쏟아지는 비를 맞으면서도 오물을 실어 나르던 일을 거뜬히 했던 그녀였지만, 이 또한 그에게 말할 수 없으리. 빨리 방으로 돌아가서 쉬고 싶은 생각이 간절했다. 그래서 몸이 좋지 않아 먼저 일어서야겠다고 공작에게 고할 참이었다.

"아무래도 오늘은 제가 부인을 옆에서 지켜봐야 할 것 같군요."

"네?"

눌리타스는 찻잔을 들고 있던 손이 흔들려 차를 조금 쏟고 말았다.

그러다 그에게 자신은 초야에 기절을 해버린, 약하디약한 여느 귀족 영애처럼 여겨지고 있다는 것을 깨달았다. 무어라 반박하기도 어려워 난처해졌다. 지금 마주하는 것도 힘이 드는데 같은 방에 머무르다니. 급속도로 얼굴에 열기가 차올랐다.

"얼굴도 굉장히 붉으신 게, 열이 있나 봅니다. 부인."

눌리타스는 그것은 난로의 열기 때문이라고 답하려 하다 멈췄다. 공작의 눈이 웃고 있는 것을 보았기 때문이다. 늘 웃전들의 눈치를 보며 살았던 그녀는 본능적으로 공작에게 지금 어떤 말을 하더라도 그의 뜻을 관철시키리라는 것을 알아차렸다.

체념이 담긴 숨을 뱉으며 그녀는 남은 차를 한 모금 마셨다. 차갑게 꽉 식어버린 차가 오히려 지금 조바심이 난 그녀의 속을 달래주었다.

그녀의 삶에 평화라는 것은 도대체 언제쯤 찾아올까.

눌리타스는 저녁 식사를 하는 둥 마는 둥 일찌감치 잘 준비를 마쳤다. 하도 기분이 어수선해서 창을 두드리는 빗소리도 그녀의 귀에는 들리지 않았다. 소피아도 얼른 가서 쉬라고 내보내고 침대에 누워 이불을 입술까지 끌어 덮었다.

'빨리 잠이 들어버리면 괜찮겠지.'

혹시 공작님이 침실을 찾아오시더라도 이미 눈을 감은 그녀는 그를 못 볼 테니…….

하지만 고된 일을 할 때는 머리만 대면 잠이 오더니, 귀족 노릇을 한 후부터는 그것이 그리 쉽지가 않았다.

기이하게도 자려고 애를 쓰면 쓸수록 의식이 또렷해졌다.

결국 잠들지 못한 눌리타스가 한창 뒤척이던 중에 문이 열리더니 기다란 그림자가 방을 찾았다.

그리고 공작의 목소리가 불면의 밤에 번지는 것 같았다.

"벌써 자는 건가?"

"아닙니다."

눌리타스는 놀라서 몸을 일으켜 세워 침대에 기대앉았다. 일어나서 그에게 인사를 하는 게 맞는 건가. 이런 때에 적절한 예법은 배운 적이 없어서 당황스러웠다. 그래도 앉아서 공작을 맞는 것은 아무래도 어색한 기분이 들어 이불을 내리고 나서려 하자, 공작이 가만있으라고 나지막하게 말했다.

공작은 가운을 여민 채 양손에 필요한 것을 구비해 들고 있었다. 눌리타스는 너무 불편해서 앉아 있을 수도 누울 수도 없었다. 공작은 침대 주변에 있는 의자를 끌어 앉으며 협탁에 쟁반을 올렸다.

"원래 아플 땐 초기에 잡아주면 덧나지 않아."

"아, 네."

눌리타스는 그의 얼굴에 드리워진 피로감을 살필 수 있었다. 환한 낮에 보는 공작과는 다른 묘한 매력이 그를 빛내고 있었다. 아비오처럼 비열한 자에게서 찾아볼 수 없는 고결한 무엇이 있는 사내었다.

'고결한 사내…… 사내, 사내라고? 공작님은 그저 공작님일 뿐이야……'

그를 사내라 의식하자 눌리타스의 볼이 붉어지기 시작했다. 얼마나 주책없는 일인가. 한 번도 누군가를 이성으로 생각해 본 일이 없던 그녀에겐 감당하기가 힘든 감정들이었다.

"저런. 또 열이 오르는군. 얼른 눕지."

그가 성큼성큼 다가와서 수건에 물기를 짜서 곧바로 그녀의 이마에 대어주었다. 달아오른 이마에 그의 손길이 닿는 순간, 눌리타스는 놀라 베개에 머리를 대고 누울 수밖에 없었다.

'사생아 나부랭이가 공작의 병간호를 받다니. 말도 안 돼……. 게다가 아픈 것도 아닌데…….'

아까 그녀가 넘어질 뻔했을 때 자신을 잡아주었던 두 손이 지금 바로 그녀의 가까이에 있었다. 그리고 그가 그녀에게로 몸을 또다시 숙이자, 숲에서 불어오는 서늘한 바람 같은 향기가 났다. 그 바람이 그녀의 가슴을 어지럽히기 시작하였다.

아비오에게 발길질 당하기 직전에나 떨리던 심장이, 지금은 다른 소리를 내면서 움직이기 시작했다. 너무 가까이 붙어 있었기에 뒤로 물러서고 싶었지만, 침대 머리만이 그녀 등에 닿을 뿐이었다. 그의 염려가 담긴 시선을 더 이상 견디지 못하고 눌리타스는 이마에 수건을 얹은 채로 입술을 오물거렸다.

"공작님, 괜찮은 것 같습니다."

"내가 전쟁터에서 아픈 자를 여러 번 간호한 경험이 있으니 염려하지 않아도 돼."

그런 이야기가 아니라고!

답답해서 견딜 수 없었다. 하지만 공작은 일정한 간격을 두고 수건을 적셔 이마에 올리고 내리는 일을 반복하고 있었다. 그것을 피하려 몸을 슬금슬금 움직여 보았지만 피할 길은 없었다.

찬 수건을 이마에 올렸건만, 이상하게 눌리타스는 없던 열이 날 것처럼 더워지기 시작했다. 그녀의 곤란한 표정을 본 공작이 침착하게 말을 했다.

"내가 그대를 돌볼 테니 걱정 말고 자도록 해."

눌리타스는 이런 상황에서 잘 수 있을 정도로 둔감한 감성을 지니지는 않았다. 그녀는 심장이 마구 뛰어서 덮고 있는 이불 밖으로 그 움직임이 새어나갈까, 혹 그가 눈치채지나 않을까 염려가 되어 억지로 눈을 감았다.

"옳지."

눈을 감자, 그가 건네는 편한 말들과 시원한 물수건의 감촉이 점점 편하게 느껴지기 시작하였다. 눌리타스가 예전에 열병을 앓았을 때 그녀의 어머니가 자신을 간호해주던 기억이 떠올랐다. 어머니의 울음 섞인 목소리에 그녀의 가슴도 미어지는 듯했었다.

아무리 강하게 마음을 다잡아도 어머니 생각만 하면 눌리타스는 숨이 제대로 쉬어지지 않는 것 같은 고통과 함께 무력감에 사로잡혔다.

'어머니, 오늘 밤 편안하게 주무시고 계신가요.'

닿지 않을 인사를 어머니에게 건네자 그제야 눌리타스의 팔이 가슴에서 스륵 미끄러져 침대 위로 힘없이 툭 떨어졌다. 공작은 수건을 갈아주다 그의 손등을 눌리타스의 이마에 가져다 대어보았다. 이마에서 여전히 뜨거운 기운이 느껴지는 것 같았다.

"몸이 상당히 허약하군."

루셔스는 그의 검은 눈을 조용히 내리깔며 잠이 든 그의 아내를 바라보았다.

비를 맞아 몸이 안 좋아진 그녀를 돌보는 것은 오닉스를 구해준 보답일 뿐이라고 되뇌며 창밖을 바라보았다. 그의 어머니가 병으로 돌아가시던 날도 이리 비가 왔었지.

그의 슬픔이 아주 잠시 수면 위로 떠오르는 듯했다.

'기사는 겁이 없어야 한다!'

'기사는 또한 고귀하여야 한다!'

'기사는 완전무결한 존재여야만 한다!'

누군가 그의 뒤에서 크게 외치는 소리가 들리는 듯했다. 루셔스는 가문의 상징 아래에서 장검을 빼 들었다. 그의 일격에 어린아이의 아비일지 모르는 자가 쓰러졌고, 다음 일격에 누군가의 아들일 사내의 몸이 허물어졌다.

더운 피가 검에 붉은 상흔을 만들었다.

'죽이지 않으면 내가 당한다!'

그것이 전장에서 그를 살게 해준 법칙이었다. 루셔스는 꿈속에서조차 칼을 내려놓지 못한 채 밤새 생존을 위해 몸부림쳐야만 했다.

눌리타스는 고통스러워하는 신음 섞인 소리를 듣고 눈을 떴다. 그녀는 언제 잠이 들었던 건가 잠시 당황했지만, 이내 고통받고 있는 공작을 확인할 수 있었다. 그는 침대 옆 의자에 불편하게 기대 앉아 손에는 물기가 이미 말라버린 수건을 겨우 쥔 채 식은땀을 흘리고 있었다.

낮에는 절대 무너지지 않는 성벽처럼 보이던 그가 무방비한 모습을 보이자, 눌리타스의 가슴이 다시금 크게 요동치기 시작하였다. 그러다 고개를 가로젓고 해야 할 일을 하기로 했다.

눌리타스는 조심스레 일어나 공작을 부축해 침대에 눕는 것을 도와주었다. 그는 잠결에 조금 중얼거리더니 그녀가 이끄는 대로 몸을 움직였다. 눌리타스는 그가 눕는 것을 확인하고 이불을 덮어주었다.

공작은 누워서도 여전히 고개를 저으며 괴로워했다. 그의 이마에서 흐르는 땀이 볼을 타고 흘렀다. 눌리타스는 물에 적신 수건을 쥐고 잠시 갈등하였다.

'나처럼 천한 사기꾼의 손길이 고귀한 분에게 닿아도 괜찮을까.'

그때 다시 한번 공작이 괴로운 소리를 냈고, 눌리타스는 그의 이마에 깊은 주름이 패는 것을 보고 마음을 굳혔다. 그녀는 수건으로 그의 땀을 닦아 주었다. 어떤 악몽인지 모르겠지만, 서늘한 기운에 부디 그 꿈에서 벗어날 수 있기를 소원했다.

그녀의 손길 때문일까. 공작은 잠결에 누군가를 불렀고, 눌리타스는 그 바람에 힘없이 수건을 떨어뜨렸다.

"어머니⋯⋯."

그녀는 사실 이제까지 귀족들과 그녀는 다른 피가 흐를 것이라 생각하고 있었다. 그런데 저리 강건한 사내가 그리움을 한껏 담아 어머니를 부르다니. 사고가 멈춘 듯, 눌리타스는 한순간 아찔했다.

"이런 고귀한 자도 아픔을 느끼는구나⋯⋯."

세상에 존재하는 모든 불행과 비극은 눌리타스와 어머니의 것이라 생각했었다. 귀족들은 신분도 재력도 모두 가졌으니 당연히 슬픔 따위는 느끼지 못할 거라고.

모든 것을 가진 모르시아니 공작도 그녀처럼 더운 피가 흐를지도 모른다는 생각은 눌리타스에게 커다란 충격을 주었다.

'귀족들이란 모두 아비오나 백작님과 비슷할 줄 알았어⋯⋯. 내가 틀린 건가?'

눌리타스는 온몸에 소름이 돋는 것 같은 착각을 느꼈고, 이제야 겨우 편안해진 공작의 자는 얼굴을 보고선 몸을 세웠다.

다음 날 루셔스가 일어났을 때는 침대에 혼자였다. 그는 오랜만에 푹 잔 것이 너무 이상한 기분이 들어 머리를 흔들었다. 간밤에는 그토록 보고 싶어도 나타나 주지 않던 어머니를 꿈에 잠시 만났던 것 같기도 했다. 그 아련한 여운이 여전히 가슴에 맴도는 것 같았다.

그러나 루셔스는 코웃음을 쳤다.

"내가 정녕 소문처럼 미쳐가는 건가?"

그는 나약해진 것 같은 기분을 털어내고자 힘차게 자리에서 일어섰다. 그는 아버지와 형님들의 몫까지 살아야 했고, 생전 어머니와의 약속을 지켜야만 했다.

그러기 위해서는 모르시아니 공작은 강해져야 했다.

"그나저나 그 몸으로 어딜 간 거지."

눌리타스가 누웠던 자리엔 누군가 잠을 잔 흔적이 남아 있지 않았다. 그는 누군가와 자는 것이 익숙하지도 않을뿐더러, 전장의 막사에서 오래 지냈기 때문에 개미 새끼 한 마리의 움직임까지 포착할 정도로 예민했다.

하지만 그는 간밤에 속수무책으로 잠이 들었다는 것을 인정해야 했다.

"귀신이 곡할 노릇이군."

창을 열자 비는 자취를 감추었고, 하늘은 높고 바람엔 청량감이 감돌았다. 루셔스는 대충 옷을 챙겨 입고 오닉스를 살피러 발걸음을 서둘렀다.

하지만 그는 오닉스가 있는 곳 근처 모퉁이에서 멈춰야 했다.

"그래. 많이 먹어."

오닉스가 대답하듯 가냘프게 소리를 내자 여인은 작게 웃는 소리가 들렸다. 그는 이제껏 들어보지 못한 아주 다정한 목소리였다.

"야, 젠장! 내 손을 핥지는 마."

루셔스는 요즘 걸핏하면 자신의 성에서 몸을 숨기는 이유를 알지 못했다. 하지만 그곳에 서서 한참이나 오닉스와 여인의 대화를 엿듣는 것을 멈추지 않았다. 숙녀들이 쓰지 않는 단어를 내뱉으며 다정하게 오닉스를 염려해주는 작은 여인의 목소리를 가만 듣고 있는 것이 나쁘지 않았다. 그는 오닉스에게는 오후에 다시 오기로 하고 훌쩍 사라졌다.

어제 비 내리는 가운데 난산을 겪었다는 게 믿기지 않을 정도로 오닉스와 새끼들의 상태는 좋았다. 오닉스는 어제 자신을 도와준 눌리타스를 기억이라도 하는 듯 고개를 들어 그녀를 반겨주었다.

핑크빛 코를 가진 새끼들은 꿈틀거리며 어미의 품에 파고든 채 달콤한 꿈을 꾸고 있는 것처럼 보였다.

그 모습을 지켜보는데 왜 이리 눈물이 핑 도는지 모를 일이었다. 눌리타스는 모두가 무사한 것이 너무 기뻐 한참을 그 앞에 머물렀다.

그리고 이곳에서 그녀를 반겨주는 첫 친구를 사귄 것이 눌리타스에겐 큰 의미가 있었다.

"오닉스, 또 올게."

눌리타스는 뒤늦게 식사 시간에 늦었다는 생각이 들어 거의 뛰듯 걸었다. 돌아서는 그 마른 얼굴에 아주 작은 미소가 한 조각 걸렸다.

이보다 더 좋은 날이 없을 만큼 모든 것이 순조로웠다. 하늘도 꽃도 눌리타스의 마음도 이 성에 온 이래 처음으로 따스한 기운을 머금기 시작하는 것 같았다.

오후 티타임이 끝날 무렵 예정에 없던 방문객이 공작성을 찾았다. 마차에서 내린 여인은 메리골드를 닮은 금발 머리, 뽀얀 얼굴에 푸른 눈을 지니고 있었다. 공작성을 올려다보는 눈매가 제법 사나웠다. 그녀는 어떤 망설임도 없이 마치 제집인 것처럼 모르시아니가에 당당하게 걸어 들어왔다.

그 시간 눌리타스는 자수를 배워볼까 해서, 바늘과 실을 가지고 사투를 벌이는 중이었다. 보바뤼 부인이 귀부인에게 수를 놓는 것은 기본 소양 중의 하나라고 강조했었다. 소질도 흥미도 없는 건 분명했지만, 그녀는 노력해보기로 했다. 하지만 바늘에 실을 꿰어 동그란 수틀 위에 무언가 표현해내는 것은 보기보다 어려운 일이었다.

'진짜 돼지우리에 볏짚을 나르는 일이 훨씬 수월하리라.'

바늘에 찔려 작은 핏방울이 손가락 여기저기 맺혔지만, 눌리타스는 포기하고 싶지 않았다. 귀부인이 남편의 손수건에 수를 놓아 건네는 것이 얼마나 낭만적인 일인지를 토로하던 보바뤼 부인의 이야기 때문만은 아니었다.

현재와 과거가 한데로 섞여 어지러운 가운데 손끝이 화끈거리기 시작하는데, 소피아가 들어왔다.

"마님, 손님이 오셨다고 잠시 내려오시랍니다."

소피아가 공손하게 그녀에게 공작의 말을 전했다. 눌리타스는 손님이라는 말에 자동으로 위축되는 것 같았다. 바늘을 수틀에 꽂고 그것들을 조심스레 치워두었다. 누가 볼까 두려울 정도로 조악한 결과물이 하얀 천 위에 새겨져 있었다.

붉어진 손을 감추기 위해 연보랏빛이 도는 장갑을 선택했다. 응접실로 향하는 내내 눌리타스는 혹 손님에게 실수라도 하지 않을까 가슴을 졸여야 했다. 이제 시작인데 벌써 긴장을 해서 어쩌자는 건가 하며 다독여 보았지만, 떨리는 심장이 쉽게 진정되지 않았다.

응접실에는 이미 공작과 손님이 환담을 나누는 중이었다. 눌리타스가 천천히 들어서자 공작이 일어서서 그녀의 팔을 이끌어 주었다. 공작의 옆자리가 눌리타스의 자리였고 손님은 바로 건너편 자리에 앉아 있었다. 셋이 마주하자, 처음 보는 젊은 영애가 공손하게 인사를 올렸다.

"안녕하세요. 공작부인. 저는 칼릭스 가문의 아이올라라고 합니다."

아이올라는 만개한 장미를 연상시키는 그런 화려한 미모를 지닌 여인이었다. 금발이 어깨를 넘어서 구불구불 늘어뜨려져 있었고, 푸른 드레스가 어깨선을 적당히 드러낸 탓에 아이올라는 소녀 같기도 하고 성숙한 여인처럼 보이기도 하는 묘한 매력을 발산하고 있었다. 눌리타스는 아이올라의 빛나는 아름다움 앞에서 작아지는 기분이 들었다.

"부인, 아이올라는 내 외사촌입니다."

옆에서 공작이 아주 가벼운 어투로 설명을 더 했다. 눌리타스는 자신에게 호감을 표하며 눈웃음을 치는 아이올라에게 짧은 인사를 했다. 그녀는 이 자리가 무척 불편했지만, 그저 찻잔을 가볍게 끌어 쥐는 것 외에는 할 수 있는 것이 없었다. 아마 앞으로 이런 일이 끝도 없이 있을 거라고 생각하자 현기증이 날 것 같기도 했다.

루셔스는 의자 등받이에 몸을 기대며 약간 따지듯 말을 내뱉었다.

"그래, 기별도 없이 무슨 일이지."

"어머! 루셔스 오빠. 아니, 모르시아니 공작님. 저는 그저 공작님의 혼례 때 너무 아름다운 공작부인을 뵙고 친하게 지내고 싶어 찾아온 거랍니다. 저랑 나이도 비슷하신 것 같아 말벗이 되어드릴까 했죠. 제가 실례를 범하는 걸까요?"

사랑스러운 미소를 띤 아이올라가 눌리타스와 공작을 보며 살짝 눈치를 보듯 말끝을 흐렸다. 사실 눌리타스는 말벗 따위 개나 줘버리고 싶었다. 공작의 외사촌이라니. 얼마나 긴장을 하며 그녀를 대해야 할 것인가. 하지만 저런 식으로 교묘하게 거절을 못 하게 만드는데, 마땅하게 대처할 방안이 떠오르지 않았다.

눌리타스가 아무런 답을 못하고 난처한 기색을 드러내자 공작은 그녀의 손등을 가볍게 두드리며 미소를 띠었다. 모르시아니가에는 그의 부인이 대화를 주고받을 마땅한, 비슷한 또래의 귀족 여인이 없다는 생각이 뒤늦게 떠올랐다.

"저런, 내가 배려가 부족했군요. 아이올라의 호의를 받아들여도 될까요?"

눌리타스는 갑자기 그에게 닿은 자신의 손을 의식하느라 공작이 무슨 말을 하는지도 모르고 고개를 끄덕였다. 뭐가 호의라는 건지, 배려를 하는 게 무언지 하나도 알 수가 없었다. 이제는 아예 장갑을 낀 그녀의 손등 위에 그의 커다란 손이 내려앉았다.

"아이올라. 기특하구나."

"공작님도 참, 저도 이제 혼인을 하고 남을 나이랍니다."

아이올라는 두 사람이 손을 포갠 것을 힐끗 곁눈질하며 눈을 살벌하게 번쩍였으나, 금방 원래의 산뜻한 얼굴을 회복하였다.

눌리타스는 아무런 거리낌 없이 공작을 대하는 칼릭스 영애와 루셔스를 살피다 왠지 자신이 그들 사이에 끼어든 방해꾼이 된 것 같은 기분을 느꼈다. 그들이 나누는 대화는 주로 어린 시절이나 가문에 관련된 것이어서 그녀로서는 위화감을 느끼기 충분한 것이었다. 그렇게 대화가 무르익을 무렵에 세자르가 응접실에 찾아와서 공작에게 급한 전갈이 왔으니, 확인 부탁한다는 말을 하였다.

공작이 잠시 실례한다는 말을 남기고 응접실을 빠져나가자 눌리타스는 그제야 숨을 제대로 쉴 수 있었다.

장갑 위로 그가 남긴 온기가 여전히 머물러 있는 것 같았다.

여전히 정신을 차리지 못하는 눌리타스를 부르는 목소리에 겨우 현실로 돌아올 수 있었다.

"공작부인."

내내 생글생글 웃으며 눈을 마주치던 칼릭스 영애의 목소리는 더 이상 다정하지 않았다.

"그 자리가 원래 제 것인 것을 알고 계셨나요?"

"네?"

눌리타스는 처음에는 잘못 들었나 싶어 장갑에 고정되어 있던 눈을 들어 아이올라의 얼굴을 마주했다. 상대의 눈에 불길이 이는 듯 맹렬한 빛이 새어 나오고 있었다. 눌리타스는 이런 이야기를 듣는 게 처음이 아니라는 것이 기가 막혀 대꾸할 말이 떠오르지 않았다.

"모르시아니가의 안주인 자리는 아주 오래전부터 제 것이었죠."

'……개나 소나 다 자기 꺼라네.'

눌리타스를 향한 아이올라의 적대감이 응접실을 가득 메울 정도로 뜨거웠다. 붉은 머리를 한 눌리타스는 또다시 맞닥뜨린 의외의 복병 앞에서 긴 한숨을 내쉬었다.

'그렇다면 진즉에 모르시아니가의 안주인이 되시지 그러셨어요?'

저렇게 따져 묻고 싶은 것은 오히려 그녀 쪽이었다. 그랬더라면 왕이 이런 혼사를 추진하지 않았을 것이다. 그녀와 어머니도 이전의 삶을 영위하며 소소한 행복을 얻으려 했을 수도 있었을 것이다.

눌리타스는 하늘 아래의 풀 한 포기조차 그녀에게 허락되지 않았다는 것을 이미 잘 알고 있었다. 칼릭스 영애에게 불과 몇 달 전만 하더라도, 그녀도 이 자리에 앉을지 전혀 몰랐다고 토로하고 싶은 심정이었다.

하지만 지금 눌리타스는 어찌 되었든 모르시아니 공작부인이

자, 로마그놀로가의 막내딸의 이름을 하고 이곳에 앉아 있지 않는가. 또한 그러한 가정들이 지금 와서는 아무런 의미가 없다는 것을 알고 있었다.

'그래. 화가 날 수도 있겠구나.'

그녀는 누군가를 좋아해 본 적은 없지만, 이런 일을 겪는다면 분명 속상할 것 같았다. 마치 눌리타스가 소중하게 보관해 둔 마른 고기 한 덩이를 도둑맞은 기분일지도 모른다고 추측해보았다.

"그렇군요. 칼릭스 영애. 심심한 위로를 드립니다."

눌리타스는 공작부인으로서의 체면도 지키면서 상처를 받은 칼릭스 영애에게도 위로가 되길 바라는 마음으로 말을 건넸다.

하지만 아이올라는 시종일관 무덤덤한 표정으로 그녀에게 선심이라도 쓰듯 인사하는 공작부인 때문에 머리가 새하얘지는 기분이었다.

그녀가 이곳으로 오면서 예상했던 반응은 이런 것이 아니었다. 당당한 그녀 앞에서 공작부인이 큰 충격을 받고 눈물을 떨구기를 기대했다. 그래서 종국에는 제 발로 저 계집이 공작님의 곁을 떠나도록 유도하는 것이 그녀의 계획이었다.

'이게 아니잖아?'

멀리서 듣기로는 붉은 머리 여인은 병약한 계집이라 하였다. 로마그놀로 백작 부인이 귀하게 길러 툭하면 눈물바람인 그런 나약한 성정을 지녔다고. 그래서 그 흔한 무도회 한번 참석하지 못했

314

다고 하지 않았나. 하지만 지금 눈앞의 붉은 머리 여인에게선 그런 유약함 따위는 찾아보기 힘들었다.

눌리타스는 이런 상황 역시 배운 적이 없지만, 걱정했던 것보다 잘 대처한 자신이 대견스러웠다. 귀족 흉내를 몇 달 내더니 제법이 란 생각도 들었다. 그녀는 입을 멍하게 벌리고 얼어 있는 아이올라 에게 다정한 미소를 지으려 노력하며 일어섰다. 모든 것이 잘 해결 되었다, 믿고 싶었다.

그날 저녁 공작은 아이올라를 식사에 초대했다. 눌리타스는 아이 올라의 얼굴이 다시 환하게 빛나는 것을 보고 가슴을 쓸어내렸다.

루셔스는 간밤에 있었던 일들에 대해 부인과 대화를 나눌 기회 를 얻지 못한 상태에서 아이올라가 방문한 것이 그리 달갑지 않았 다. 평소에도 그의 부인은 식사 자리에서 말이 거의 없지만, 오늘 따라 고개 한 번 들지 않는 것 같아 유독 신경이 쓰였다.

"공작님! 다 같이 사냥을 가는 게 어떨까요? 예전엔 자주 갔잖 아요. 저에게 사슴도 잡아주셨잖아요."

공작이 건너편에 앉은 붉은 머리를 살피는 듯하자 아이올라가 명랑한 목소리로 공작의 주의를 끌었다. 그녀는 그렇게 공작과의 각별한 사이를 상대에게 제대로 알리고자 하였다. 하지만 루셔스 는 예전과는 다르게 선뜻 대답을 내어놓지 않고 공작부인의 의사 를 먼저 물어보는 게 아닌가.

"부인, 괜찮겠습니까?"

아이올라는 언제 들어도 가슴이 설레는 공작의 목소리를 음미하였다. 그러나 그것은 그녀를 향한 것이 아니었다. 아마 그녀에게 희망이라는 것이 남아 있지 않다면 견딜 수 없었을지 모른다.

눌리타스는 사냥은 한 번도 나가본 적이 없어서 잠시 망설일 수밖에 없었다. 또한 거절의 말을 하기도 어색한 상황이라는 것을 잘 알고 있었다. 보바뭐 부인이 귀족 영애들은 아주 어린 나이에도 사냥터를 드나든다고 했었다.

'말은 탈 줄 아니까 괜찮을까. 하지만 부족한 모습을 보이면 어쩌나.'

잠시의 망설임을 끝내고 눌리타스가 긍정의 답을 주자 루셔스가 그제야 아이올라에게 그러자고 답을 했다. 아이올라는 이런 일련의 과정을 지켜보며 묵묵히 인내해왔다. 공작님은 그저 예를 중시하는 분이라 부인의 체면치레를 해 주는 것뿐이라고 믿었다.

아이올라는 공작부인보다 그녀가 훨씬 아름답다 여겼고, 루셔스를 오래 알아왔다는 것에 큰 자부심이 있었다. 그래서 공작의 답을 듣고 전혀 상처 입지 않은 척 화사하게 미소를 지어 보였다.

다음 날은 선선해서 사냥을 하기에 적당했다. 루셔스와 눌리타

316

스는 검은 바지에 붉은빛이 도는 몸에 꼭끼는 재킷을 입었다. 바지
와 재킷에는 금사로 문양이 새겨져 있었고, 허벅지까지 올라오는
승마용 부츠를 신었다.

"두 분 굉장히 잘 어울리십니다."

세자르는 그림처럼 어울리는 공작 부부에게 말을 건네며 다가
섰다. 그 말을 들은 루셔스와 눌리타스는 헛기침을 해대며 서로
다른 곳을 쳐다보았다. 눌리타스는 그렇지 않아도 공작과 맞춘 듯
한 의상 때문에 큰 당혹감을 느끼는 차였고, 세자르가 그것을 꼭
집어 말하는 통에 얼굴이 뜨거워 손부채질을 하였다.

"세자르 베일, 자네가 요즘 날로 용감해지는군."

온화하게 웃고 있던 공작이 세자르에게 전쟁터에서나 보일 법
한 서늘한 시선을 날렸다. 세자르는 허둥대며 칭찬도 못 하냐면서
혼잣말을 하였다.

그리고 때마침 아이올라가 레이스가 치렁치렁한 샛노란 재킷을
입고 어둠을 밝히듯 등장하였다.

"어머, 제가 제일 늦었나요?"

환하게 미소를 짓고 있는 아이올라의 채찍을 쥔 손이 가볍게 떨
리고 있었다. 저 가증스러운 공작부인과 그녀의 사내가 같은 옷을
입고 서 있는 꼴을 보게 될 거라고는 생각지 못했던 까닭이었다.

'하지만 저것도 오늘이 마지막이리라.'

아이올라의 입매에 그 또래의 여인에게서 찾아보기 힘든 섬뜩

함이 잠시 스쳤다.

루셔스와 세자르가 선발에 서서 말을 몰기 시작하였고, 하인들은 그 뒤를 따라 걸었다. 자연스레 눌리타스와 아이올라가 말머리를 나란히 하게 되었다. 공작성에 온 이후 처음으로 하는 승마에 눌리타스는 볼 옆을 가르는 바람이 주는 상쾌함을 만끽하는 중이었다. 다소 차가운 듯한 바람이 그녀의 모든 번민을 날려버리는 듯했다.

"공작부인, 사냥을 즐기시나요?"

"아니요. 저는 사냥은 좋아하지 않아요."

사실 눌리타스는 이대로 망루에서 보던 북쪽 숲까지 한달음에 달리고 싶었다. 공작도 이 귀찮은 손님도 모두 떼어놓고 홀로 질주하고 싶은 마음이 간절했는데, 아이올라는 그렇지 않은 모양이었다. 그녀는 끊임없이 무언가 질문을 했고, 눌리타스는 그것에 신중히 답을 하느라 말을 천천히 몰수밖에 없었다.

"그렇군요."

그러다 아이올라가 가벼운 대답을 하더니 갑자기 말의 속도를 높여 눌리타스의 앞으로 달려가기 시작하였다.

'아마 네년은 일평생 사냥을 좋아하지 않게 되겠지. 남의 것에 욕심을 부린 대가를 치러야 할 거다.'

아이올라가 혼자서 내뱉는 말들이 거세지는 바람 속으로 흩어져 사라져버렸다. 아무런 기별도 없이 사라진 금발 머리 영애의 뒷모습을 보면서 고개를 한번 갸우뚱한 눌리타스는 이내 그 성가신 존재를 잊어버렸다.

성루에서만 보던 길을 이렇게 달리고 있으니 신기한 기분이 들었다. 이렇게 달리다 보면 어머니에게도 갈 수 있을까 하는 생각에 속도를 점점 높이게 되었다.

그녀의 오른쪽 몸이 살짝 기울기 시작한 것은 그때였다.

무슨 문제인지 미처 두 눈으로 확인하기도 전에 그녀의 몸이 말에서 떨어져 바닥에 곤두박질쳤다.

말은 놀라 소리를 내지르며 그 자리를 쏜살같이 떠나버렸다.

"이런, 돌아오라고!"

달리는 말에게 소리를 질러보았지만, 주변에는 바람에 섞인 먼지뿐이었다. 그녀는 입매를 찌푸리면서, 오랜만에 느끼는 통증에 반가운 기분이 들기도 하였다.

'공작부인이 되면 아플 일은 없을 줄 알았는데, 그것도 아니었나 보다.'

속도를 막 높이는 참이라 천만다행이지 않았나. 더 빠른 속도에서 떨어졌더라면 아마 어딘가 부러지고도 남았을 것이다. 설상가상으로 뺨에 차가운 물기가 느껴지더니 하늘이 순식간에 검게 물들었다. 소나기인지 모를 굵은 빗방울이 길게 자란 풀밭을 때리기 시작하였다.

"비까지 오네."

눌리타스는 그녀에게 주어진 기막힌 행운에 말문이 막혔다.

"출발한 지 얼마 되지는 않았지만, 지금 걸어서 돌아가긴 무리인데."

우선은 비를 피할 곳을 찾는 것이 급했다. 그녀가 아무리 강골이긴 했으나 이런 비를 장시간 맞는다면 아마 내일 뜨는 해를 보기 힘들 것이란 생각이 들었다. 성보다는 숲이 가까운 위치였으므로 주저 없이 시커먼 숲을 향해 씩씩하게 걷기 시작하였다.

"아이올라, 그게 무슨 말이야."

"공작부인께서는 갑자기 머리가 아프시다면서 성으로 돌아가셨어요."

비가 내리기 직전 뒤따라온 아이올라가 전한 말에 루셔스는 잠시도 고민을 하지 않고 일행에게 명했다.

"모두 성으로 돌아간다!"

아이올라는 공작부인이 걱정되어 즉시 성 쪽으로 말머리를 돌리는 루셔스를 야속하다는 듯 바라보며 입을 삐죽였다. 그래도 아까 그녀가 공작부인과 헤어진 지점이 아닌 다른 길로 일행을 이끄는 것을 잊지 않았다.

출발 전 새벽이슬을 맞으며 공작부인의 안장을 손수 만져두었으니 그쯤에서 사고를 당했을 것이다. 풀숲에 쓰러진 병약한 붉은 머리 계집은 뼈가 몇 개 부러진 채로 차가운 비를 맞고 있겠지. 운이 좋다면 분수를 모르는 그 계집은 벌써 하늘의 품에 안겨 편히 쉬리라.

'신도 나의 편이야.'

아이올라는 돌아가기 위해 서두르며 내리는 비를 기꺼이 맞았다. 이제 곧 그녀의 집이 될지도 모르는 모르시아니 공작성이 오늘따라 더욱더 크고 웅장해 보였다.

숲으로 들어간 눌리타스는 비를 피할 적당한 굴을 발견했고 젖지 않은 나뭇가지를 주워들었다. 혹 이 굴의 주인이 따로 있어서, 험한 일을 당할까 두려운 가슴을 부여잡으며 나무를 이리저리 휘둘러보았다. 그러나 아무런 반응이 없는 것으로 보아, 다행히 빈 굴인 모양이었다. 그녀는 그제야 차가운 바닥에 풀썩 주저앉아 떠돌이 일꾼에게 배워 둔 불 피우는 법을 되새겨 보았다.

"이거, 그자를 만나면 고맙다는 말을 꼭 해야겠군."

눌리타스는 물을 먹어 무거워진 가죽 부츠를 벗어 던졌다. 그리고 작은 돌을 두 개 주워 탁탁 부딪혔다. 금세 작은 불꽃이 일어났고, 검부러기와 나무 잔가지들에 불꽃을 붙였다. 불을 피우는 것에 성공하자, 그제야 어딘가 통증이 느껴지긴 했다. 그래도 이 정도는 아비오에게 맞은 것에 비교하면 견딜 만한 것이었다.

"젠장! 단련시켜주신 도련님께 감사 인사라도 드려야 할까."

눌리타스는 잔가지를 계속 밀어 넣으며 메아리치는 제 목소리를 들었다.

분명 잠시 몰아치는 비 같았지만, 그녀의 판단이 틀릴 수도 있었다.

'귀족 나리들만큼 변덕스러운 것이 저 하늘 아니었던가. 밤을 이곳에서 날 수 있을까. 숲에서 자다 얼어 죽은 이들을 숱하게 묻어주었다는 떠돌이의 말이 왜 지금 떠오르지.'

약간 겁이 나는 것 같아 다른 생각을 해보기로 했다. 눌리타스는 머리를 움켜쥐고 물기를 쥐어 짜내며 어금니를 깨물었다. 손에 쥔 작은 돌멩이 하나를 동굴 입구 쪽으로 집어 던졌다.

"그 망할 금발 아가씨가 뭔가 수를 쓴 거야."

아이올라가 뭐 마려운 개처럼 그녀의 곁을 맴돌다가 갑자기 말을 몰고 사라진 것이 수상하기 그지없었다.

'방해꾼이 사라졌다고 기뻐할 일이 아니었군.'

여타의 아가씨라면 낙마를 하는 순간 기절을 했을 테지만, 안장의 끈이 절단된 부분에서 분명히 도구를 쓴 흔적을 보았더랬다.

"내가 진짜 귀족 아가씨가 아니라서 말이지."

로마그놀로가의 아비오에겐 여러 번 짓밟혀도 감히 보복할 엄두도 낼 수 없었다. 하지만 이곳은 사정은 다르다.

눌리타스의 젖은 머리끝에서 반짝이는 분노가 피어오르고 있었다.

루셔스와 일행은 서둘러 아이올라의 뒤를 쫓아 성으로 돌아갔다. 말머리를 돌리는 순간부터 퍼붓기 시작한 빗줄기는 성에 도착하자 점점 굵어지고 있었다. 흐린 날씨는 찬기를 내뿜고 있었고, 급하게 달린 말들은 입가에 허연 침을 흘리고 있었다.

"주인님. 공작부인은 아직 돌아오지 않으셨습니다."

머리가 아파서 먼저 돌아갔다던 공작부인의 흔적은 모르시아니 성 어디에서도 찾을 수 없었다. 하녀가 송구스러운 표정을 지으며 눌리타스가 성 내에 없음을 다시금 확인시켜주자, 루셔스는 급히 망토를 바꿔 입고 말에 올랐다.

그때 아까 눌리타스를 태웠던 말이 덜렁거리는 안장을 매단 채로 그의 앞에 나타났다.

"모두 주변을 살펴보라!"

루셔스는 말을 움직이며 비로소 그의 부인이 사고를 당했을지도 모르겠다는 불길한 예감에 사로잡혔다.

말의 안장이 저런 식으로 떨어지는 일은 누군가 일부러 꾸미지 않고서는 불가능한 일이었다.

'누가 감히 모르시아니 공작부인에게 손을 댄 건가.'

이것은 마치 그에게 정면으로 도전하는 것과 같은 불경스러운 일이었다. 하늘에 구멍이라도 난 듯 비가 퍼붓고 있으나 그 창백한 얼굴과 우울해 보이는 푸른 눈을 떠올리자 루셔스는 주저할 겨를이 없었다.

루셔스는 세자르와 하인들에게 계속 공작부인을 찾을 것을 이르고, 그가 먼저 숲에 가겠다고 외쳤다.

"공작님! 비가 많이 와서 위험해요."

비를 맞아 엉망이 된 머리를 한 아이올라가 공작의 뒷모습을 보며 큰소리를 질렀다. 어둑한 하늘이 마치 공작을 삼킬 것만 같아 덜컥 겁이 났다. 그녀가 원했던 그림은 이런 것이 결코 아니었다.

'어떤 기대를 했던 거지.'

공작부인의 말이 홀로 돌아온 것에 사색이 되어 부인을 찾으러 떠나는 사내를 보기 위함이었다. 아니면, 그냥 사라진 공작부인을 두고 그녀에게 미소를 지으며 성으로 함께 들어가자고 손을 내밀어주는 사내를 기대한 건가.

'내가 도대체 무슨 짓을 한 거지.'

하늘에서 번개가 번쩍거리자, 아이올라는 그제야 정신이 드는 것 같았다. 하지만 그를 차지하고 싶은 욕심은 변함이 없었다. 붉은 머리는 이미 그녀가 바라는 대로 죽었을지도 모른다.

'아니지, 꼭 그래야만 해.'

또다시 친 번개에 밝아진 아이올라의 두 눈이 광기로 얼룩져 있었다.

눌리타스는 젖어버린 붉은 재킷을 벗어 펼쳐 동굴 바닥에 깔고 부츠를 포개서 베고 누웠다. 동굴 끝이 순간 번쩍거리는 빛으로 어른거렸다. 그녀는 고개를 정면으로 똑바로 하고, 불편한 몸을 움직여보았다.

부러진 건 아닌데 분명 어딘가 잘못되기는 했나 보다. 숨을 쉬어도 아프고, 나뭇가지를 집어 던지는 데도 어딘가 결렸다.

"젠장."

로마그놀로 가에만 미친 인간들이 존재하는 줄 알았더니, 칼릭스 영애도 만만찮았다. 정말 이런 계획이 통할 거라 생각한 건가. 그녀가 진짜 메이린이었다면?

"그래, 먹혔겠구나."

아마 메이린 아가씨라면 말에서 떨어지는 순간 너무 놀라 숨이 끊어지고도 남았을 것이다. 오랜만에 익숙한 통증을 선사해준 그 아가씨에게 어떻게 보답해야 할까. 눌리타스의 입매가 길게 늘어졌다.

"제길!"

얼굴 근육을 조금 놀린 것만으로도 신음이 터졌다. 불을 피우기는 했지만, 몸을 말리기에는 턱없이 부족했다. 눌리타스는 몸을 굴려 조금 더 불 가까이로 다가갔다. 그녀가 가지를 하나 더 밀어 넣자, 불길이 아주 조금 커졌다. 그 속에는 눌리타스가 보고 싶은 어머니의 애잔한 미소가 그려지기도 했고, 그리고 생각하지 말아야 할 사내의 얼굴도 타오르고 있었다.

"죽을 때가 된 건가."

그녀의 몸이 말을 듣지 않았고, 차가운 기운에 점점 굳어가는 것 같기도 했다. 혹 이대로 영영 이 동굴 밖으로 못 나가게 되면, 어머니는 남은 생을 무탈하게 지내실 수 있을까. 그 돼지 같은 작자가 그런 자비를 베풀까.

이런 상황에서도 죽어서 이득이 되는가를 따지는 스스로의 모습이 우스웠다.

눌리타스는 몸을 세워 앉았다. 그리고 그녀를 둘러싸고 있는 상황을 점검해 보았다.

눌리타스 곁에는 미약한 불씨 하나, 그리고 아무렇게나 던져둔 물 먹은 부츠와 재킷, 잔가지 조금이 전부였다. 태어나서 무엇을 소유해 본 일이 없던 눌리타스는 어쩜 그녀의 인생이란 이토록 빈궁한 형편인가 싶어 웃음이 났다.

크게 입을 벌리고 소리를 내니 몸에선 비명을 질렀다. 하지만 계속 그냥 웃었다. 그 웃음 끝에 눈가에 눈물이 어린 것은 그저 통증 때문이었을까.

피운 불이 순간 크게 일렁이는 것 같더니, 어딘가에서 수상한 기척이 느껴졌다. 십수 년간 바깥에서 궂은일을 하던 날렵한 감각까지 지울 수는 없었다. 눌리타스는 통증을 참아내며 손에 집히는 날카로운 돌을 하나 주워들었다.

곰이나 무기를 지닌 사내야 이길 수 없겠지만, 이대로 당할 수는 없지 않은가. 제발 비를 피해 굴을 찾은 작은 짐승이기를 바라면서 맨발로 그 소리가 나는 방향을 향해 살며시 다가갔다. 입구 쪽으로 다가서자 말이 내는 소리와 빗소리가 어우러져 점점 크게 들리기 시작하였다.

순간 그녀 앞에 선 인영은 분명 체격이 좋은 사내였다.

눌리타스는 빛을 등진 상대가 누구인지 확인할 길이 없었으므로 여전히 돌조각을 내려놓지 않고 어둠을 이겨보려 눈을 크게 떴다. 그리고 그 사람이 머리를 감싸고 있던 망토를 벗어든 순간, 흐릿함 속에서 그가 모르시아니 공작임을 깨달았다.

순간 그녀를 뒤덮은 감정은 안도감이었다.

눌리타스는 그의 체취를 확인하자 손에 쥔 것을 툭 하고 떨어뜨렸다.

루셔스는 무작정 숲으로 달려왔지만, 비가 세차게 내려 사람의 발자국을 모조리 지워버린 탓에 눌리타스를 찾을 수 없어 낙심 중이었다. 그러던 찰나에 작은 굴을 발견했고, 혹시나 하는 기대를 품었다.

지금 눈앞에 어렴풋하게 보이는 몸은 분명히 그가 아는 푸른 눈의 여인이었다. 무어라 설명할 수는 없었지만, 루셔스는 확신할 수 있었다. 루셔스는 아이올라가 공작부인이 몸이 좋지 않아 돌아갔다고 이야기했을 때부터 마치 덩굴이 가슴을 칭칭 옭매고 있는 듯 숨을 제대로 쉬지 못하고 있었다.

눌리타스는 무어라 해야 할지를 몰라 그를 우선 불이 피워진 곳으로 이끌었다. 비를 맞은 공작님의 몸을 조금이라도 따뜻하게 해주고 싶은 마음이었다. 하지만 발걸음을 움직이면서도 왜 그가 이곳에 있는지 하는 의문에 대한 답은 구하지 못했다.

루셔스는 굴의 제일 안쪽으로 들어오자 모닥불이라고 부르긴 좀 허술한 나뭇가지들이 타고 있음을 확인하였다. 그리고 조금 밝아지자 지금 공작부인의 상태가 얼마나 심각한지 한눈에 보였다. 낙마를 하면서 여기저기 긁힌 상처와 비를 맞아 창백해진 얼굴, 그리고 비에 젖어서 살갗이 투영될 것 같은 하얀 블라우스…….

순간 루셔스는 지금 상황에는 전혀 어울리지 않는 충동에 휩싸였다. 가슴을 훤히 드러내고, 혹은 벌거벗은 몸으로 그의 침대에 뛰어든 수많은 미녀들에게도 반응이 없었던 그의 욕망이 동하려는 것이었다. 비를 맞아 애처로워 보이는 눌리타스의 처연한 눈길은 그의 가슴을 움직였다.

하지만 그는 곧 눌리타스의 목에서 흐르는 피를 발견하고 겨우 정신을 차릴 수 있었다.

루셔스는 젖어버린 망토의 끈을 풀어 바닥에 내던지고, 아직 상태가 나쁘지 않은 겉옷을 눌리타스의 어깨에 가만히 걸쳐 주었다.

눌리타스는 그의 체온이 고스란히 담긴 옷이 그녀의 어깨에 닿았을 때, 아비오에게 배를 걷어차인 것 이상으로 놀랐다. 그래서 감사의 말을 한다는 것이 그만, 엉뚱한 이야기를 해버렸다.

"비도 오는데 위험하게 왜 숲에 계세요?"

"하?"

루셔스는 결국 웃음이 터져버렸다. 내내 긴장했던 것들이 무색하리만큼 그의 부인은 무심하기가 그지없지 않은가.

"그대를 데려가려고 온 거야."

"하지만 왜……."

눌리타스는 온통 그의 체향이 배인 옷에 감싸인 채로 마치 공작의 품에 안긴 것 같은 착각을 느끼며 여전히 이해가 되지 않는 질문에 대한 답을 알고자 했다. 루셔스는 정말 영문을 모르겠다는 듯 아이처럼 투명한 눈을 한 눌리타스를 바라보며 젖은 머리를 쓸어 올렸다.

그 질문을 듣자 그 자신도 이유를 제대로 설명할 수 없다는 것을 깨달은 것이다.

왜 이토록 저 여인을 걱정했던가. 혹시 잘못되었음 어쩌나 하고 왜 초조했던가. 왜 빗속을 뚫고 온 자신을 몰라주는 여인이 야속하다고 느끼는가.

루셔스도 아직 그의 감정에 대한 확신은 없었다. 하지만 지금 말할 수 있는 것은 하나였다. 그는 눌리타스에게 조금 다가서서 손을 뻗어 그 푸른 눈을 안았다. 그제야 루셔스의 가슴에 숨 가쁜 평화가 찾아들었다.

"그대는 나의 유일한 가족이니까……."

때로는 복잡한 계산 없이 튀어나오는 말에 섞인 진심이 9할이라.

눌리타스는 아무것도 아닌 그녀를 구하러 왔다는 공작의 눈을 보며 그 말이 거짓이 아니라는 것을 알아챘다. 공작의 검은 눈에 가득한 것은 염려였다. 그리고 그때 너른 품에 안겨 들은 것은 무엇이었나.

'가족이라니, 말도 안 돼.'

그를 만나 느꼈던 안도감이 곧 죄책감으로 변해버리는 것은 오래 걸리지 않았다. 눌리타스는 울컥 차오르는 슬픔에 눈물이 차오르는 것을 억지로 참아냈다. 이토록 좋은 분을 속여야만 하는 스스로의 처지가 너무 원망스럽고, 공작에게 미안해서 견딜 수 없었다. 그에게 이런 귀한 대접을 받을 자격이 그녀에겐 없었다.

루셔스는 그녀를 안았던 손을 풀어 다시 한번 눌리타스의 얼굴을 바라보았다. 그녀의 눈에는 이전보다 더 깊은 아픔이 넘쳐흐르는 것 같았다. 그는 무슨 영문인지 이 여인의 슬픔이 마음에 들지 않았다.

그래서 곧 그녀에게서 눈을 거두고, 꺼져가는 작은 불씨 쪽으로 향했다. 그 모습을 보자 눌리타스는 현실에 집중할 수 있었다.

저것을 무어라 설명할 수 있을까?

'떠돌이 사내에게 불을 피우는 법을 배웠습니다.'

그렇게 말할 수는 없는 노릇이었다. 하지만 루셔스는 아무것도 묻지 않은 채 주변에 있는 가지를 조심스럽게 불에 밀어 넣으며 바닥에 털썩 주저앉을 뿐이었다. 눌리타스는 그와 조금 떨어진 곳에 가서 앉아 무릎을 세워 끌어안았다.

"긴 하루였군."

두 사람은 서로 복잡한 기분을 가진 채, 꺼져가는 불 앞에서 서로의 숨소리에 귀를 기울이고 있었다. 그러다 영원히 그칠 것 같지 않던 비가 잦아드는 듯했다. 비가 멎자, 구름에 가려졌던 약한 빛이 동굴 속으로 들어오면서 눌리타스는 그의 모습을 제대로 볼 수 있게 되었다.

눌리타스는 가져서는 안 될 감정으로부터 달아나려 애썼지만, 그가 건넨 '가족'이라는 단어가 주는 감동의 여운에 여전히 가슴이 두근대는 것을 느꼈다.

쓸 일이 없을 줄 알았던 그녀의 심장이 뛸 때마다 눌리타스의 양심이 피눈물을 흘리며 스스로를 채찍질을 하고 있었다.

"비를 맞아서 다시 열이 오르나 보군."

눌리타스는 비 때문이 아니라 당신 때문이라는 말을 속으로만 삼켜야 했다. 루셔스 모르시아니는 함께 있으면, 왠지 그녀의 마음을 들뜨게 만든다. 그리고 동시에 죄책감을 느끼게 해주고 안심도 되게 해주었다.

이런 여러 감정들이 그녀 속에 존재한다는 것을 눌리타스는 공작님 때문에 난생처음 알게 되었다.

"자."

먼저 일어난 그가 눌리타스에게 손을 내밀었다. 그녀는 아주 잠시 망설이다, 그의 손을 잡고 몸을 일으켰다. 눌리타스는 소리 내지 않으려 했지만, 결국 통증에 작은 신음을 흘렸다.

루셔스는 그녀를 잠시 살피더니, 조심스레 눌리타스의 몸을 번쩍 안아 들었다. 그리고 두 사람은 함께 어두운 터널을 지나 밝은 쪽으로 걷기 시작하였다.

다친 부인을 안는 것은 별스러운 일이 아니었다. 일반적인 부부 사이라면 말이다. 하지만 눌리타스의 짧은 신음을 듣고 반사적으로 그녀의 몸을 안아 든 루셔스는 난감하기 그지없는 상황에 처했다. 동굴 안에서 겨우 진정시킨 건강한 사내의 욕구가 마구 요동

친다고 할까.

비에 젖은 그녀의 몸은 그의 예상보다 더 작고 연약했다. 잘못 만지면 바스라져 버릴 것 같았다. 게다가 갑작스러운 그의 행동에 놀란 것은 마찬가지인지 눌리타스의 볼이 점점 붉어지고 있었다. 그 수줍게 내리깐 속눈썹을 내려다본 순간, 루셔스는 하마터면 그대로 그녀의 몸을 놓칠 뻔했다.

'아픈 이를 안고 무슨 해괴한 생각인가.'

루셔스는 이성적이지 못한 자신을 다스리며 말을 매어둔 곳으로 천천히 걸었다.

반면 눌리타스는 그녀의 몸을 안아 든 공작 때문에 숨을 참고 있었다. 갈비뼈 쪽이 심하게 결려왔지만, 도저히 자연스러운 무엇도 할 수 없었다. 공작의 옷을 걸치고 그의 품에 안겨 있노라니 그녀가 마치 귀한 이가 된 듯한 기분이 들어 아찔했다.

눌리타스가 조심스럽게 눈을 뜨고 위를 올려보자 나무 이파리들 사이로 보이는 밝은 하늘이 그녀의 눈을 시리게 만들었다. 그리고 그 빛은 공작의 단단한 턱, 목선에도 드리워져 있었다. 그의 가슴은 따뜻했고 그녀의 것과 마찬가지로 세차게 뛰고 있었다.

두 사람이 같은 소리를 내는 것이 다행이라는 기분이 들었다.

루셔스는 동굴 초입에 세워둔 말에 그녀를 조심스레 태운 뒤에 뛰어올라 말고삐를 그러쥐었다. 눌리타스는 말의 갈기 쪽으로 몸을 숙여 공작과의 사이에 거리를 뒀다. 루셔스는 자꾸 그에게서 멀어지려 하는 그녀의 태도에 복잡 미묘한 감정을 느꼈다. 굳이 그녀와 가까이하고 싶은 생각은 없었지만, 저리 거리를 두는 건 마음에 들지 않는 달까.

"그러면 또 다칠 텐데."

루셔스는 무심한 목소리로 한 손으로는 고삐를 잡고, 다른 한 손으로 그녀의 허리를 끌어당겼다. 그는 여인을 말에 함께 태우는 것이 난생처음이었다. 그의 가슴을 간지럽히는 여인의 머리카락이 나부끼기 시작하자 루셔스의 얼굴이 홧홧해졌다.

두 사람을 태운 공작의 말은 아주 느리게 움직이기 시작하였다. 그 움직임에 한 번씩 나뭇가지에 조롱조롱 맺혀 있던 물방울들이 후드득 떨어졌다. 비가 그친 후 숲이 주는 청량함 속에서 눌리타스는 꿈을 꾸는 듯 몽롱한 기분이 들었다. 루셔스는 그의 품에 안긴 여인의 몸이 점점 기운을 잃어간다는 것을 깨닫고 말의 속도를 조금 높였다.

공작성이 보이기 시작하자 아쉬운 기분과 안도감이 뒤섞이기 시작했다. 루셔스는 눌리타스의 허리를 단단히 쥐고, 그들의 집으로 달려갔다.

공작이 잠들어버린 공작부인을 안고 나타나자 모르시아니가는 소란스러워졌다. 공작부인의 건강을 염려해서였으나, 그들의 주인이 마님을 안고 나타난 모습이 너무나 의외이기도 했다.

비에 젖어 수척해진 루셔스의 얼굴은 더욱 빛을 발하고 있었고, 그런 주인 품에 안겨 있는 공작부인은 한 떨기 꽃과 같았다. 너무 잘 어울리는 주인 내외의 모습에 고용인들은 탄성을 질렀다.

의원은 눌리타스를 진료한 뒤 낙마로 인한 타박상이 심하고 피로와 추위를 이기지 못해 기절하신 거라 말했다. 한동안 누워서 충분히 쉬어줄 필요가 있다고 설명했다. 의원이 공작의 몸을 살피려 하자, 루셔스는 손을 흔들며 물러갈 것을 명했다. 조금 지쳤을 뿐 그는 아픈 곳이 없었다. 게다가 그는 해야 할 일이 있지 않은가.

그는 아직 옷도 갈아입지 못하고 편안하게 잠이 든 것 같은 눌리타스의 해사한 얼굴을 내려다보고 있었다. 그가 바로 숲으로 가서 다행이었다. 그렇지 않았더라면 늦었을지도 모른다. 그리고 그 이후의 가정은 바로 머릿속에서 털어 내버렸다. 누군가를 떠나보내는 것은 이제 신물이 났다.

'누가 감히…….'

그때 마침 아이올라가 하얗게 질린 얼굴을 하며 공작의 침실을 찾았다.

"공작님, 이게 어떻게 된 일이죠?"

아이올라는 의자에 앉은 공작의 곁에 다가서며 큰 눈에 눈물을 글썽거렸다. 그녀는 가져온 붉은 장미를 내려두며 공작에게 별일 없을 거라며 위로를 해주었다.

아이올라는 그녀가 저지른 짓이라는 증거가 없으니, 공작부인도 절대로 그녀에게 죄를 묻지는 못할 거라 생각했다. 이대로 영영 모르는 척만 하면 끝날 거라 여겼다.

'목숨도 질긴 년, 그대로 확 죽어버리지.'

루셔스는 아이올라가 들어와 무슨 말을 하는지 귀에 들어오지 않았다. 안장의 잘린 단면, 그리고 갑자기 나타난 아이올라…….

왜 몸이 안 좋아 먼저 갔다던 그의 부인이 그 비를 맞고 동굴 속에서 신음하고 있었던 건지 모든 것이 의심스러웠다.

"아이올라, 공작부인이 성으로 돌아간다고 했던 게 사실인가."

아이올라는 공작이 죄인을 심문하듯 묻자, 억울한 마음에 그만 눈물이 툭 떨어졌다.

왜 공작은 그녀의 마음을 이리도 몰라주는가.

왜 계속 공작부인의 편에 서서 그녀를 밀어내려고만 하는지 납득할 수 없었다. 어릴 때부터 그녀에게만은 아주 흐린 미소라도 나눠주던 그 아니었던가.

"공작님, 분명 공작부인이 그렇게 말씀하셨어요."

아이올라는 울면서 몸을 심하게 떨었다. 그 소란에 눌리타스는 눈을 뜨게 되었다. 그러자 공작은 흐느끼는 아이올라는 팽개치고 부인의 곁으로 더욱 다가가서 앉았다.

"공작님, 심려 끼쳐 죄송해요."

눌리타스는 왜 자꾸 그의 앞에서 약한 모습을 보이는지 답답했다. 머리에 안개가 낀 것처럼 머릿속이 선명하지 않았다. 하지만 칼릭스 영애의 같잖은 대사는 잘 들을 수 있었다. 그녀는 상체를 들어 앉아보려다 통증 때문에 다시 누워 입을 열었다.

"몸이 좋지 않아 성으로 돌아가던 중에 제가 길을 잘못 들어 우연히 말에서 떨어진 거랍니다. 칼릭스 영애는 잘못한 것이 없어요."

눌리타스의 목소리에는 어떤 원망도 분노도 느껴지지 않았다. 고요 그 자체였다. 루서스는 분명 석연찮은 점을 느꼈으나 부인의 의견을 존중해 이 자리에서는 그렇게 넘어가기로 했다. 몸부터 회복하는 것이 우선이리라.

반면 아이올라는 공작부인의 담담한 목소리를 듣고서 울음을 그쳤다. 너무 두려웠다. 첫 대면부터 만만찮은 상대라는 것은 알아챘지만, 낙마하고 부상을 당했는데도 왜 그녀의 이름을 언급하지 않는 건지 너무 불안했다. 아이올라는 그녀를 의심하면 온몸으로 결백을 주장할 계획을 세워 두었는데, 맥이 탁 풀렸다.

'정말 아무것도 모르는 건가. 아니면 뭐야!'

하지만 여전히 그녀를 바라보는 공작의 눈은 차갑기 그지없었다. 아이올라는 그에게 미움받을 바엔 더 살고 싶지 않았다. 그녀는 그의 신뢰를 얻기 위해 몸을 바로 하고 힘주어 말했다.

"공작님. 가문의 명예를 걸고 맹세코 진실이랍니다."

순간 눌리타스는 칼릭스 영애의 입에서 나온 명예란 말에 코웃음이 나올 뻔했다. 저자들의 변명이란 늘 같았다. 귀족의 품위와 명예를 내세우지만, 뒤에서 하는 짓은 뒷골목의 시정잡배들보다 더 저열했다.

거기에는 사내와 여인의 구분이 무의미했다. 눌리타스를 사지로 내몬 백작과 그녀를 폭행했던 아들, 어머니를 쓰러뜨리고 그녀에게 펄펄 끓는 차를 권하던 백작 부인 그리고 이제 안장의 끈을 잘라둔 아이올라까지. 모두가 닮았지 않나.

'빌어먹을 명예 따위.'

눌리타스는 귀족들의 뻔한 이야기를 들으며 다시 조용히 눈을 감았고 쉬고 싶다는 의사를 밝혔다.

그리하여 이렇게 표면적으로는 공작부인의 낙마 사건은 일단락되는 것처럼 보였다.

로마그놀로가에서 초대장 하나가 날아왔다. 다음 달에 백작의 생신을 기념해서 무도회가 열린다는 내용이었다. 루셔스는 긴 다리를 죽 펼치며 초대장을 책상으로 집어 던졌다. 그 영감을 마주하고 싶은 마음은 추호도 없었지만, 불참한다면 대외적으로 그의 딸과 혼인한 그의 입장이 난처해지리라.

"영감에게 속은 내 모습이 얼마나 비참한지 눈으로 확인하고 싶다는 것이겠지."

루셔스는 편지봉투를 열었던 뾰족한 칼을 빙글빙글 돌리다 그대로 책상을 꽂았다. 칼은 책상에 놓인 편지의 정중앙에 가서 박혔다.

그가 귀족으로서 해야 하는 의무 중 가장 기피하는 것이 무도회 참석이었다. 권력 있는 자들에게 쏟아지는 역겨운 아부와 향수 냄새가 범벅인 무도회장은 어릴 때부터 그의 머리를 지끈거리게 만들었다. 더구나 로마그놀로 백작처럼 과거의 돼먹지 않은 무용담만 반복하는 권위주의에 찌든 귀족은 질색이었다.

"하지만 기꺼이 영감의 도전을 받아 주지."

도전을 받아들이는 기사의 자세를 더없이 우아하게 취한 뒤 고개를 드는 루셔스의 얼굴은 무척이나 밝아보였다.

눌리타스의 가벼운 타박상은 사흘 정도 지나서 모두 회복이 되었다. 그리고 그때부터 아이올라의 사소하고도 은밀한 놀이가 시작되었다. 눌리타스가 앉으려는 의자에 뾰족한 바늘이 세워져 있기도 했고, 그녀가 마시려는 차에 매운 성분을 태우기도 했다. 드레스의 리본이 잘려 있는 일도 있었고, 그녀의 구두가 사라져 있기도 하였다.

하지만 눌리타스는 바늘에 찔려도 신음 소리 한번 내지 않았고, 매운 것도 한입에 털어 마셔버리곤 했다.

아직 저 맹랑한 아가씨에게 내릴 적당한 벌을 찾지 못하였기에 그저 지켜볼 뿐이었다.

마음 같아서는 진창에다 저 아름다운 얼굴을 처넣어주고 싶었다. 오물로 범벅이 되어 비명을 지르는 귀족 아가씨를 떠올리자 웃음이 슬며시 났다. 나쁘지 않은 방법이었다.

반면 아이올라는 점점 조급증을 느끼기 시작하였다.

공작부인은 얼마나 무던지 차에 고추냉이를 태워도 달게 마시는 게 아닌가. 드레스에 박힌 바늘을 발견하고는 가볍게 뽑아 들고는 무시했다. 아이올라는 포기하지 않으려 이를 악물었다. 그녀가 백기를 드는 순간, 공작은 영원히 붉은 머리 계집의 차지가 되는 것이다.

'자, 어떠냐?'

아이올라는 공작부인의 구두가 보관된 장을 열어 모조리 챙겨 어딘가에 숨겨두었다. 그러면 하루 종일 방에서 머무를 수밖에 없을 거라 생각했다.

하지만 왜 공작부인이 자신과 마주 앉아 차를 마시고 있는 거지.

"공작부인, 어딘가 불편해 보이세요."

아이올라가 부채로 화사한 입매를 가리며 공작부인의 드레스 아랫자락을 보며 비아냥거렸다. 그러자 눌리타스가 슬쩍 웃었다. 그녀가 먼저 응접실에 앉아 있었으니 긴 드레스에 가려져 구두를 신었는지 안 신었는지는 확인할 길이 없었다.

저렇게 제 입으로 범죄를 밝히는 아이올라의 모습이 얼마나 한심해 보이는지.

태생이 고귀하신 분들이야 구두를 신지 않고 걸을 생각을 전혀 못 하는 듯했지만, 실은 그녀에겐 별일이 아니었다. 백작성에서는 작업할 때 신는 투박한 장화 외에는 신어본 일이 없던 탓에 맨발로 다니는 것이 익숙했던 것이다.

눌리타스가 잘 꾸며진 금발 머리와 윤기가 흐르는 피부, 그리고 그녀보다 더 화려한 제비꽃 색상의 드레스를 차려입은 아이올라를 위아래로 훑으며 말을 툭 내뱉었다.

"글쎄요, 모르시아니성에 손버릇 나쁜 쥐새끼가 있나 봅니다."

아이올라는 그 말에 부채를 탁 접어 테이블에 내리며 얼굴을 씩씩거렸다. 감히 저 볼품없는 계집이 자신을 쥐새끼라고 비유한 건가.

"말씀이 지나치신 것 같군요."

아이올라가 열을 내자, 공작부인이 갸우뚱거리며 의문을 표했다.

"왜 칼릭스 영애가 화를 내시는지 저로선 납득이 되지 않는군요."

그제야 아이올라는 감정을 갈무리하면서 말끝을 흐렸다.

"아, 그렇죠. 저와는 아무 상관이 없으니까요."

하지만 아이올라의 기분이 한층 우울해진 것은 갑자기 응접실
에 공작이 등장하고 나서부터였다.

"아름다운 숙녀분들이 차를 들고 계시는군."

루셔스는 자연스레 공작부인의 곁에 앉았고, 몸이 괜찮은지를
물어보았다. 그 모습이 마치 날 때부터 함께한 이들처럼 자연스러
웠다.

"공작님, 저 이번에 새로 맞춘 드레스가 어떤가요?"

그에게 잘 보이고 싶은 욕심에 가슴을 내밀며 아이올라가 교태
를 부렸다. 그러자 공작은 건성으로 좋아 보인다는 짧은 답을 주
었다.

"다음 달에 로마그놀로 백작님의 생신 기념 무도회가 열린다
는군."

루셔스가 한숨을 내쉬며 하녀가 채워주는 찻잔을 받아들었다.

눌리타스는 공작이 전해 준 소식을 곱씹다가, 우선 어머니를 뵐
수 있겠단 생각에 기쁜 마음이 들었다. 그러나 바로 백작가를 떠올
리면 생각이 나는 음습하고 비릿한 감각에 거북스러움을 느꼈다.

아이올라의 치졸한 장난이 잠시 뜸해지는가 싶은 어느 오후였
다. 눌리타스는 오닉스와 새끼들을 살펴보고 돌아오는 길이었다.

눈도 못 뜨던 그 작은 것들이 어느새 자라서 그녀를 반겨주었다.

"아, 소피아. 스카프를 그곳에 흘린 것 같아."

"마님, 제가 금방 다녀올게요."

"내가 가도 되는걸."

눌리타스가 뭐라 말을 하기 전 소피아가 왔던 길을 되돌아가고 있었다. 그 모습을 지켜보다 시선을 하늘로 돌렸다. 이런 조용한 시간을 누릴 줄 꿈에도 몰랐다.

하지만 무한정 행복하지만은 않은 것이 현실이라.

눌리타스의 옆구리에 서늘하고 뾰족한 무언가가 느껴졌다. 낯선 사내의 목소리가 이내 들려왔다.

"조용히 하고 따라 와."

눌리타스는 침착함을 유지하며 사내를 따라가는 길에 머리에 꽂고 있던 장식 하나를 조심스럽게 흘렸다.

사내는 눌리타스를 창고로 쓰는 곳으로 끌고 갔다. 하지만 그자는 능숙하지 못했고, 칼을 쥐었던 손을 바꿔 잡으며 몹시 떨고 있었다. 게다가 긴장으로 말도 더듬는 모습이 이런 일에 익숙해 보이지 않았다.

"조, 조용히 하, 라고."

"아무 말도 하지 않았네."

사내는 눌리타스의 침착한 대응에 무척 난처해 하는 것 같았다. 그는 우선 칼을 바닥에 내던지고 다가서더니 눌리타스의 드레스의 앞섶을 더듬기 시작하였다.

눌리타스는 분명 스카프를 가지러 간 소피아가 그녀가 흘린 장신구를 보고 사람들을 불러올 거라 믿었다.

"괜찮다면 스스로 벗게 해주겠나?"

눌리타스는 기품 있는 몸짓으로 그자를 빤히 바라보며 말을 걸었다. 그러자 그 덩치가 작은 사내가 오히려 놀라 그녀에게서 멀어졌다.

"그래, 나는 자네의 입장도 이해는 하네. 생활이 힘들어 어쩔 수 없었겠지."

눌리타스가 혀를 차며 드레스 앞에 묶인 레이스를 느릿하게 풀면서 시간을 끌어보았다. 질이 나쁜 자는 아닌 듯했다. 어쩌다 이런 일에 연루된 건가 싶어 안타까운 기분도 들었다. 하지만 가난하다 해서 모두가 이 같은 선택을 하지는 않을 테니 그에 대한 동정은 그만두기로 하였다.

눌리타스의 예상대로 이 낯선 사내는 아이올라에게 고용된 자로, 급전이 필요해져서 생전 처음으로 이런 나쁜 일에 손을 대게 되었다.

하지만 역시 여인에게 이런 짓을 하는 스스로가 떳떳하지 못하여 자꾸만 주저하게 되었다. 속이 메슥거리고 땀이 너무 나서 손으로 계속 이마를 훔쳐내야 했다.

"게 서서 무엇하는가. 어서 자네도 준비를 하지 그러나."

"헉."

눌리타스의 태연한 태도에, 사내의 입에서는 두려움이 담긴 신음이 새어 나왔다. 결국 남자는 뒷걸음질을 치다가 넘어져 주저앉고 말았다.

사내는 그가 저지르려고 했던 일이 얼마나 추악한지를 깨달았다. 절망하던 그는 자세를 고쳐 바닥에 무릎을 꿇고 두 손을 모으고 빌기 시작하였다.

"공작부인, 용서해주십시오. 돈이 궁해 미쳤던 모양입니다. 이런 천벌 받을 짓을 할 생각을 하다니⋯⋯."

심약한 사내는 사죄를 하기 시작했다.

눌리타스는 한숨을 쉬다 입을 열었다. 후회라는 게 얼마나 부질없던가. 이런 짓은 미수에 그쳤더라도 용서받을 수 없는 죄였다.

"형편이 어렵다 하여 이해를 받을 수 있을 것 같은가? 두 번 다시 돈에 양심을 팔지 말게나."

돈의 유혹에 한 번 넘어간 자는 다음번도 수월할 것이다. 혹 다른 여인들에게 이런 일이 생기는 것은 막아야 한다.

왜 이런 일이 일어났을까. 누가 벌인 일일까.

심증이 가는 이는 있었다. 그리고 바로 어떤 목소리가 눌리타스의 귓전을 울리기 시작하였다.

사람들의 발소리가 들리더니 창고의 낡은 문이 힘없이 열렸다.

"공작부인, 이런 험한 일을 겪으시다니요!"

아이올라가 상황을 보기도 전에 소리를 지르며 급히 걸어 들어 왔다. 하지만 눌리타스를 염려해서 달려온 사람들 앞에 펼쳐진 광경은 험한 일과는 거리가 좀 멀어 보였다.

성의 일을 가끔 거들러 오는 사내가 눈물을 흘리며 손이 닳도록 빌고 있었고, 눌리타스는 무심한 낯으로 그 모습을 지켜보고 있던 것이다.

공작은 이게 무슨 일인가 싶어 눈을 비볐다. 서류를 살피는 중에 아이올라가 뛰어와 공작부인이 변을 당한 것 같다는 이야기를 하여, 한달음에 이곳을 찾았다.

"……공작님."

"……괜찮은 겁니까?"

눌리타스는 사람들이 몰려 들어오자 사내에게서 시선을 거두었다. 루셔스는 그녀의 얼굴에 눈물의 흔적도 어떠한 상처도 없다는 것을 확인하고서야 안심을 할 수 있었다.

그리고 바로 다가가 그녀의 몸을 가만히 안았다.

"그대 때문에 내 수명이 줄어드는 것 같군."

공작의 속삭임에 눌리타스의 몸이 움찔했다.

누군가 이곳에 와서 그녀를 곤경에서 구해줄 것은 알았지만, 그것이 공작일지는 몰랐다. 게다가 그의 품에 안기자 동굴에서 느꼈던 것보다 더 깊은 안도감이 스미는 것이었다.

공작이 붉은 머리 계집을 힘 있게 안는 모습을 지켜본 아이올라는 입술을 물어뜯었다. 하도 세게 물어 피가 맺혔다.

괴롭힘으로는 타격을 주지 못하자, 강도 높은 계획을 세웠던 차였다. 공작부인의 명예를 실추시켜 그 자리에서 끌어내리려 작정했었고, 모든 준비는 완벽했었다.

'어떻게 실패할 수 있지?'

아이올라는 돈을 받을 때만 해도 자신만만해 하던 사내가 흙먼지 뒹구는 바닥에서 흐느끼고 있는 꼴사나운 모습을 노려보았다.

아이올라는 지금 공작이 보여주는 모습들을 애써 부정했다. 그는 그저 귀족의 명예 때문에 억지로 혼인을 했을 뿐이고 사실 진정으로 아끼는 여인은 아이올라 그녀뿐이라 믿었다. 지난 몇 년간 곁에 다가오는 모든 여인을 멀리하였지만, 그녀에게만은 예외 아니었던가. 그것이 그녀를 향한 그의 마음이 거짓이 아님을 증명했다.

아마도 곧 아이올라는 그녀의 진심을 친애하는 루셔스에게 전해야 할 것이다. 그녀는 입술을 꼭 깨물며, 차오르는 눈물을 애써 무시했다.

아직 모든 것이 끝난 것은 아니리라.

창고에서의 소동이 있던 그날 저녁, 식사를 마치고 차를 들면서 공작이 서늘한 눈으로 아이올라를 바라보았다. 그는 더 이상 그녀를 어린 시절의 느낌으로 바라볼 수가 없었다.

돌아가신 어머니를 닮은 아이올라를 보면 마음 한편이 아련해졌고, 행복할 때도 있었다.

하지만 그것이 전부였다.

그는 단 한 번도 외사촌을 이성으로 여겨본 적이 없었다. 그리고 이것은 그가 지켜야 할 가족의 범주 안에 아이올라가 속해 있지 않음을 의미했다. 이대로 아이올라를 좌시할 수만은 없었다.

말안장 사건부터 오늘 일까지 수상한 느낌이 자꾸 짙어지고 있었다. 자세히 조사해보면 다 알 수 있겠지만, 우선 외사촌의 얼굴을 더 이상 보고 싶지 않았다.

"아이올라, 이제 그만 돌아가는 게 나을 것 같구나."

아이올라는 놀라서 찻잔을 떨어뜨릴 뻔한 것을 힘겹게 움켜쥐며 표정 관리에 힘썼다. 그녀의 귀를 의심했다. 사랑하는 공작님이 그녀를 쫓아낼 리가 없다고 여겼다.

"공작님, 아이올라는 여름을 이곳에서 날 작정으로 온 걸요. 다 같이 야유회도 가면 너무 좋을 것 같죠. 그렇지 않나요? 공작 부인?"

눌리타스는 몸은 이곳 응접실에 있었지만, 그들의 대화에 집중할 수가 없었다. 그리고 이제는 저 망할 남작 영애의 머리카락을 다 뽑아놓고 싶을 정도로 귀찮고 성가시다는 느낌이었다.

하지만 우스운 것이, 화는 나는데, 똑같은 방식으로 대가를 치르게 하고는 싶지 않았다.

"부인?"

눌리타스는 다른 생각을 하다 자신이 불리는 소리에 퍼뜩 정신을 차리고 그곳을 보았다. 공작과 아이올라가 자신을 보고 있었다.

"아이올라가 이제 그만 돌아간다고 하는군요."

공작이 눌리타스에게 조용한 목소리로 알려주어 그제야 무슨 이야기를 하고 있었는지 알 수 있었다. 그녀는 무심하게 예를 갖추며 아이올라의 눈을 정면으로 바라보며 답했다.

"그렇군요. 조심해서 돌아가세요. 저는 먼저 일어나겠습니다."

눌리타스는 갑자기 속이 답답해지는 것 같아 실내에 머무를 수가 없었다. 뻔뻔한 금발 영애는 백작가에 있던 괴물들과 무척이나 비슷해, 쳐다보는 것만으로도 구역질이 났다.

어머니 걱정, 가짜 인생, 그리고 오늘 낮의 일 모든 것이 그녀를 뒤흔들고 있었다. 그녀는 서둘러 걸어나가 정원을 빠르게 가로질렀다.

제대로 숨을 쉬기 위해선 혼자 있어야 했다.

그녀의 어그러진 진짜 얼굴을 누구에게도 보이고 싶지 않았다.

눌리타스는 아주 큰 나무의 기둥에 몸을 대충 기대고 서서 달이 부서지는 호수를 바라보았다. 호수에는 야간 수영을 즐기는 오리들이 물살을 헤치고 있었다. 세 마리의 크고 작은 오리들은 가족인 것 같았다. 부부와 아기 오리……. 그녀에게는 허락되지 않은 저들의 평범한 삶이 조금 부럽기도 했다.

지금처럼 엉망진창인 순간도 있었을까.

삶이라는 건, 유례없이 정말 최악이구나 하다가도 더 지독한 일들이 생기는 게 전부인가.

소문대로 공작이 미친 사람이었다면…… 얼마나 좋았을까. 그가 차라리 자신을 학대하거나 무시해주길 바랐다. 지금 그녀로서는 왜 공작에게 그런 터무니없는 소문들이 생겨난 건지 이해를 할수 없었다. 공작은 기본적으로 타인에 대한 배려심이 깊은 자였다.

그는 아랫사람들에게도 깍듯했고, 자신에게도 친절하고…….

게다가 공작은 참으로 잘 생긴 사내지 않은가.

그 생각을 하자 얼굴이 붉어지는 것 같았다.

"나 같은 반편이도 양심은 있어야지. 감히……."

눌리타스는 혼자 떠올린 생각에 놀라서 작게 소리를 지르다시피 했다. 공작이 무뚝뚝하기는 해도 바른 사람이라 그녀에게 잘 해주는 것을 두고, 이런 헛된 마음을 품다니. 기가 찼다.

하지만 가장 속상한 것은 그녀의 의지대로 심장을 제어하는 것이 쉽지 않다는 점일까.

바람이 불어 나무에 무성히 핀 작은 꽃들이 떨어져, 호수의 수면

위를 뒤덮기 시작하였다. 눌리타스는 자유롭게 떠도는 바람을 느끼며 눈을 감고, 어머니를 생각했다.

'오늘은 어땠나요? 어머니. 저는 잘 지내고 있어요.'

지금 그녀의 속엣말이 바람을 타고 어머니에게 전해지길 바라보았다. 힘을 내자, 스스로 격려를 하며 눈을 떴다.

'돌아가야 할 시간이다.'

눌리타스가 기댄 몸을 세우는데 풀잎이 바스락거리는 소리가 들렸다. 고개를 돌려보니, 지금은 가장 만나고 싶지 않은 이가 있었다. 눌리타스는 얼굴에 드러난 감정을 갈무리하지 못한 채 그를 마주했다.

"내가 놀라게 했나?"

"……아뇨."

마른입을 겨우 떼면서 다가서는 그를 향해 짤막한 답을 했다. 공작의 얼굴은 무척이나 피곤해 보였다.

"혼자 다니는 것은 위험해."

"아……."

눌리타스는 낮의 일도 있는데, 너무 경솔했다 싶었다. 누군가 그녀를 걱정해줄 거라곤 미처 생각하지 못했다.

"그자는 지은 죄가 있으니 합당한 벌을 받아야 할 거야."

"네."

그리고 잠시 대화가 끊겼다. 밤이 내는 소리는 고요한 듯 웅장했다. 나뭇가지가 서로 부딪히는 소리, 호숫물이 요동치는 소리, 그리고 작은 풀벌레들이 만들어 내는 울음까지 합쳐진 밤의 음악들이 그들 사이를 맴돌았다.

"그대는 말이야."

루셔스는 할 말이 많았지만, 지금 느끼는 감정들을 표현해낼 재주가 없어 답답함을 느꼈다. 자신을 속이는 것을 알면서도 왜 눌리타스를 미워하거나 증오할 수 없는지.

루셔스는 갑자기 차를 마시다 사라져버린 그녀가 걱정되어서 따라 나와 보았다. 그리고 아주 멀리 서서 그녀의 모습을 조금 지켜보았다. 희미하게 비치는 여인의 얼굴에는 온통 어둠이 깃들어 있었다.

'무엇이 그대를 그토록 힘들게 하는가.'

그녀의 눈에 어린 슬픔이 보기 힘들어 손을 들어 눌리타스의 눈을 가렸다. 그리고 서로의 가슴이 뛰는 소리를 들을 수 있을 정도로 거리를 좁혔다.

루셔스가 손을 내렸을 때 나타난 눌리타스 얼굴에는 고통 대신 놀라움으로 물들어 있었다.

그는 그 표정이 훨씬 보기 좋아 미소를 드리웠다.

눌리타스는 공작의 큰 손이 그녀를 가렸을 때 무척 놀랐지만, 어쩐 일인지 그게 싫지 않았다. 마치 그가 그녀의 아픔을 돌봐주는 것 같아 기뻤다. 그리고 내린 그의 커다란 손을 바라보다 손목의 붉게 남은 상처에 시선이 머물렀다.

생에서 가장 행복해야 하는 날, 그녀는 바닥까지 끌리는 베일을 쓰고 메이린 로마그놀로가 되어야 했다. 그 밤, 로마그놀로 가문을 위해, 어머니를 지키기 위해 모든 것을 체념했었다.

공작이 날카로운 단도로 붉은 밤을 수놓은 증거, 공작의 저 상처에 그들의 처음이 새겨져 있는 듯했다.

눌리타스가 그 상처를 쓸어 어루만진 것은 다분히 충동적인 일이었다. 눌리타스의 목소리가 그녀의 손길처럼 떨리고 있었다.

"다음에는 부디 이러지 마세요."

루셔스는 처음으로 그에게 닿은 그녀의 작은 손이 주는 감각 때문에 열병을 앓는 이처럼 온몸이 뜨거워지는 것 같았다. 여인의 손이 잘 벼려진 검도 아닐진대 그 짧은 스침이 두렵기까지 한 그였다.

"……이 정도는 아무것도 아니오."

루셔스는 당혹감에 갈라진 목소리로 겨우 답할 수 있었다.

'어째서 괜찮다 말하나.'

꽤나 길게 난 그의 상처를 매만지며 눌리타스는 깊은 생각에 잠겼다.

어쩌면 공작님은 그녀만큼이나 상처가 많은 사람일지도 몰랐다. 더한 절망을 접해 보았을지도…….

그에게는 사랑을 듬뿍 받고 자란 밝은 귀족 영애가 짝으로 어울릴 것이다. 장미꽃처럼 화사한 여인만이 공작의 고통을 씻어줄 수 있으리라. 또한 밤의 악몽이 주는 슬픔을 달래줄 수 있을지도 모른다.

눌리타스는 자신이 밝음과는 거리가 멀다는 것을 잘 알고 있었다. 빗대자면 그녀는 밤과 같았다. 태생의 비천함과 끝을 모를 거짓으로 만들어진 존재가 지금 여기 달빛 아래 흔들리고 있었다. 공작에게 더한 어둠을 드리우고 싶지 않았다. 슬픔과 고통 같은 것들은 그녀에게 더 걸맞은 것이리라.

그녀는 몸을 살짝 숙여서 인사를 하였다. 처음의 계획처럼 공작과는 무조건 거리를 두는 것이 옳으리라.

"먼저 들어가 보겠습니다."

루셔스는 아주 빠른 걸음으로 멀어지는 작은 여인을 보며 허탈한 미소를 지었다.

그냥 처음에는 호기심이 전부였다. 아니, 그렇다고 믿었던 것 같다.

멀어지는 눌리타스의 뒷모습을 보며 루셔스는 여전히 화끈거리는 그녀의 손이 닿은 손목을 가만히 쓸어보았다.

저녁 식사 후 그녀의 방으로 돌아온 아이올라는 신경질적으로 머리를 빗어 내리고 있었다.

'돌아가라.'

아이올라는 공작에게서 직접 듣고도 도저히 믿을 수 없었다.

'도대체 그 빨간 머리 계집 어디가 나보다 낫단 말이야.'

봉긋한 가슴, 한 줌에 잡힐 것 같은 허리, 방금 씻고 나와서 아직도 물기를 머금은 금발, 그리고 무언가를 갈구하는 것 같은 붉은 입술을 지닌 여인이 거울 속에 서 있었다. 그녀의 빛나는 눈이 오랜 시간 꿈꿔온 단 한 명의 사내를 그리고 있었다.

"그따위 향기도 없는 꽃 같은 여인에게 그를 뺏길 수 없지."

귀족 사회에서 사내가 여러 여인을 만나는 것은 대단한 일이 아니었다. 귀부인들 또한 숱한 기사들과의 사랑을 갈구하는 게 흔한 일이었다. 그런데 왜 계속 은근한 유혹을 던지는 그녀에게 공작은 무관심으로 일관하는 걸까.

"아마도 내가 먼저 다가오기를 기다리는 거야."

아이올라는 하녀를 시켜서 머리를 보석으로 장식하게 했다. 그리고 얇은 슈미즈를 입고 하얀 가운으로 몸을 가렸다.

그녀가 아주 어릴 때부터 공작에게 마음을 품지 않았더라면 이미 아이올라에게 구혼하는 수많은 사내 중 하나와 혼인을 하고도 남았을 것이다.

그녀는 열다섯 살부터 어디를 가든 열기를 띤 사내들의 시선을 느낄 수 있었다. 하지만 그런 뻔한 사내들은 공작을 대신할 수 없었다.

그녀는 얼굴에 석회가루를 곱게 칠하고, 볼에 붉은 꽃물을 들였다.

이제 이런 어정쩡한 관계의 끝을 볼 때가 온 것이다. 공작부인이 되지 않아도 좋았다. 그의 곁에 머무를 수만 있다면 어떤 식으로 불리어도 상관없다고 생각했다. 아이올라는 입술을 세차게 깨물며 결심을 다졌다.

생명이 깃든 모든 것들이 잠든 늦은 시간이었다. 루셔스는 집무실에서 처리해야 할 서류 더미와 씨름하고 있었다. 그때 문 앞에서 인기척이 나더니, 누군가 조용히 방 안으로 들어왔다. 루셔스는 먼저 자러 간 세자르가 그를 도와주러 다시 왔다고 여겼고, 하던 일에서 눈을 떼지 않았다.

하얀 셔츠의 가슴을 느슨하게 풀어헤치고 소매를 걷은 채 서류를 들여다보는 잘생긴 사내를 바라보며 황홀한 표정을 짓는 한 여인이 있었다.

루셔스는 순간 훅 번지는 짙은 향수 냄새에 고개를 들었다.

"……이런 밤에 무슨 일이지? 게다가 차림은 그게 뭐야."

루셔스는 들어온 이가 세자르가 아니라 단정치 못한 차림의 아이올라라는 것을 깨닫고 눈살을 찌푸렸다. 아이올라는 기대한 반응이 아니라 당황했지만, 아랑곳하지 않는 척 화사한 웃음을 지으며 점점 그에게 다가갔다.

이제 그녀에게는 물러설 곳이 없음이라.

"모르시아니 공작님, 아니 루셔스 오라버니."

아이올라는 젖은 입술을 다시며 루셔스의 책상 근처에 다가섰다. 이내 걸치고 있던 가운을 벗어 바닥으로 주르륵 흘러내리게 했다. 이제 그녀는 얇은 슈미즈만 입고 있을 뿐이어서, 나신이 훤히 비치고 있었다. 붉게 피어오르는 난롯불 앞에 잘 여문 여체가 진한 향을 내뿜고 있었다.

두 사람의 눈이 아주 잠시 부딪혔다.

루셔스는 거칠게 의자에서 일어서더니 바닥에 떨어진 가운을 아이올라의 어깨에 걸쳐주었다. 그 손길은 조금도 다정하지 않았고, 들려오는 목소리에는 미세한 분노가 느껴질 정도였다.

"아이올라 칼릭스, 당장 나가라. 남작 부인의 얼굴을 봐서 한 번은 봐주지."

"……오라버니!"

아이올라는 지금 이 상황을 도저히 받아들일 수가 없었다.

이리 탐스러운 그녀를 마다하는 이유가 무엇이 있을 수 있지?

어째서 공작의 시선은 서늘하기만 하고, 목소리에는 서릿발이 치는가.

이건 그녀의 명예가 달린 문제였으며, 자존심이 걸린 것이었다. 아이올라는 가운을 확 당겨 수치로 물든 몸을 가렸다. 그녀의 두 손이 덜덜 떨려서 끈을 제대로 맬 수도 없었다. 지금의 부끄러운 감정은 곧 분노로 번졌다.

"공작님, 남색자라는 소문이 사실이군요."

아이올라는 지금 그에게 거절당한 것을 그런 식으로 받아들이기로 했다. 그녀가 아니라 그 어떤 여자도 유혹할 수 없는 사내라여기면 편하지 않은가.

루셔스는 이미 아이올라가 무슨 말을 하던 관심이 없었기에 그녀를 등지고 창가에 가서 기대섰다.

아까 눌리타스와 함께 있었던 그 나무와 호수가 훤히 보였다. 뒤에서 아이올라가 몇 마디 더 하는 것 같았지만, 여전히 귀를 기울이지 않았다. 잠시 후 문이 닫히는 소리가 나는 것도 같았다.

루셔스는 아까 눌리타스의 손이 닿은 자신의 팔을 내려다보았다. 그 순간을 다시 떠올리기만 해도 이렇듯 소름이 오소소 돋아났다.

만일 그녀가 자신을 보며 웃기라도 한다면, 어떨까.

그 상상만으로 루셔스는 머리가 아찔해지는 느낌이었다.

유리창에는 너른 어깨, 검은 머리, 그리고 밤하늘을 닮은 눈을한 사내의 모습이 흐릿하게 비치고 있었다.

눌리타스는 밤새 잠을 뒤척이고 일어나 샛노란 드레스를 입고 거울에 자신의 모습을 비춰보았다. 어느 누구처럼 화사해 보이긴 틀린 것 같았다. 손가락으로 창백한 볼이라도 꼬집어보려다 손을 힘없이 내렸다.

'누구한테 무슨 이유로 잘 보이고 싶어 하는데?'

거울 앞에 서서 모습을 비춰보고 있는 자신의 모습 자체가 마음에 들지 않았다.

"마님, 목걸이를 가져올까요?"

"아니. 괜찮아."

"에구머니나, 얼른 염색부터 해야겠어요."

머리를 손질해주던 소피아가 붉은 머리 사이로 몇 가닥의 은발이 두드러지는 것을 확인하고는 깜짝 놀라 소리를 질렀다. 눌리타스는 소피아가 분주히 염색 준비를 하는 모습을 가만히 지켜보았다.

언젠가는 본래의 모습으로 세상에 나설 수 있을까.

그에 대한 대답은 너무 잘 알고 있었기에 곧 우울한 표정을 짓게 되었다.

처음에는 어머니가 자신을 지킬 요령으로 염색을 했고, 이제는 자신의 어머니를 위해 해야 하는 일이 되었다.

소피아는 두피 쪽에 짧게 모습을 드러낸 은발에 약을 꼼꼼하게 발랐다.

"소피아, 내가 은발이라면 어떨까."

뜻밖에 질문에 소피아가 목소리를 낮춰서 소곤거렸다.

"누가 들으면 어쩌려고 그러세요……. 그런데 이상한 일이죠. 대대로 로마그놀로의 후계자만이 은발이었다고 하더라고요."

"나도 들었다."

참으로 기이한 일이었다. 건국 이래로 로마그놀로가에서 태어나는 아이들 중 은발을 가진 아이는 오직 한 대에 한 명뿐이었다고 했다. 그리고 특출난 재능을 지니고 태어난 은발의 아이들은 수백 년간 가문의 후계자가 되어 온 것이다.

'얼마나 우스운 일인가. 한 대에 한 명뿐이라는 은발이 사생아 계집 따위에게 주어졌다니.'

눌리타스는 거울을 바라보면서 이제는 익숙해져야 할 붉은 머리 쪽으로 시선을 옮겼다. 소피아는 낯빛이 어두운 눌리타스에게 조심스럽게 진주 목걸이를 걸어 주었다.

공작부인의 보석함에는 갖가지 귀한 보석 장신구가 가득했다. 그 오래되고 귀해 보이는 것은 모르시아니 공작가의 안주인에게 대대로 내려오는 것들이라 들었다.

'안주인이라니.'

눌리타스는 목을 걸린 진주 목걸이를 매만지면서 떠오르는 부정적인 감정들을 힘들게 떨치고 몸을 일으켰다. 그리고 숄을 챙겨서 밖으로 나갈 준비를 했다. 오늘 같은 아침에는 그녀에게 식사보다는 산책이 필요했다.

어젯밤 머물렀던 호숫가를 지나서 분수대 근처까지 걸어갔다. 평소보다 조금 더 걸어서인지 이마에 땀이 조금 맺혔다. 귀족 놀음을 하고부터는 땀을 흘리는 일이 특별한 것이 되었다.

땀으로 온몸이 젖었던 과거가 머릿속을 스쳤다.

허리가 끊어지도록 일을 했던 그때는 하루하루 어떤 의미를 부여할 여유가 없었다. 하지만 지금은 이리 추억이 되지 않았나. 그렇다면 지금 이 괴로운 순간도 훗날 돌이켜보면 추억이라는 이름으로 부를 수 있게 되는 걸까.

'그럴 수 있을 리가…….'

눌리타스는 고개를 내저었다.

그때 바스락거리는 소리가 약하게 났다.

눌리타스는 그 발걸음 소리의 주인이 공작이기를, 혹은 제발 그가 아니기를 바라는 두 가지 생각이 동시에 떠올랐다.

'이 얼마나 우스운 꼴이야.'

그 소리의 주인공은 공작이 아니라, 푸른 드레스를 퍼지게 입고 머리를 위로 우아하게 올린 아이올라였다.

"아…….."

"공작부인, 여기 계셨네요. 식사 때 안 오셔서 이리 찾아다녔네요."

"무슨 일인가요."

"이제 저는 칼릭스 영지로 돌아가려 합니다."

"그렇군요."

'굳이 나에게 인사를 하려고 찾아다니는 수고를 할 사람이 었나.'

눌리타스는 눈앞의 저 아름다운 여인을 의아하게 바라보았다. 아이올라의 얼굴 가득한 미소에 왠지 가시가 돋친 것 같은 착각을 느꼈다.

"공작부인 자리에 앉았다고 너무 들뜰 필요가 없다는 것을 알려 주려고요."

"네, 그러죠."

아이올라는 어떤 말을 해도 흥분하는 법이 없는 공작부인을 보며 묘한 짜증과 패배감이 들기 시작했다.

'저 얼굴에서 눈물을 마구 뽑아내고 싶어……!'

그때 아이올라의 얼굴이 아주 표독스럽게 빛나더니 그 붉디붉은 입술이 열렸다.

"제가 공작부인을 가족이라 생각하고 말씀드리는 건데요. 사실 루셔스 님은 사내를 좋아한답니다."

"네?"

평정심을 잘 잃지 않는 눌리타스도 지금 이 말에는 반응을 하지 않을 수 없었다.

'하지만 그럴 리가 없어. 단둘이 있으면 그는 분명 긴장하는 기색이었는데…….'

공작부인의 눈에 스치는 의혹을 눈치챈 아이올라가 재빨리 덧붙였다.

"어젯밤 그를 찾아갔었죠. 자세한 것은 말씀드리지 않아도 잘 아시겠지만, 어쨌든 공작님은 제게 손끝 하나 대지 않더군요. 그건 정상적인 사내라면 불가능한 일이죠."

아이올라는 그 말만 하고서 재빨리 몸을 돌려, 황당해 할 공작부인을 남겨두고 앞으로 걸어갔다. 그녀의 완벽한 패배를 드러내는 얼굴을 공작부인에게 보이고 싶지 않았다.

그녀의 입술에서 저주의 말들이 끝없이 흘러나오고 있었다.

'나를 거절한 공작과 공작부인의 앞날에 온통 어둠이 드리우길.'

그녀는 얼른 루셔스 모르시아니를 잊을 수 있기를 간절히 바랐다. 금발의 창백한 얼굴에 뜨겁고도 푸른 비가 내리고 있었다. 아이올라의 지독한 첫사랑은 그렇게 끝이 나고 있었다.

아이올라가 툭 던지고 간 짧은 말 한마디에 눌리타스는 한참을 움직이지 못했다. 정원에서 들려오는 바람의 선율도, 꽃이 주는 달근한 감흥도 느낄 수 없었다.

'공작이 사내를 좋아한다고……?'

이 시대의 사내가 사내를 좋아하는 것은 그리 별스러운 일도 아니었다. 물론 귀족들에 국한된 일이기는 하였다. 사람들은 나이가 많은 귀족 사내가 젊은 사내를 곁에 두는 것을 하나의 유행이라 치부하기도 하였다.

그녀는 자신을 들여다볼 여유도 없었기에 다른 사람들의 연애사에는 신경을 쓴 적이 없었다. 그러다 눌리타스는 답답한 듯 손을 살짝 쥐고 왼쪽 가슴 언저리를 두드렸다.

'대체 무엇 때문에 이렇게 놀란 걸까. 공작님이 남자를 좋아하든 말든 나와 무슨 상관이라고……'

공작이 동성에게 호감을 보이는 것을 본 적이 있었는지 다시 떠올려보았지만, 나오는 것은 한숨뿐이었다. 눌리타스는 그에 대해 제대로 아는 것이 없었다.

'나 따위가 그분을 모르는 게 당연한 거잖아.'

그녀는 그의 삶에 어떠한 것도 관여할 자격이 없었다. 그저 허울뿐인 부부에 불과하지 않은가. 게다가 그것마저도 온통 거짓투성이로 이루어진 것이었다.

눌리타스는 아이올라에게서 그 말을 듣고 놀랐던 것은 그저 예상치 못해서라고 단정을 내렸다. 지금 기분이 우울한 것은 아침 식사를 걸러서 기운이 없는 것뿐일 거라 여겼다.

눌리타스가 천천히 정원을 가로질러 들어가는데, 아이올라를 태운 듯 보이는 마차가 천천히 공작성의 입구를 통과하고 있었다.

'아, 결국 저 유치한 아가씨에게 따끔한 맛을 보여주지 못했구나.'

그제야 그녀를 한참 괴롭힌 아이올라를 그냥 보냈다는 것을 깨달았다. 하지만 지금 그녀의 머릿속을 가득 메운 생각들이 너무 벅차서 그것이 그리 아쉽지 않았다.

죄를 지은 이들은 결국 어떻게든 그 죄의 무게만큼 심판을 받으리라. 아이올라가 그리 애정해마지 않던 공작이 결국 택한 것은 그녀가 아니라 사내라고 하지 않나.

생각해보면 이런 것들도 다 부질없는 짓이었다. 세상에서 가장 쓸데없는 것이 귀족을 걱정하는 것이라 생각하는 눌리타스였다. 돈과 권력을 가진 자들은 언제나 승자가 되기 마련이었다.

눌리타스는 음울한 표정을 하고 공작가의 울창한 정원이 만들어내는 그림자 속으로 숨어 들어갔다.

세자르 베일은 홀로 공작의 집무실에서 서류와 씨름하고 있었다. 분명히 어젯밤 남은 서류들을 끝맺어두겠다 하셨던 공작님은 그림자도 보이지 않았고 서류는 반절 이상이 손도 대지 않은 상태였다.

하지만 그는 불평하는 대신 사라진 주인을 대신하여 몇 시간째 의자에 앉아 움직이지 않고 있었다. 지난 3년간 모신 공작님은 실내에서 종이에 펜이 번지는 느낌을 선호하기보다는 밖에서 땀을 흘리는 게 더 적성에 맞는 분이셨다.

한참 후 세자르는 서류를 들고 있던 손을 내리며 크게 기지개를 켰다. 그러다 그가 모르시아니가로 오게 되었던 날을 떠올리게 되었다.

세자르 베일은 열다섯 살 되던 해 가문을 떠나게 되었다. 직위를 승계할 장자를 제외한 나머지 아들들은 모두 각자 살길을 찾아야만 했다. 신의 종이 될 뻔한 그가 공작의 시종이 된 것은 우연에서 비롯되었다. 그때 이미 모르시아니 공작에 대한 소문이 퍼져 있던 탓에 심약한 세자르는 모두가 좋은 일을 얻게 되었다 축하를 해주었을 때도 온전히 기뻐할 수 없었다.

처음 공작님을 만난 곳은 전쟁터 한가운데에 차려진 막사 안이었다.

세자르는 낯선 곳으로 오게 된 두려움에 몸을 떨고 있었다. 그는 무예에는 그다지 능하지 않았고 책을 읽는 것을 선호하는 조용한 성격의 사내였던 것이다.

부모의 그늘 아래 편히 지내다 갑자기 전장의 막사에 서서 앞으로 모실 주인을 기다리는 것은, 쉬이 익숙해질 성질의 것이 아니었다. 종자로 추정되는 이는 천막 바닥에 앉아 꾸벅꾸벅 졸고 있었지만, 세자르는 편하게 앉아 있지도 못하고 있었다.

그때 투구를 쓰고 갑옷을 입은 건장한 체구의 사내가 막사 안으로 들어왔다. 그가 쥐고 있는 장검은 소도 한 번에 때려잡을 정도로 강력해 보였고, 갑옷 이곳저곳에 피와 오물들이 튀어서 사내의 분위기를 더욱더 음산하게 만들었다.

졸던 종자가 얼른 곁에 다가서서 사내가 투구를 벗는 것을 거들었다. 그러자 어떤 감정도 읽을 수 없는 검은 눈이 막사 안의 낯선 자를 유심히 살폈다.

공작과 드디어 만나게 된 세자르는 준비해둔 인사말을 떠올리며 정중하게 예를 갖추려 애썼다.

"공작님, 만나 뵙게 되어 영광입니다. 오늘부터 공작님을 모시게 된 세자, 입니다."

하지만 의욕이 과했는지 이름을 말하다 살짝 더듬는 실수를 저질렀다. 사내는 갑옷을 벗으며 입가에 가벼운 조소를 띠는 듯했다.

"세자? 특이한 이름이군."

"그게 아니라 저는 베일 가문의 세자, 르라고 합니다."

세자르는 공작과의 첫 대면에 긴장으로 실수를 연달아 하게 되었다.

"이름조차 제대로 말 못 하는 풋내기를 전장에 보내다니."

그들의 첫 대면은 그랬다.

전장에서의 나날들은 쏜살같이 흘러갔다.

세자르는 적응하기 힘든 환경이지만, 그가 맡은 일을 묵묵히 해 나가기 시작했다. 전장에서 무기를 들고 싸우는 일만큼이나, 모르시아니 가문의 일도 때때로 처리하면서 공작의 지시로 작전이나 병력, 비축 식량, 무기들을 파악하는 등의 일을 서류로 정리하는 것도 중요한 것이었다.

말수가 적고 무뚝뚝한 공작은 대하기 어려운 편이었다. 하지만 세자르는 그를 주군으로 모시는 일에 점점 익숙해짐을 알 수 있었다. 공작은 공명정대했으며 신분보다는 능력을 잣대로 사람을 평가하였다. 그가 내어둔 작전에는 빈틈이 없었고, 그는 패배를 용납하지 않았다.

곁에서 지켜본 공작은 소문과 비슷한 구석이라곤 찾아볼 수 없었다. 공작은 절대로 명분 없이 누군가의 목숨을 앗아가지 않았다. 하지만 공작의 전술이 뛰어나 성공을 할수록, 그가 쓰러뜨리는 적군의 수가 늘수록 질투에 눈이 먼 자들이 괴이한 소문을 더욱 널리 퍼뜨렸다.

세자르가 코에서 김을 내뿜으며 열을 내었다.

"공작님, 분하지도 않으십니까. 이제 수도에서는 별 해괴한 말들이 다 돈답니다."

"누군지 몰라도 글 지어내는 재주가 있군."

이것이 그가 피로 목욕을 즐길지도 모른다는 소문을 들은 공작의 반응이었다.

"세자르 베일, 이제 눈을 뜨고 졸기도 하나?"

회상을 마친 세자르는 자신의 집무실에 돌아온 공작을 멍하니 쳐다보았다.

검술을 마치고 땀에 젖은 셔츠를 입고 선 공작이 세자르의 모습을 비웃고 있었다. 세자르는 잠이 든 게 아니라는 것을 증명하기 위해 벌떡 일어서려 했다. 하지만 장시간 앉아 있던 탓에 쥐가 나 다리가 꼬여버려 공작의 몸을 붙잡고 함께 쓰러져버리는 우를 범했다.

그리고 정말 이상한 일은 다음에 일어났다.

눌리타스가 아무 생각 없이 공작의 집무실 근처를 지나다 두 사내가 격정적으로 바닥에서 뒤엉켜 있는 모습을 보게 된 것이다. 공작의 셔츠가 살짝 열려 가슴이 비치는 것 같았고, 세자르의 볼이 발그스름해 보였다.

"아……."

눌리타스는 지금 자신이 어떤 눈빛을 하고 그들을 바라보고 있는지 알지 못했다. 루셔스는 그의 가슴에 얼굴을 부비고 있는 세자르를 옆으로 밀어내며 일어섰다. 루셔스는 눌리타스의 얼굴에 경악과 실망 같은 감정들이 일렁이는 것을 보았다.

그러자 그는 왠지 그녀를 좀 더 괴롭히고 싶은 충동을 느꼈다. 루셔스는 나른하게 웃으며 그녀에게 말했다.

"이런, 들켜버렸군."

누가 전술의 귀재가 아니라고 했는가.

"공작님! 무슨 말씀 하시는 겁니까?"

세자르가 쥐가 난 다리를 주무르며 바닥에 앉아 눈을 동그랗게 떴다.

"세자르, 괜찮네. 우리는 이미 3년 전에 동침한 사이 아니던가."

"네?"

루셔스는 실제로 세자르와 전쟁터 한가운데 막사에서 함께 지냈었다. 물론 문자 그대로 한 막사에서 지낸 것을 의미하는 것이지만 말이다.

하지만 또 다른 한 사람에게는 그것이 전혀 다른 느낌으로 다가왔다.

눌리타스는 아이올라의 이야기, 자신이 방금 본 상황, 그리고 공작의 고백이 동시에 밀려드는 것을 느꼈다.

여전히 머리는 혼란스럽고 가슴은 갑갑했지만 그렇다고 달라지는 것은 없다는 것을 알고 있었다.

'오히려 잘된 일 아닌가.'

눌리타스가 그의 삶에 방패막이가 되어 줄 수 있을 것이다.

사내를 좋아하는 모르시아니 공작에게 이름뿐인 부인이 되어 주리라. 그녀가 공작을 위해 해줄 수 있는 일이 생겨서 다행이란 생각마저 들었다.

하지만 지금 당장은 이 자리를 뜨기로 했다. 그의 의미 없던 손길과 시선에 들떴던 과거 자신의 모습을 떠올리니, 이렇게 처량할 수가 없었다.

'거짓된 삶에 이보다 더 알맞은 남편이 있을 수 없지.'

그녀의 마른 얼굴에 더욱 쓸쓸한 미소가 걸렸다.

공작부인이 얼굴이 하얗게 질려 자리를 피하는 것을 본 세자르는 꽤 큰 목소리로 결백을 호소했다.

"마님! 큰 오해를 하신 겁니다. 아닙니다. 제발 돌아오세요!"

하지만 이미 공작부인은 사라진 후였고 집무실에는 능글맞은 미소를 드리운 공작과 그만 남게 되었다.

"공작님? 지금 마님이 오해를 단단히 하신 것 같은데 빨리 가셔서 해명을 하시죠. 아까는 왜 그러신 겁니까?"

세자르 베일은 너무 억울해서 공작에게 막 큰소리를 치는 불경을 저질렀다. 그는 세상에 존재하는 다양한 형태의 사랑을 존중하지만, 그는 어디까지나 귀엽게 생긴 여인을 좋아하는 사내였다.

"공작님, 혹시 아니시죠?"

"무엇이 말이지?"

"저를 혹 그런 눈으로 오래도록 지켜보신 겁니까?"

세자르는 그런 이유가 아니라면 공작부인이 오해할 게 뻔한데, 왜 공작이 그런 식으로 굴었는지 설명이 되지 않는다 생각했다. 세자르는 괜히 셔츠의 앞섶을 두 손으로 꽉 쥐면서 앉은 채로 뒤로 슬금슬금 이동했다.

세상에, 그동안 어째서 공작의 마음을 조금도 눈치채지 못했던 걸까.

공작은 그 모습을 아주 어이가 없다는 듯 지켜보다 입을 열었다.

"나도 몰랐는데 말이야."

"네, 무엇을 모르셨던 걸까요."

세자르는 이제 조마조마한 심경으로 공작이 하는 말을 진지하게 경청했다.

"나도 그저 흔한 사내더군."

"네?"

공작은 그 이후로 말없이 웃기만 할 뿐이었다.

세자르는 그 흔한 사내라는 것이 어떤 의미인지를 따져보느라 오후 시간 내내 괴로웠는데, 공작님은 내내 어딘가 즐거워 보이셨다.

세자르는 3년을 모셔도 도무지 갈피를 잡을 수 없는 주인 탓에 그날 저녁에 시름시름 앓았다.

그 밤 눌리타스는 공작과 저녁 식사를 들고 있었다. 그녀는 오늘은 정말 아프단 핑계를 대고 방에 머무르고 싶었지만, 그러지 못한 채 마주하기 괴로운 얼굴을 대면해야만 했다.

루셔스는 긴 손가락으로 술이 든 잔을 말아 쥐고 그 붉은 액체를 천천히 음미하였다. 눌리타스는 왠지 공작이 술을 마시는 모습조차도 특별해 보여 눈을 뗄 수 없다 싶다가도 이내 고개를 돌렸다.

오후 내내 스스로 마음을 다잡으려고 노력했다. 하지만 눌리타스는 처음 눈에 담은 사내의 모습이 그리 쉬이 지워지는 게 아니라는 것을 미처 몰랐다. 눌리타스는 포크를 들어 접시에 있는 콩 하나를 집어 입에 넣고 기계적으로 씹기 시작하였다. 마치 돌조각이 부서져 버석거리는 것처럼 입안이 꺼끌꺼끌했다.

"식사가 마음에 들지 않소?"

눌리타스는 갑자기 공작이 말을 걸어와 당황한 나머지 콩을 덜 씹고 삼키다 사레가 들렸다. 그녀가 켁켁거리며 괴로워하자 공작이 일어나 그녀 쪽으로 와 등을 쓸어주었다.

눌리타스의 울렁거리는 마음과는 다르게, 두 사람의 모습은 어느새 무척 다정한 신혼의 느낌을 자아내고 있었다.

눌리타스는 어수선한 기분을 감추지 못하고 성의 한적한 곳을 거닐고 있었다. 오래된 성의 연회장이나 로비, 접대실 같은 화려하거나 아늑한 공간들 대신에 그녀가 가장 즐겨 찾는 곳은 우습게도 그늘진 성 뒤편이었다.

소피아는 그녀의 요청대로 한참 떨어진 곳에서 뒤따르고 있었다. 눌리타스는 완벽하게 혼자는 아니었지만, 이제야 가슴이 뚫리는 것 같았다. 각종 도구들이 늘어서 있는 이곳은 정갈하게 정리되어 있었지만, 어쩐지 그녀에게 익숙한 기억을 불러일으키는 것이었다. 특유의 악취와 볏짚 마른 냄새가 한데 엉겨 눌리타스의 마음을 한결 편안하게 해주었다.

'지금 나는 무얼 하고 있는 거지.'

귀족의 옷을 입고, 음식을 먹어도 아직 속은 예전 그대로인 그녀였다. 눌리타스는 가끔 의식하지 않고 있다가도, 그녀의 드레스를 보게 되거나 길어져서 목을 간지럽히는 머리카락을 느낄 때면 소스라치게 놀라곤 했다.

게다가 어머니 걱정을 차치하고도 그녀의 정체를 들키지는 않을까 하는 걱정과 자꾸만 수시로 떠오르는 한 사람 때문에 머리가 터질 것 같았다. 예전에 그녀를 괴롭히는 것들은 아주 사소한 것들이었다. 지독한 허기와 아비오의 학대 정도뿐.

눌리타스는 늘 그렇듯 떠오르는 잡념들을 잠시 비워냈다. 온종일 그것들을 품고 있는 것이 버거워 한 발도 나아갈 수 없을 것 같았다. 바닥에 물이 고인 웅덩이에 비친 그녀의 얼굴이 흐리게 번지고 있었다.

매일 양질의 식사를 하는데도 불구하고 그녀는 조금도 살이 붙지 않았다. 머리만 자른다면 영락없이 소년처럼 보이리라. 아마 공작의 눈에도 그리 보일 거라 생각하며 쓸쓸한 눈으로 여인의 느낌이라곤 나지 않는 가슴과 허리를 훑다 머리를 한 번 털었다.

그때 한 아이가 자기 몸집만 한 수레를 힘겹게 끌고 가는 것을 목격했다.

'저러다 다치겠는데…….'

다년간의 경험으로 그녀는 아이의 모습이 약간 위태롭다는 것을 알 수 있었다. 역시 몇 발짝 가지 않아 수레가 뒤집어지면서 그것을 끌던 아이가 그 아래에 깔려 버렸다. 너무나 순식간에 일이라 수레 밑 아이는 비명도 내지르지 못했다.

눌리타스는 주변을 살필 틈도 없이 급하게 아이에게 달려갔다.

아이는 충격으로 정신을 잃었는지 눈이 감겨 있었고, 머리에 피가 흐르는 것 같았다. 눌리타스는 무게가 제법 나가 보이는 수레를 일단 아이의 몸에서 치워 버리려고 안간힘을 썼다. 이런 일들을 안 한 지 꽤 되어 힘에 부쳤지만, 그런 것들은 따질 겨를이 없었다. 힘겹게 수레를 옆으로 치우고 아이의 볼을 두드리며 말을 걸어보았다.

"애야? 정신 좀 차려 봐! 애야?"

하지만 아이는 대답을 할 수 없었다. 그래서 눌리타스는 우선 아이의 가슴에 귀를 대보고 다음으로는 손가락을 코 밑에 가져다 대어 보았다. 다행히 아이는 숨을 쉬고 있었다. 눌리타스는 놀라 뛰어오는 소피아에게 의원을 부르는 것을 서둘러 달라 말했다.

누군가의 손을 기다리고만 있을 수 없었다. 피를 꽤 흘려 아이의 얼굴이 창백해지는 것이 역력했다. 게다가 머리 쪽의 부상이라 너무 신경이 쓰였다.

'제길. 아직은 너무 어린아이잖아. 제발······.'

걸친 숄을 벗어서 아이의 목을 고정 시켰다. 다음에 그녀는 우선 아이를 조심조심 안았다. 오랜만에 힘을 쓰다 보니 다리가 떨렸지만, 이를 악물고 걸었다.

공작성의 고용인들은 다친 아이를 안고 나타난 공작부인을 보며 잠시 머뭇거렸다. 잠시 후 아이를 건네받자 눌리타스는 한숨을 내뱉으며 그 뒤를 따랐다.

"아이가 수레에 깔려서 다쳤으니 조심해야 하네."

"마님, 고맙습니다."

"디아나 여신이 도우신 게지."

그들은 저리 귀한 분이 비천한 하인 아이를 구하기 위해 안고 온 것을 보고도 못 믿겠다는 듯 연신 눈을 끔벅였다. 게다가 그 다친 아이를 지켜보는 공작부인의 시선은 또 얼마나 자애로운가.

의원이 제시간에 도착해서 아이는 무사히 치료를 받을 수 있었다.

의원은 아이가 놀라 기절을 한 것이지 머리에 큰 이상이 있는 것 같지는 않다는 소견을 내놓았다. 조금의 시간이 흘러 눌리타스는 아이가 눈을 뜨는 것을 보았고 그제야 긴장이 풀렸다.

반면 공작가의 전담 의원의 얼굴에는 천한 소년의 부상을 돌본 것에 대한 불만이 그득한 얼굴이었다. 대대로 모르시아니가의 귀한 분들의 건강을 돌보아왔다는 것에 강한 자부심을 지닌 그였다.

눌리타스는 의원의 표정을 살핀 후 차가운 목소리로 아이가 완전히 회복할 때까지 돌보아 달라고 당부했다. 누워서 멍한 눈을 떴다 다시 잠이 드는 아이의 손은 온통 까져 붉었다.

그만한 수레를 끌기 위해서는 열 손가락의 허물이 몇 번 벗겨져야 하는지 그녀는 잘 알고 있었다. 과거의 자신 또한 무거운 짐을 싣고 끄는 수레의 무게에 때로는 숨이 가빴고 허리가 끊어지는 것도 같았다. 작은 몸의 그녀와 피를 흘리고 누워 있는 소년이 별개로 느껴지지 않아 더욱 울컥하는 기분이 들었다.

아이가 다시 편하게 잠이 드는 것을 확인하고 일어서려 하는데 머리가 어지러워 휘청거렸다.

'오랜만에 너무 무리하게 힘을 쓴 탓인가.'

눌리타스가 영락없이 넘어지겠거니 생각한 순간, 누군가 그녀를 잡아주었다.

'공작님.'

순간 그녀를 안은 그 손의 주인을 보지 않아도 알 수 있었다. 그 사람에게선 늘 청량함이 감돌았다. 그리고 그 손은 크고 강인했으며 그 가슴은 언제나 넓고 따스했다.

"그대, 괜찮은 건가."

공작이 그녀의 귀에다 대고 말을 건네는데 눌리타스는 그녀의 아랫배가 살짝 불편해지는 기분을 느꼈다. 사람의 몸에서 꽃이 핀다면 이런 느낌일까 하는 기묘한 생각이 들었다.

그 순간 공작이 뒤에서 허리를 감은 손을 풀어 그녀의 팔목을 잡아 몸을 천천히 돌렸다. 순식간에 눌리타스는 그와 마주 보는 자세를 취하게 되었다. 공작은 염려가 가득한 눈길로 그녀의 이곳저곳을 살피고 있었다. 하지만 눌리타스는 그 시선을 피해 고개를 내렸다. 자꾸 공작이 그녀를 위해주며 걱정을 해준다는 착각에 빠지고 싶지 않았다.

루셔스는 다친 아이를 공작부인이 안고 오셨다는 말을 전해 듣고 급하게 내려오는 길이었다. 눌리타스는 온통 엉망이 된 드레스를 입고 일하는 아이를 다정한 눈으로 바라봐주고 있었다.

그리고 일어서는 그녀가 비틀거리자 몸이 먼저 반응을 해서 눌리타스의 허리를 뒤에서 끌어안았던 것이다. 마주한 그 신비한 푸른 눈이 그를 피해버리는 순간에는 진한 서운함을 느꼈지만.

정원의 가축이나 다른 고용인들에게는 무척이나 상냥한 그녀가 항상 그에게는 이리 거리를 두는 것이었다. 하지만 그에게 잡힌 그녀의 두 팔에서 가벼운 떨림을 느낄 수 있다는 것에 만족하였다.

눌리타스는 잡힌 팔을 빼냈다. 자꾸 이런 식으로 공작이 그녀에게 다가오는 것이 불편하게 느껴졌다. 사내를 좋아한다 해놓고 왜 자꾸 그녀를 그윽한 눈으로 보는 것인가. 조용하게 살고 싶은 그녀를 온통 뒤흔드는 공작이 야속했다.

"저는 옷을 갈아입어야 해서 이만 실례하겠습니다."

그 말을 남기고 아주 빠르게 사라지는 눌리타스를 보며 공작이 혼잣말을 내뱉었다.

"늘 내게 등만 보이는 그대를 어찌하면 좋을까."

아직 모르시아니가에서의 생활이 익숙해지지도 않았는데, 로마그놀로 백작의 생일이 성큼 다가왔다. 혼인 후 처음 백작가로 돌아가는 길이었다. 눌리타스는 공작을 의식하지 않으려 애쓰며 곧은 자세로 마차 내부의 벽에 기대 있었다.

어머니를 뵐 수 있을지도 모른다는 기대 하나를 빼면 무엇 하나 내키지 않는 걸음이었다. 그 역겨운 얼굴들을 봐야 한다는 생각도 또 마주 앉은 공작의 곁을 지켜야 한다는 것도 어느 것 하나 쉬운 일이 없었다.

마차가 덜컹거리며 고정된 몸이 앞으로 움직이자 혹여나 공작에게 닿을까 신경이 쓰인 눌리타스는 두 손으로 마차의 좌석을 부여잡았다. 하지만 건너편의 공작은 눈을 감은 채 아무런 미동도 없었다. 눌리타스는 공작이 잠이 들었다고 여기고 그의 얼굴을 찬찬히 살펴보았다.

감은 눈의 기다란 속눈썹이 가지런히 떨리고 있었다. 한쪽으로 기운 고개에 머리에 덮여 있던 귀가 드러나 창을 통해 들어온 빛을 받고 있었다. 눌리타스는 사내에게 이런 표현을 하는 게 이상하긴 했지만, 공작이 무척이나 아름다운 분이라는 생각이 들었다.

공작이 소문과 같은 사람이었다면 하고 바랐던 순간을 떠올려 보았다. 하지만 그는 폭우를 뚫고 그녀를 구하러 왔고 그날의 공작의 눈에는 거짓이 담겨 있지 않았다.

'왜 저리 좋은 분에게 그런 소문이 났었나.'

이미 모든 것을 돌이킬 수 없었지만, 동시에 눌리타스는 그 모든 것에서 자유롭기를 소망했다. 이리 가슴을 졸이며 얼마나 더 버틸 수 있을까. 사내를 좋아한다는 공작을 마음에 담고서 이리 홀로 훔쳐보는 처지가 하도 우스워서 눈을 질끈 감아버렸다.

"부인?"

루셔스는 잠들어 있는 눌리타스를 여러 번 불러보았다. 지금 그녀의 얼굴은 비바람이 몰아치기 전 하늘을 닮아 있었다. 저 악몽에서 그녀를 벗어나게 해 주고 싶었다.

"부인?"

"네?"

눌리타스는 그제야 누군가 자신을 부르고 있다는 것을 눈치채고 얼른 맞은편에 공작을 바라보았다.

"무슨 일인가요?"

"지금 어떤 생각을 하고 있는지 물어봐도 되겠소?"

눌리타스는 허둥지둥대며 잠긴 목소리를 냈다.

"아무 생각도 안 했어요. 그저 잠시 눈을 감았을 뿐입니다."

그녀의 말에 루셔스는 능글맞게 웃으면서 모든 것을 꿰뚫듯 바라보며 장난스럽게 입을 열었다.

"가는 길도 적적한데 서로 궁금한 것 하나씩 물어보기를 하는 게 어떨까?"

"……저는 전혀 궁금한 게 없어서요."

눌리타스는 그에게서 고개를 돌리며 나쁜 꿈 때문에 무거워진 머리를 한 손으로 받치며, 창밖을 바라보았다. 그녀를 바라보는 부담스러운 공작의 시선이 여전히 닿아 있음을 느꼈지만, 돌아보지 않으려 애썼다.

그런 답을 예상했다는 듯 개의치 않으며 루셔스는 창을 무섭게 응시하고 있는 그녀를 아주 흡족한 얼굴로 바라보았다. 그리고 지금 그녀의 머릿속을 복잡하게 만드는 대상 중에 그의 이름이 있었으면 하는 바람을 가졌다.

그들을 태운 마차는 곧 로마그놀로 영지에 도달했다.

눌리타스는 멀리서 보이는 백작가의 성채를 보자 반가운 기분이 들었다. 저곳에 그녀의 과거가 잠들어 있었고 또한 그녀의 어머니가 계셨다. 동시에 그녀와 어머니의 모든 고통이 살아 숨 쉬고 있는 곳이기도 했다.

가능하다면 이번에 어머니를 모시고 오고 싶었다.

'하지만 무슨 수로.'

로마그놀로 성의 청소를 담당하는 하녀를 데려오는 데에는 어떤 명분이 필요했다. 하지만 그녀에게는 그런 것이 있을 리가 없었다. 게다가 그 교활한 백작이 올무에 걸린 어머니를 순순히 풀어주지 않을 것이다.

메이린 아가씨가 입는 드레스보다 더 고와 보이는 차림을 한 그녀를 본다면 어머니는 웃어주실까. 아니면 그녀의 웃음 속에 스민 슬픔을 알아채시고 눈물을 보이실까.

오만가지 생각이 눌리타스의 머릿속을 마구 휘젓고 있었다.

한편 루서스 모르시아니는 그가 가족으로 받아들인 용감한 여인을 우울하게 만드는 모든 것들을 걷어내 버리고 싶었다.

언젠가부터 눌리타스의 얼굴을 보아도 로마그놀로 백작이 떠오르지 않았다. 분명 분리할 수 없는 둘이었지만, 아무리 생각해도 그녀를 미워할 수 없는 그였다.

동굴 속에서 비를 맞고 그의 품에 안긴 그때부터였을까.

아니면 오닉스와 새끼들을 돌보는 그녀의 다정한 음성을 들었을 때부터였을까. 그의 포도주를 몽땅 마시고 유리잔을 깨고 난 뒤 흔들리는 푸른 눈을 보았을 때일까.

그녀와 함께한 모든 순간이 조금도 불쾌하지 않았다. 오히려 상처 입은 짐승을 거두어 그의 품에 안고 보듬는 기분에 가까웠다.

분명 그녀에게는 그와 같은 이들만이 알 수 있는 상처가 있었다. 그래서 그 눈빛이 닮아 있어서 자꾸 시선이 갔고, 계속 안아주고 싶었다.

혹은 그 따스한 품에 안겨 그의 상처를 위로받고 싶었다. 그래서 이번 로마그놀로 방문이 그에게 가지는 의미가 컸다.

'조금 더 그대에게 다가설 수 있기를.'

속도를 줄이는 네 필의 말이 끄는 마차 속에 루셔스의 다짐이 차오르고 있었다.

〈2권에서 계속〉

국립중앙도서관 출판시도서목록(CIP)

눌리타스 : 절반의 백작 영애 : Jezz 장편소설. 1 /
지은이: Jezz. — 고양 : 위즈덤하우스미디어그룹,
2018
p. ;   cm

ISBN 979-11-6220-711-6 04810 : ₩13000
ISBN 979-11-6220-710-9 (세트) 04810

한국 현대 소설[韓國現代小說]

813.7-KDC6
895.735-DDC23   CIP2018025078

눌리타스 1

초판 1쇄 인쇄 2018년 9월 3일 **초판 1쇄 발행** 2018년 9월 10일

지은이 Jezz
펴낸이 연준혁

멀티콘텐츠사업본부 이사 정은선
책임편집 오가진 **디자인** 윤정아

펴낸곳 (주)위즈덤하우스미디어그룹 **출판등록** 2000년 5월 23일 제13-1071호
주소 경기도 고양시 일산동구 정발산로 43-20 센트럴프라자 6층
전화 031-936-4000 **팩스** 031)903-3893
홈페이지 www.wisdomhouse.co.kr

값 13,000원
ISBN 979-11-6220-711-6 04810
      979-11-6220-710-9 세트